NUESTROS MUERTOS

Obras de Rosa Ribas en Maxi

Un asunto demasiado familiar

Los buenos hijos

Lejos

Nuestros muertos

ROSA RIBAS

NUESTROS MUERTOS

MAXI
TUSQUETS
EDITORES

1.ª edición en colección Andanzas: mayo de 2023
1.ª edición en colección Maxi: junio de 2024

Autora representada por The Ella Sher Literary Agency

Adaptación de la cubierta: Maxi Tusquets / Área Editorial Grupo Planeta

Ilustración de la cubierta: © Martín Tognola

Fotografía de la autora: © Ivan Giménez / Tusquets Editores

Diseño de la colección: FERRATERCAMPINSMORALES

Tusquets Editores, S. A. - Avda. Diagonal, 662-664. 08034 Barcelona
www.maxitusquets.com

ISBN: 978-84-1107-480-3
Depósito legal: B. 9.804-2024
Impresión y encuadernación: Liberdúplex, S. L.
Printed in Spain - Impreso en España

Índice

A Alexis Ravelo, *in memoriam*

A Lola siempre le habían gustado los entierros.

Sin embargo, ya no iba a ninguno.

No sería por falta de oportunidades. La pandemia se había llevado por delante a muchos vecinos del barrio. Lola no fue a sus entierros, ni cuando dejó de haber restricciones.

Tampoco retomó la costumbre cuando la muerte, a su vez, retomó el goteo habitual. Se quedó en casa, cuidando y alimentando al insaciable fantasma de Marc.

Así que hoy no asistiría al de Miquel, el penúltimo de los cuatro viejos malasombra que antes jugaban a las cartas en el café Versalles.

Durante la pandemia habían muerto dos de ellos, Damià y Serafí. Ahora se iba Miquel. Solo quedaba Antoni, el único que sonreía durante las partidas, mientras que los otros tres se mantenían ceñudos, con la nariz arrugada y las comisuras de los labios caídas, tanto si ganaban como si perdían. Tal vez Antoni, que se jactaba de presentir las muertes de la gente del barrio, siempre supo que sería el superviviente.

Mateo se abanicaba con la esquela que había encontrado en el buzón por la mañana. Era una costumbre que se mantenía en el barrio y que prolongaba la vida de la pequeña imprenta Servet, a dos calles de su casa. Otra reliquia del pasado. La dueña, Laieta, tenía su propia esquela preparada desde hacía años, solo faltaba poner la fecha final. Había dispuesto que tras imprimirla se cerrase el negocio. Pero mientras esperaba, o no, ese día, iba estampando y repartiendo una esquela tras otra.

El texto de la de Miquel contenía las frases habituales y la imagen de una paloma alzando el vuelo. Ese viejo malcarado debía de ser una de las pocas personas en la ciudad a quienes les gustaban las palomas. Cuando se sentaba en alguno de los bancos de la plaza Orfila para echarles de comer, la nariz de Miquel, siempre arrugada en un gesto de desagrado por el hedor de la vida, recuperaba su forma normal. Mateo se preguntó cómo le habría quedado la nariz al morir, con qué expresión habría recibido a la muerte. Sonrió. Ese era un pensamiento más propio de Lola.

Que ya no iba a los entierros.

Como Nora.

Sin sus finos oídos, sin el insuperable don que compartían madre e hija para captar una palabra discordante, un suspiro delator, unas lágrimas que se negaban a salir, a Mateo le faltaba una parte del pulso del barrio. Aunque, en realidad, eso ya daba lo mismo. La agencia también era cosa del pasado.

Hoy tendría que ir él al entierro en representación de la familia. Se lo había pedido su madre, siempre tan atenta al cuidado de las formas, a pesar de que odiaba a los cuatro viejos del Versalles. Ella no podía. «Médico», había dicho y eso no se discute, menos a alguien que supera los ochenta. Como su hermano Basilio tenía que atender la tienda, le tocaba a Mateo.

El entierro sería a las doce. Tenía varias horas para trabajar, pero le costaba, aunque hoy, por lo menos, lo hacía en casa. Desde casa, se corrigió. Se levantó para prepararse un café.

Cuando estaba a punto de coger una de las tazas que tenía encima de la máquina, lo sobresaltó un sonido inesperado. El teléfono.

El teléfono de la agencia. Llevaba por lo menos tres años sin sonar. Se acercó al aparato que casi se había fosilizado sobre la mesa del despacho y levantó el auricular. No pudo evitarlo, el gesto lo exigía, y dijo:

—Detectives Hernández, dígame.

Primera parte

I'll tell you all my secrets, but I lie about my past
And send me off to bed forevermore.

TOM WAITS, «Tango Till They're Sore»

1

A la mañana siguiente apagó el despertador en cuanto oyó el clic metálico que precedía a la alarma. A pesar de esta precaución, Lola se removió en la cama. Mateo se vistió sin encender la luz para no despertarla. Como siempre, se puso una camisa blanca de manga larga, impecable, perfectamente planchada por Lola. Cada día, a la misma hora, ella le planchaba una camisa, solo una. La vida de Lola se sostenía gracias a un complejo andamiaje de rutinas que la guiaban a través de las horas. Mateo esperaba que ese cambio en su horario matinal no la hiciera sospechar.

Pero mientras se acordonaba los zapatos, notó que ella lo estaba mirando.

—¿Qué hora es? —le preguntó.

—Las seis.

—¿Adónde vas tan temprano?

—Trabajo —respondió él. Solo tres sílabas. Las tres ciertas. Cuanto menos hablase, menos podría delatarse.

—Vaya.

—Sigue durmiendo.

Bajó, se tomó un café corto en la cocina, y a la calle. La moto lo esperaba en la esquina. Desde que trabajaba para otros, la prefería para desplazarse.

El primer trayecto del día sería corto. Transportes Peiró

estaba en un polígono del barrio, en la calle Sant Adrià, casi tocando al barrio de Bon Pastor. Ocupaba una manzana entera rodeada por una valla metálica del mismo color azul que el logo de la empresa. Una T y una P con una tipografía que recordaba la cabecera de la vieja revista *Teleprograma*. Transportes Peiró, una empresa del barrio desde hacía tres generaciones. Ellos sí que habían cumplido con el proyecto generacional que se había truncado en Detectives Hernández.

Dejó la moto en la calle y se acercó a la zona de oficinas, un edificio estrecho de dos pisos delante del cual aparcaban los coches de los empleados. La oficina de Marta Peiró, heredera y directora de la empresa, estaba arriba, en el lado derecho, y se distinguía por un ventanal que llegaba hasta el suelo. Desde allí podía ver las llegadas y salidas de los camiones y furgonetas que llenaban la parte posterior del recinto, donde se encontraban también los almacenes, los talleres y las zonas de carga y descarga, adonde daba otro enorme ventanal. Todo a la vista de la dueña.

No había nadie en la recepción, y, aunque llegaba un poco antes de la hora, subió hasta el segundo piso.

Al alcanzar el rellano oyó voces. Marta estaba discutiendo con alguien.

—Es que no entiendo por qué te pones así. Lo necesitamos.

—Llamarlo ha sido una decisión precipitada.

Reconoció la voz de Rafel Rocamora, el marido de Marta.

Las personas suspicaces creen que los demás están hablando de ellas. En este caso era así. Hablaban de él. Mateo miró a su alrededor para asegurarse de que no hubiera nadie por allí y acercó el oído a la puerta.

—... absolutamente innecesario.

—¿Tú no estás preocupado?

—¿Cómo puedes preguntarme esto? ¿Tú qué crees? Pero contratar a un detective...

—No es un detective, es Mateo Hernández, es de aquí. Es del barrio.

—El barrio, el barrio. ¡Como si es de la Cochinchina! Además, ¿qué significa ser del barrio? Eso ya no existe.

Que no existía, decía. Para Rafel, que venía de fuera, de un pueblo de Lleida, el barrio era tal vez solo una demarcación. Una de las setenta y tres repartidas en veinte distritos perfectamente delimitados por líneas que te dicen a qué CAP te toca ir, qué colegio público les corresponde a tus hijos, dónde está la comisaria de la Guardia Urbana. Seguro que Rafel no ponía en duda la existencia de los distritos, y, sin embargo, eran tan artificiales como esos países africanos de fronteras rectas. Los barrios, en cambio, los de verdad, muchas veces no se pueden trazar en los mapas; los barrios están en la cabeza de la gente. En los barrios hay lugares que tienen nombres que no salen en los callejeros, pero se refieren a lugares, personas o sucesos que perduran en la memoria colectiva: donde la casa del vaquero, donde jugábamos al potro, donde hubo el accidente de autobús... En los barrios, los hilos de encuentros y saludos por la calle tejen una red invisible, pero sólida, que se sobrepone y enreda con las redes de parentescos, simpatías, odios, favores, rencillas, deudas, ayudas, amores, enemistades. El barrio eran él y Lola y Marta y el mismo Rafel, aunque este lo negara.

—Eso lo dices porque no eres de aquí —respondió Marta.

—¡Ni falta que me hace! Y puestos a buscar un detective, podrías haber escogido uno que esté a la altura del asunto. Tanto barrio y tanta hostia. Esto es un asunto para un especialista de nivel.

No había empezado y ya le estaba cayendo la primera bofetada.

También algo de información: quien quería contratarlo era Marta. Que no hubiera acuerdo entre los cónyuges sucedía de vez en cuando.

El tono de la discusión era agrio. Ante el riesgo de que uno de los dos contendientes abandonase el despacho y lo descubriera espiándolos, Mateo regresó a la escalera, sacó el móvil del bolsillo y fingió estar hablando mientras se acercaba de nuevo al despacho. Tocó a la puerta y, cuando Rafel la abrió, dijo:

—Bueno, te dejo, que estoy con unos clientes.

Rafel lo hizo pasar.

No lo invitaron a tomar asiento, sino a quedarse con ellos de pie tras los cristales que amortiguaban el ruido de los motores y las voces de los chóferes en el exterior. Rafel podría pasar por uno de ellos. Pantalones holgados y camisa de manga larga arremangada. Esto último le granjeó unas décimas de simpatía por parte de Mateo, que detestaba las camisas de manga corta, incluso cuando el calor apretaba. Una manía. También él tenía derecho a tener alguna.

Mateo y Marta Rocamora se conocían desde hacía años. Marta era la hermana menor de Sonia, una antigua novia del instituto. Durante más de medio año Mateo y ella fueron el Romeo y la Julieta de Sant Andreu. Un amor prohibido, porque los padres de Sonia no veían bien que la nena anduviera con un *quillo* charnego con aires de atracador de estancos.

Como su padre y su abuelo, el fundador de la empresa, Marta echaba ligeramente la cabeza hacia atrás y miraba con los párpados algo entornados de las personas a las que no les cuesta mandar. Esa mañana también, pero se la veía fatigada y tensa. Le sonrió esperanzada. Entonces él recordó lo que ella le había dicho a su marido: que él no era un detective cualquiera, era Mateo Hernández. Y Mateo Hernández iba a estar a la altura del asunto.

—Armand, nuestro hijo —dijo Marta—. No tenemos noticias de él desde hace varios días.

—¿Cuántos?

—No lo podemos saber, tiene treinta y tres años, es un adulto. No pasa a diario a vernos —respondió en un tono ligeramente enervado. Marta no había perdido la capacidad de hacer que los demás se sintieran estúpidos por tener que explicarles algo obvio, pero lo enmendó enseguida dándole más información—. Empezamos a preocuparnos cuando no nos devolvió varias llamadas. No es propio de él. Y fuimos a su casa, entramos, pero tampoco estaba allí.

—Todo estaba como siempre —dijo el padre.

—Armand es muy ordenado —añadió ella.

—¿No faltaba nada?

Mateo vio que Marta se contuvo para no responder de nuevo en tono desabrido.

—No lo podemos saber.

—¿Puede haberse marchado de viaje?

—Nos habría llamado para decírnoslo y despedirse.

—Siempre lo hace.

—¿Qué os lleva a pensar que no se ha marchado así, sin más?

Rafel, con las manos en los bolsillos de los pantalones, seguía con la vista, a través del ventanal, a un camión que salía del aparcamiento. Sobre la caja azul, el logo de la empresa con el año de su fundación, 1926. Pronto sería centenaria. Rafel se alejaba de ellos, se iba detrás del camión.

Marta, en cambio, estaba cada vez más presente.

—Verás, Armand, a pesar de su juventud, tiene ya cierto peso en el mundo empresarial de la ciudad. Para que te hagas una idea, dirige un gabinete de comunicación que asesora a jóvenes emprendedores como él...

Le resultó extraña la forma en que Marta le hablaba de su hijo, presentando una especie de perfil profesional.

—... pero antes fundó una empresa de *marketing* y publicidad, que se llamaba Saint Andrew, por el barrio. Y también trabaja para varias consultorías internacionales de renombre.

—Ya veo.

—Armand es brillante. Por eso lo mandamos a los mejores colegios, los más exigentes, quiero decir. No esos donde les regalan los títulos a los hijos de las infantas y similares. Colegios donde van los que después llevarán las riendas del país. —El orgullo era patente—. Y Armand sacó siempre las mejores notas. Matrículas de honor en la carrera, tiene varios másteres... Pero, como a todos los superdotados, la normalidad le aburre...

—Por eso nuestra empresa siempre le aburrió —murmuró el padre, más para sí mismo que para los demás. Se había vuelto por completo hacia el ventanal.

Ella no respondió a su marido, sino que continuó con mayor vehemencia:

—Es joven, es brillante, es ambicioso. Es normal que aspire a proyectos de otra envergadura.

El camión desapareció de la vista. Rafel lo despidió con un suspiro y se volvió hacia su mujer.

—¡Por Dios, Marta! Deja de marear el tema.

—Quiero que Mateo entienda cómo es Armand antes de...

—Antes de contarte que nuestro hijo está poniendo en marcha un gran proyecto para la ciudad. Algo que la transformará como lo hicieron los Juegos Olímpicos del 92.

Los padres de Armand se miraron como preguntándose si debían revelarle a Mateo de qué se trataba. Decidieron a la par que sí.

—Armand quiere volver a traer una exposición universal a Barcelona —dijo la madre.

—Como en 1888 y 1929 —completó el padre.

—Para que esta vuelva a ser la ciudad de los prodigios.

—Para que vuelva a brillar como antes.

Todas las desavenencias que habían mostrado antes de que llegara Mateo desaparecieron mientras hablaban del plan de su hijo con creciente entusiasmo. Había sido idea de Armand, había logrado convencer a un buen número de inversores gracias a que tenía excelentes contactos con el mundo empresarial barcelonés, el proyecto, eso sí, todavía no era público.

Mateo los interrumpió:

—¿Pensáis que esto tiene que ver con la ausencia de Armand?

Evitó expresamente la palabra «desaparición».

—Me temo que sí —dijo ella.

Rafel se mordió el labio inferior mientras miraba a su mujer.

—¿Por qué?

—Porque hay muchos intereses económicos de por medio —respondió Marta.

En situaciones así, Mateo callaba. Marta o su marido tenían que darse cuenta de que su respuesta era incompleta, pero él no iba a hacerles preguntas que influyeran en lo que tuvieran que contarle. Los miró alternativamente, esperando. Los tres seguían de pie, formando un triángulo. Otro camión con la lona azul abandonaba el aparcamiento, pero, en esta ocasión, Rafel no se volvió a mirarlo. Más bien esperó a que se alejara el ruido del motor antes de hablar:

—Como te ha dicho Marta, este proyecto implica no solo mucho prestigio, sino también mucho dinero.

—Es un proyecto muy goloso. Le ha costado mucho ponerlo en marcha, pero ahora todo el mundo se quiere subir al barco. Y algunos quieren abordarlo, como piratas. ¿Entiendes?

Todavía no, pero asintió.

—Armand no es así. Y jugar limpio en según qué ambientes es una rareza, una extravagancia peligrosa. Aquí, con nosotros —explicó ella—, ha aprendido cómo se gana el dinero correctamente: precios ajustados, horarios adecuados, sueldos apropiados. No es dinero rápido, pero es dinero sólido.

—Pero hay gente por ahí fuera que juega sucio. Gente que entiende la competencia empresarial de un modo poco escrupuloso.

—Me temo —concluyó Marta— que Armand ha sufrido amenazas.

—¿De competidores?

—Sí. Gente que no tiene demasiados escrúpulos, que se quita a los rivales de encima con métodos violentos.

—Mujer —interrumpió Rafel—, que esto es Barcelona, no Chicago o Sicilia.

—Sí. Esto es Barcelona. Aquí todo se hace con discreción —replicó ella—. Pero se hacen las mismas cosas. Solo cambia la forma. Es la misma mierda, pero sin alardes. Pero mierda, a fin de cuentas.

—¿Sospecháis de alguien en concreto?

—No tenemos nombres. Armand solo nos ha hablado del proyecto, de que cada vez se han ido sumando más inversores interesados. Nos ha explicado cómo sería la Expo, que piensa revitalizar para la ciudad la zona que el Fórum de las Culturas dejó más bien desangelada, y que quiere recuperar espacios que se crearon para las Exposiciones de 1888 y 1929, la Ciudadela, Montjuic...

—Está entusiasmado con el proyecto y está entusiasmando a mucha gente. Pero este es un país de envidiosos —dijo Marta.

—¿Os comentó algo al respecto?

—No de manera directa, pero últimamente se le veía preocupado, algo ausente. Aunque, si le preguntabas qué le pasaba, te decía que nada, que todo estaba bien, que solo estaba un poco cansado.

—¿Por qué no acudís a la policía?

Ambos se miraron.

—Porque su desaparición se haría pública y eso inquietaría a los inversores —explicó Rafel.

—Ya conoces el dicho: «Los inversores son ciervos asustadizos» —añadió Marta.

Mateo no lo conocía.

—Imagínate que nosotros damos una falsa alarma, atemorizamos a los inversores y le hundimos el proyecto —dijo Rafel.

—Por eso tiene que ser una investigación muy discreta, nadie debe saber que Armand ha desaparecido.

Es muy difícil buscar a una persona sin decir que se la está buscando.

—Haré todo lo que esté en mis manos.

—Por si te ayuda, ayer nos llamó Jofre Llosa, uno de sus amigos, preguntando por él, y nosotros le contamos que se había ido de vacaciones un par de semanas —dijo Marta.

—¿Adónde?

—Japón. Siempre decía que quería irse de viaje a Japón.

—Jofre es un antiguo compañero de estudios de Armand, tiene una empresa de informática importante. Es uno de los primeros inversores que Armand captó para el proyecto. Se extrañó un poco de que no le hubiera dicho nada del viaje, pero no preguntó más. Sabe que siempre le ha gustado viajar: es capaz de marcharse con una novia a pasar un fin de semana en un balneario en Praga, o de bordear la costa hasta Málaga en catamarán, como de coger un avión para ir a ver un musical a Nueva York —dijo el padre.

—Trabaja duro, se merece cierto esparcimiento. —Marta pareció sentir la necesidad de defender a su hijo.

—No he dicho lo contrario. Y es información importante para Mateo, ¿no te parece?

—¿Pensáis que quizás ahora se ha tomado unos días de «esparcimiento»? —preguntó él.

—No sin avisarnos. —La impaciencia de Marta cuando tenía que repetir algo se dejó notar de nuevo.

—¿No podría estar, digamos, cansado?

—¿Quieres decir superado por la envergadura del proyecto?

Por el tono de Marta, Mateo se preguntó si se estaban invirtiendo los papeles y ahora era ella quien dudaba de él.

—Exacto.

Los padres contestaron a la vez.

—Podría ser —dijo Rafel.

—Nuestro hijo no es de los que se escabullen cuando algo se complica —dijo ella.

Siguieron unos segundos de silencio en los que Mateo supo que se estaba decidiendo si iban a contratarlo o no. Un zumbido de insecto grande volvió todas las miradas hacia el escritorio. El móvil de Marta vibraba y emitía luces desde allí. Ella se acercó y lo miró sin tocarlo.

—Trabajo —dijo. Luego se dirigió a él—: Encuéntralo, Mateo.

Poco después salía con el encargo de una búsqueda secreta. Doblemente secreta: tampoco debían saberlo en la agencia para la que trabajaba. Se corrigió al momento al pensar que también se lo iba a ocultar a Lola. A ella nunca le había gustado que cogiera casos bajo mano. Un triple secreto. Llevaba meses sin sentirse tan vivo.

2

—El señor Hernández es nuestro mejor hombre.

Santiago Walker, la W de las siglas que daban nombre a la agencia de detectives WHO —Walker, Huarte y Olesa—, era diez años más joven que Mateo, pero lo alababa ante el nuevo cliente en tono paternal. Mateo asintió con la cabeza, mientras se tragaba el «nuestro» como si engullera un erizo.

El cliente sonrió, sin poder disimular cuánto lo incomodaba la situación. Lo suyo, tanto las sospechas como la rabia y el dolor, era un asunto habitual para los detectives. Lo sabía, por eso estaba ahí, pero, aun así, parecía algo cohibido.

Para Mateo la única novedad era la fama de su cliente. Ramón Sempere era un conocido presentador de la televisión catalana. Su mujer, Cristina Abreu, una actriz en alza. Una pareja popular en el mundo del glamur local.

Los tres hombres se encontraban en el despacho de Walker sentados alrededor de una mesa redonda. Mientras hablaba, Sempere dirigía de vez en cuando la mirada a la cuarta silla, la que daba la espalda al ventanal, en la que había depositado un maletín que parecía nuevo, comprado para la ocasión. Al terminar, el presentador lo cogió y lo abrió con gestos que querían parecer decididos, pero le salieron bruscos. Sacó unos papeles y los puso sobre la mesa. Le correspondía a Mateo cogerlos.

—El contrato matrimonial lo deja muy claro —dijo Sempere.

Mateo empezó a leer la lista de cláusulas.

—Ahí lo dice muy claro —repitió el presentador.

Como Mateo no respondía, Sempere, impaciente, se levantó y le señaló el pasaje concreto con un dedo algo amarillento, muy largo y delgado, de vampiro decimonónico. El presentador olía a una mezcla dulzona y acre de colonia y tabaco.

—Aquí, aquí. ¿Lo ve?

La cláusula especificaba que, en caso de adulterio de cualquiera de los cónyuges, no había derecho a compensación económica alguna. Así de simple.

—Lo veo —dijo Mateo, reprimiendo un bostezo.

Sempere volvió a sentarse, puso las manos sobre la mesa y se convirtió en el busto parlante de las noticias del mediodía.

—Sé que hay otro.

Con una dicción perfecta, que seguramente le permitía mantenerse imperturbable frente a lo que exponía, ya fuera la subida de precios, el desarrollo de una guerra o la llegada de una estrella del pop a la ciudad, empezó a enumerar las razones de sus sospechas. Mateo tomaba notas. A mano. Seguía prefiriéndolo y había observado que a los clientes también les gustaba más esa imagen, que les daba mayor confianza un bolígrafo corriendo con premura por un bloc, que unos dedos tecleando detrás de una pantalla.

En realidad, Mateo podría haber escrito la lista de comportamientos sospechosos de la actriz sin haber escuchado una sola palabra. Solía ser siempre lo mismo: ciertos gestos al recibir llamadas telefónicas, risas y susurros, horarios cambiados, nerviosismo, exceso de amabilidad o atenciones del cónyuge... Solo variaba el orden.

Pero él apuntaba y fingía estar atento. Lo fingía ante el cliente. Lo fingía ante el jefe, que estaba allí porque los clientes se sentían mejor tratados cuando aparecía una de las tres siglas de la empresa, si bien la hache solo podría presentarse como un fantasma; Huarte había muerto el año anterior en un accidente de coche.

Faltaba, pues, la hache y no se la ofrecían a Mateo Hernández.

¿No entendían que la trágica casualidad les estaba mandando una señal inequívoca? ¿Dónde habían quedado todos los halagos que derrocharon cuando fueron a buscarlo para que se uniera a la empresa? «Eres de los mejores de la profesión, Mateo.» «Para nosotros sería un privilegio contar contigo en la agencia.» «Serás un *primus inter pares.*»

Lo trataban bien, no podía quejarse, pero no dejaba de ser un empleado. Con privilegios, eso sí, ya que dos días a la semana seguía trabajando en su antiguo despacho en Sant Andreu, pero era un empleado que tenía que rendir cuentas a la empresa, que no decidía qué casos tomaba o no, que no emitía facturas. En una empresa que cada vez mantenía menos gente en plantilla y contrataba más detectives *freelance,* tanto jóvenes como veteranos como él, puede que los colegas lo envidiaran por su segura situación laboral, pero él añoraba su vieja agencia; hasta las facturas añoraba. Esas facturas a las que solía añadir algunas horitas de más, que sumaba a los honorarios de sus hijos, como un rey mago.

Los tres días a la semana que iba a trabajar a las oficinas de la agencia WHO cruzaba Barcelona en moto. Durante el trayecto no paraba de recordarse a sí mismo que no le había quedado más remedio. Se lo repetía semáforo tras semáforo, al esquivar coches, otras motos, patinetes, peatones absortos en sus móviles Se lo repetía hasta que llegaba a la plaza de Francesc Macià, donde aparcaba. Al bajarse, se decía una última vez que no le había quedado más remedio, y entonces caminaba hacia la agencia con el paso firme del convencido, porque se supone que el cuerpo es capaz de engañar a la mente.

La agencia WHO ocupaba un principal de grandes dimensiones en una finca regia de la Diagonal. Vestíbulo amplio, amplísimo, y alto, altísimo. Con portero detrás de un escritorio, y sillones en los laterales. Unos sillones con tapizados anticuados pero impecables, muebles de vocación frustrada, porque Mateo solo había visto a una persona sentarse en uno de ellos: una empleada de Correos que se ataba los cordones de una zapatilla. Su carrito amarillo era un objeto venido de otro planeta entre molduras, lámparas, espejos y la caja modernista del ascensor. Todo cuanto se espera de un edificio en la avenida que marca la frontera de clases en la ciudad.

Los clientes de WHO accedían a ese vestíbulo por una puerta acristalada, decorada, más que protegida, por una historiada estructura de hierro forjado. El portero se levantaba y les indicaba con la mano izquierda dónde estaba el ascensor, y con la derecha dónde empezaban las escaleras. Al portero, un guatemalteco de la edad de Mateo, le gustaba alardear ante los detectives de sus dotes de observación:

—Siempre sé si van a moverse hacia la derecha o hacia la izquierda.

Quizás albergaba el secreto anhelo de trabajar para ellos, de que un día le encomendasen una misión en la que sus dotes de observación sirvieran para algo más que satisfacer la curiosidad de los vecinos de las plantas altas.

Pasado el portero, los clientes subían y entraban en las

oficinas. La recepcionista los anunciaba y los llevaba directamente a uno de los despachos. Él tenía despacho propio, con su nombre escrito en la puerta. Otro de los privilegios de doble filo. Como en los carteles de los festivales de rock, donde las grandes estrellas aparecían en letras enormes, Mateo era el primero en aparecer en el segundo cuerpo de letra. Era *the Best of the Rest.*

En WHO los clientes eran conducidos por un pasillo recubierto de hipnóticas baldosas hidráulicas, la recepcionista tocaba a la puerta y después la abría con suavidad: «Su visita, señor Hernández».

Mateo añoraba el chirrido de la verja del jardín de su casa en Sant Andreu, los pasos de los clientes por el caminito de grava que conducía a la agencia. El timbrazo que lo levantaba del escritorio, bajar la mirada para controlar la blancura de su camisa, a la vez que con una mano se atusaba el cabello, abrir en persona la puerta y recibir al cliente.

Sí, añoraba la agencia, pero no había tenido otra opción. Tras la muerte de Marc, Detectives Hernández ya no era posible. Faltaba para siempre un Hernández. Lo recordaría cada vez que cogiera el teléfono. «Detectives Hernández, dígame.» Lo recordaría cada vez que viera el logo de la agencia en los papeles. Cada vez que desde su escritorio vislumbrara los diplomas colgados en la pared. Mateo Hernández, Nora Hernández, Marc Hernández, Amalia Hernández.

La ausencia absoluta, definitiva de su hijo le quitó sentido a todo, las antiguas aspiraciones se habían vuelto banales; las preocupaciones, nimias. Solo el poder apremiante de las necesidades cotidianas lo devolvió a algo parecido a la rutina: había que comprar comida, pagar la luz, el agua, el gas. Había que abonar los recibos de la clínica en la que estaba ingresada Lola. Tenía, pues, que trabajar. Pero no en Detectives Hernández.

Porque estaba lo de Lola. Lo que había hecho Lola.
Y lo que habían hecho ellos, todos ellos.

—¿Cómo lo ve usted, señor Hernández? —El presentador había terminado su lista de momentos sospechosos.

—Me pondré de inmediato con ello. —Miró a su jefe antes que al cliente.

Walker abandonó entonces la oficina para pedirle a su asistente que preparase el contrato. Sempere lo firmaría a solas con él, porque eso era asunto del jefe, no del empleado.

El erizo inició un amago de subir cuello arriba, pero Mateo no lo dejó. Estaba trabajando, era un profesional, «nuestro mejor hombre».

—Necesitaré conocer los hábitos de su esposa, los lugares que frecuenta, nombres de amigos...

Era lo mismo que les había pedido esa mañana a los padres de Armand Rocamora. Y toda la información posible sobre su proyecto. Lo había pedido todo en papel. El papel deja menos rastro que los correos electrónicos.

Sempere empezó un goteo de nombres y lugares; las pausas del bolígrafo de Mateo iban evidenciando que no sabía tanto como creía. Era la primera lección. Las consultas de este tipo a una agencia de detectives eran un curso acelerado de cuánto se ignora de las personas próximas.

—¿Se imagina ella que usted sospecha?

—Creo que no.

—¿Cree o sabe?

—Lo sé. No he dicho nada.

—¿Tampoco alusiones o gestos?

El presentador hizo un rápido examen de conciencia.

—No.

—Bien.

El cliente lo recibió como un halago. Mientras que Mateo pensaba que ese trabajo cómodo le dejaría bastante tiempo para la búsqueda de Armand Rocamora.

—Bien —volvió a decir—. Mañana empezaré con el seguimiento.

Sempere sonrió tan agradecido como triste.

3

Mientras en la agencia lo creían trabajando desde su casa, y en casa Lola pensaba que había ido a WHO, Mateo sacaba un llavero del bolsillo, un pequeño disco dorado que reproducía el cartel de la Exposición Universal de 1929, y entraba en el bloque de Armand Rocamora en el barrio de Sarrià.

La noche anterior ya había hecho todo el trabajo que le correspondía para ese día en el asunto Sempere: revisar el material sensible, las cuentas bancarias y los correos de Cristina Abreu. El marido le había pasado las claves.

—¿Tiene usted el *password* del correo de su mujer? —le había preguntado Mateo con incredulidad.

—Sí.

—¿Ella lo sabe?

—Sí. Claro.

El «claro» delataba que no.

Justo delante de la puerta del piso, le llegó un mensaje al móvil.

«Sigue en casa.»

Le había encomendado el seguimiento matinal de Cristina Abreu al nuevo compañero en periodo de pruebas. Llevaba vigilando la vivienda desde las ocho. El presentador había salido a las nueve. Eran ya las once y la actriz aún no había abandonado el domicilio y nadie había entrado allí.

El novato le mandaba el mensaje, más por matar el aburrimiento que por informarlo.

«Muy bien. Mantente atento.» Respondió y abrió despacio la puerta del piso, con una mezcla de respeto y escrúpulo que no se le había pasado con los años de profesión. Entrar en una casa ajena, aunque se tengan las llaves y el permiso para hacerlo, es siempre una intrusión.

Accedió a un recibidor claro con un perchero de pared del que colgaba, como un murciélago dormido, un abrigo oscuro. Sobre una escueta repisa de madera blanca vio dos bandejitas para todo aquello de lo que uno se desprende al volver a casa. No había llaves, solo monedas en una, y algunas tarjetas de cliente de tiendas en la otra.

Recorrió las espaciosas habitaciones. Grandes ventanales, buenos muebles, objetos de decoración caros, algunos de ellos exóticos, pocos libros, algunos cuadros y muchas fotos.

El despacho de Armand estaba en una habitación luminosa con vistas a un gran parque. En una de las paredes había colgado un gran mapamundi. Lo rodeaban muchas fotografías pequeñas unidas por un hilo rojo a la chincheta cabezona que marcaba a qué ciudad correspondía. La mayoría de las fotos estaban enlazadas con el hemisferio norte: una densa red en Europa, bastantes ciudades de Canadá, Estados Unidos y México. En Latinoamérica había chinchetas sobre las grandes ciudades, todas en el lado atlántico: Buenos Aires, São Paulo, Río de Janeiro, Salvador de Bahía, Montevideo. África se reducía a un viaje a Marruecos, siempre en lujosos hoteles a juzgar por las fotos, y otro a Sudáfrica. En medio, un continente por explorar. Asia estaba en blanco. Tal vez allí empezara con el soñado viaje a Japón. Era llamativo que en todas las fotos apareciera sonriendo a la cámara desde lo que debían de ser las habitaciones en las que se había alojado.

En el dormitorio, más fotos. Si las de los viajes rodeaban el mapamundi, las del dormitorio, las de familia, seguían un orden cronológico de izquierda a derecha sobre una larga repisa que recorría una pared lateral de un extremo a otro. En las imágenes familiares, que Armand exponía con una clara preferencia por los marcos plateados, faltaban los antepasados antes de que él naciera. Ni una única foto de color sepia de los abuelos posando serios el día de la boda. O del bautizo, la comunión o la boda de los padres de Armand. Los abuelos entraban en escena cuando se convertían precisamente en abuelos de Armand, el bebé risueño que dos ancianos sentaban entre ellos en un sofá. Antes no. Sus padres también aparecían solo con él. Una foto de su bautizo era la primera. Una joven Marta Peiró de perfil lo sostenía en brazos en la pila bautismal. Rafel Rocamora, de frente, los contemplaba a ambos. El brazo derecho estaba estirado hacia abajo. Mateo se imaginó que llevaba de la mano a Rafelet, el hermano mayor de Armand, que tenía síndrome de Down.

Había tres fotos de Rafelet y Armand. En la primera, el hermano mayor tendría unos diez años y aparecía con Armand de bebé en el regazo; ambos se miraban con arrobo. En la segunda, Armand ya habría cumplido los cuatro años; los hermanos iban de la mano por la calle, cada uno abrazaba un osito con el otro brazo. En la tercera, un Rafelet adolescente pasaba un brazo protector sobre los hombros de su hermano menor, que ya lo superaba en altura. Los padres le habían contado que Rafelet, que tenía ahora cuarenta y tres años, vivía actualmente en Mataró, en un piso tutelado de un programa de integración y que «incluso trabajaba» en una empresa de mensajería.

En el salón, las fotos de Armand con diversas personalidades cubrían una pared. Deportistas, políticos, artistas... Había fotos en el Palau de la Generalitat, en el Ayuntamiento, en el palco del Barça, en el Liceu, en salones de actos fastuosos que no reconoció pero que deslumbraban con dorados, manteles blancos y espejos. Imágenes de *photocalls*, cenas de gala, concesiones de Creus de Sant Jordi, entregas del galardón al Català de l'Any, premios empresariales, literarios, deportivos... Allí estaba Armand, al lado de los laureados. Se alejó para abarcar la pared con la vista. Con todos los marcos iguales, le recordaba la exhibición de fotos de famosos en los restaurantes. Maradona comió aquí una vez. Lola Flores pasó por aquí. Springsteen se tomó una cerveza y me preguntó la hora. Las fotos de Armand le causaban la misma melancolía.

Volvió al despacho de Armand y apartó, para llevárselas, varias gruesas carpetas etiquetadas con Expo 2029. Echó un vistazo a los papeles. Había descripciones del proyecto, pabellones, ubicaciones... También el nombre de empresas interesadas en el proyecto y algunas abreviaturas, como BDA-P, BDA-G o B29-P, que no le dijeron nada, pero que se propuso descifrar. No encontró ningún móvil, ordenador o USB. Tal vez lo tenía todo en la empresa. Tal vez se lo había llevado consigo.

Tanto si se encontraba en peligro, como si necesitaba un descanso de lo que fuera, no entendía por qué no les había dicho nada a sus padres. Le costaba creer la teoría de Marta, que Armand estuviera escondiéndose de amenazas de competidores poco limpios. Tampoco le parecía plausible que estos mismos competidores le hubieran hecho alguna cosa, como secuestrarlo. Se movió despacio de habitación en habitación buscando algo, un objeto discordante, un papel, tal vez una prenda de ropa ajena, que le contase otra historia, pero era difícil no quedarse prendido en las fotos.

Se fijó entonces en uno de los cuadros que rompían el monopolio decorativo de las fotografías en el salón. Era una acuarela de tamaño A3 en la que aparecía el falso puente gótico de la calle del Bisbe que une el edificio de la Generalitat con la Casa dels Canonges, uno de los típicos motivos para turistas. El cuadro podría pasar por uno de ellos, pero, visto de cerca, se apreciaba que por el arco central del puente se asomaba un canguro que apoyaba despreocupado las patas delanteras en la barandilla. El cuadro contiguo era similar. El motivo era, esta vez, la escalinata del parque Güell, pero el dragón había sido sustituido por un cocodrilo. La artista se llamaba Susanna Sunyer. Los cinco cuadros que había en la casa eran todos de esta misma artista. Solo de ella. Era algo personal, se dijo.

Mateo mandó un mensaje a Marta. «¿Susanna Sunyer?»

La respuesta llegó de inmediato. «La novia de Armand. Bueno, la exnovia. Se separaron hace pocas semanas.»

Se lo habían callado.

Revisó la casa de nuevo. No había nada que revelara la presencia de una mujer. Ni una prenda ni un cepillo de dientes o algún cosmético. La segunda mesita de noche estaba vacía, excepto por la lamparita, que era más bien un tributo a la simetría.

Buscó información en el móvil sobre Susanna Sunyer. Encontró una página web de la artista, una dirección de un estudio en Gràcia, un número de teléfono móvil, al que llamó sin obtener respuesta. Llamó a los padres de Armand.

—Susanna Sunyer es una Sunyer, de los Sunyer i Puig de la Bellacasa —le explicó Marta.

Todo un apellido de Barcelona. De los que aparecían desde hacía generaciones en patronatos de museos, liceos y *palaus*.

—Se conocieron en la facultad, pero ella es más artista. Toca el piano y es pintora.

Hablaba de ella en un presente que indicaba que todavía no había aceptado la ruptura del hijo.

—¿La separación le afectó mucho a Armand?

—En todo caso, diría que te afectó más a ti que a él —la voz de Rafel se oyó al fondo. Seguramente, Marta tenía el móvil en altavoz mientras hablaba con él.

A pesar de la distancia interpuesta por el teléfono, Mateo sintió que al otro lado se cargaba tal furia eléctrica que se le erizó el vello de los brazos. Pero no hubo descarga; no durante la llamada.

—¿Tenéis algún teléfono donde pueda contactarla? No me responde al móvil.

No, no lo tenían, pero, con el apellido, no le costó mucho encontrar el número de una de las empresas familiares. Superó una operadora y un secretario personal del señor Sunyer haciéndose pasar por un técnico de Cultura del Ayuntamiento y tuvo por fin al padre de la exnovia de Armand al aparato.

—¿De qué se trata? —La voz sonaba desconfiada.

Mateo estaba sentado en uno de los sofás de Armand con la vista puesta en el cuadro del canguro.

—Le llamo porque necesitaríamos contactar con su hija Susanna, para una...

—Pues siga buscando.

Le colgó.

Le quedaban dos horas antes de tomar el relevo del novato y ocuparse de la actriz. Salió del piso de Armand y, mientras comía en una cafetería de Sarrià, intentó rastrear a Susanna Sunyer. No sabía exactamente por qué. Quizás fuera una intuición. Pero se suponía que estas no existían, ¿no? Que se lo dijeran a Lola. Se le escapó un suspiro que hizo volverse a dos mujeres en la mesa contigua.

4

Al criajo ese, hoy le había dado por ir a clase y, de repente, Amalia tenía la mañana libre. Podía volver a la oficina. Si el chico se marchaba entre clases o después del recreo, los profesores, avisados, la llamarían de inmediato. Amalia ya sabía en qué lugares buscarlo; llevaba diez días siguiendo a Miqui Adell, quince años, pésimo estudiante, porrero, camello, violento en casa.

—Se nos está descarriando.

Y que usted lo diga, señor Adell. Amalia lo había visto fumarse el primer porro del día nada más salir de casa, quizás para quitarse el sabor del Cola Cao del desayuno.

—Se ha juntado con malas compañías —le había contado, por supuesto, la madre.

Esa frase la decían sobre todo las madres, que solían enseñar como argumento incontestable una foto del niño cuando tenía pocos años y era pura inocencia.

—Mire qué ojos y qué sonrisita...

En Miqui Adell, Amalia había visto unos ojitos y una sonrisa sádicos. «Señores», les habría dicho gustosamente a los padres, «su hijo es un cabronazo nato. Su hijo es la mala compañía.»

Los Adell la habían contratado para dos semanas, sábados y domingos incluidos. Unos pocos días más y les pasaría el informe y la factura. Quizás también les diría que, en su opinión, su hijo era un pequeño psicópata. Aunque, ¿no lo eran la mayoría de los adolescentes?

Nunca le habían gustado demasiado los casos con adolescentes. A Marc sí que se le habían dado bien. Eran su especialidad, los entendía, los descifraba y, sobre todo, los soportaba. Ella, a duras penas. Sería porque no le gustaban las cosas a medio hacer.

Pensar en su hermano era pensar en la casa familiar.

Llamó a Ayala.

—Iré a ver a mi madre.

—Pero no te quedes demasiado rato.

Ayala temía el efecto ensombrecedor que esa casa ejercía sobre ella. Pero hoy Amalia necesitaba pasar un rato a solas con la memoria de su hermano.

Al piso de Gràcia, donde Marc había vivido con Alicia, su mujer, los últimos años y donde lo habían asesinado, solo había vuelto cuando recogieron algunas de sus cosas. Alicia lo había vendido y se había marchado incluso de la ciudad. También había roto el contacto con ellos porque los consideraba culpables de la muerte de Marc. En cierto modo, no le faltaba razón.

¿Sabrían los nuevos dueños del piso lo que le había pasado al anterior propietario? Seguro que sí. Algún vecino ya se habría afanado por contárselo. Y tal vez afirmaría que allí se sentía la presencia del hombre asesinado en la escalera. Pero se equivocaba, Marc no se encontraba allí.

Estaba en el pasillo que unía la casa familiar con la agencia. Un pasillo sin luces. Cuando eran pequeños, sus padres les explicaron que al albañil que lo había construido «se le habían olvidado», pero nunca habían subsanado el supuesto descuido. Sabían que los tres tenían miedo a la oscuridad y de ese modo los mantenían alejados de las conversaciones con los clientes.

Llegó a la casa, pasó la reja metálica, cruzó el jardín, el despacho de la agencia y se metió en el pasillo. La oscuridad la envolvió, pero no le daba miedo. La presencia amable de Marc había ahuyentado a los monstruos que lo habían poblado durante años y que, incluso de adulta, la hacían cruzar rauda esos pocos metros. Todos se habían ido. Ahora el pasillo oscuro era el rincón donde se recogía, aunque solo fuera durante unos segundos, para recordar a su hermano.

Era un ritual que Amalia guardaba en secreto. No porque fuera tan irracional como su miedo infantil a los monstruos, tampoco para protegerlo de los comentarios de los demás, que, a decir verdad, le eran indiferentes. Era para no tener que compartirlo. Ese era su lugar de duelo propio.

Se sentó en el suelo, apoyó la espalda en la pared y, a pesar de la oscuridad casi total, cerró los ojos. Así se preparaba también para el encuentro con su madre.

Su madre llevaba más de un año sin salir de casa.

Tras la muerte de Marc, había estado internada catorce meses en una clínica psiquiátrica. Durante los primeros tres meses no se permitían las visitas. Después les dejaron que fueran a verla. Al principio, por separado; los médicos consideraban que era mejor una vuelta gradual. En su primera visita, Amalia apreció el éxito del internamiento. Su madre parecía tranquila. Tal vez incluso lo estaba.

El temor de que en alguna sesión de terapia hubiera confesado lo que había hecho se demostró infundado. La mente de su madre tenía tantos túneles y recovecos que ni la hipnosis ni los fármacos llegaban hasta el lugar en el que ella habría escondido su crimen. Quizás algunas de las galerías las había dinamitado ella misma.

Cuando regresó a casa, su madre cayó presa de un furor andarín. Salía por las mañanas y caminaba. Cruzaba la ciudad a pie y no regresaba hasta la tarde. En algunas ocasiones, sus caminatas la llevaron fuera de Barcelona: hasta la playa del Prat, hasta Valldoreix o hasta Sant Just. Otras, daba vueltas siguiendo el trayecto de alguna línea de autobús.

Al principio se habían turnado para seguirla. Discretamente, como si se tratase de una vigilancia de trabajo, aunque suponían que ella se lo imaginaba.

Regresaba tras horas de andar siempre al mismo ritmo, sin detenerse a mirar nada ni hacer pausas para comer, beber o ir al servicio, como si su cuerpo no tuviera más necesidad que el desplazamiento continuo. Ni una sola vez sus pasos la llevaron al cementerio de Sant Andreu, donde estaba enterrado Marc. No le preguntaron las razones de los paseos. O tal vez su padre lo hizo y no hubo respuesta. El resultado era el mismo: no sabían a qué obedecían.

A las tres semanas dejaron de seguirla, por lo menos Nora y ella. Su padre quizás aprovechaba de vez en cuando los días que la agencia WHO le dejaba trabajar en casa.

Y un día, sin más, se acabaron las caminatas.

—Menos mal —dijo su padre.

—Bien —dijo ella.

—¿Por qué? —preguntó, por supuesto, Nora.

La falta de una explicación inquietaba a su hermana. Empezó a darle vueltas a la fecha. Pero ni era el aniversario de nada ni tenía un significado particular en la historia familiar. A pesar de que había abandonado la profesión, Nora no podía cambiar su forma de ser, su necesidad obsesiva, enfermiza de saber, de entender. Tenía que haber una causa profunda para el cambio de comportamiento de su madre. Amalia, en cambio, ya había aceptado que muchas de las cosas que hacía su madre no tenían sentido. Las hacía y punto. Sin otra razón.

Aunque por lo que se refería a Rosario Pelegrín la razón había sido clarísima: su madre la había matado porque Rosario Pelegrín, la *tieta* Rosario, había ordenado que asesinaran a Marc.

Cada vez que pensaba en ello, Amalia sentía unos celos abrasadores porque ella no había podido participar en el asesinato. Había sido Nora quien había acompañado a su madre a la infecta cafetería que regentaba la *tieta* Rosario. Nora estuvo allí mientras su madre la mataba. Y también fue Nora quien después limpió con tal pericia el lugar del crimen que, cuando se descubrió la «desaparición» de la *tieta* Rosario, la policía no encontró nada que delatase que su madre y Nora hubieran pisado el lugar.

Tampoco había un cuerpo.

Ni lo habría. Porque, mientras se ocupaba de la escena del crimen, Nora había llamado a Ayala, a su Ayala, para que se hiciera cargo del cuerpo.

Y más tarde, cuando las calles ya estaban desiertas, Ayala se presentó con una furgoneta de reparto. Cargó y descargó varias cajas de bebidas, siempre las mismas, nadie se fija de noche en esos detalles, la gente pasea perros, vuelve o sale de casa y no presta atención a una furgoneta de reparto. También ven normal, en caso de que lleguen a verlo, que el repartidor lleve guantes.

Mientras Ayala hacía todo esto, Nora y su madre ya habían salido por esa misma puerta lateral y se alejaban en dirección al coche.

Cuando llegaron a casa, su padre no dijo una sola palabra. Llevó a su madre a la habitación y le inyectó algo para que durmiera. Al día siguiente inició los trámites para su internamiento.

Ayala regresó de madrugada al piso en el que entonces ya vivían juntos. Amalia lo esperaba despierta.

—Ya está —había dicho—. Necesito una ducha.

Ella supo en ese momento que no era el primer muerto de Ayala. Había muchas cosas que ignoraba del hombre con el que vivía. Prefería que siguiera siendo así.

Lo acompañó al baño. Bajo el agua de la ducha, las cicatrices que dibujaban líneas oscuras en ese cuerpo atlético que tanto le gustaba cambiaron de color, recuperaron el de cuando fueron heridas. Ayala levantaba la cabeza hacia el chorro de agua, los ojos firmemente apretados. Amalia, que se había enfurecido porque él y Nora habían frustrado su deseo de venganza, sintió entonces agradecimiento. El amor de Ayala y de su hermana le habían ahorrado lo que en ese momento debía de estar pasándole por delante de los ojos cerrados sin que toda el agua del mundo pudiera limpiarlo.

Nunca le preguntó qué había hecho con el cuerpo. Otro secreto más en esa familia.

A Rosario Pelegrín se la declaró en fuga. Desde entonces, estaba en busca y captura, como cabeza de una red que extorsionaba a niñas para obligarlas a prostituirse.

Aun así, a ellos los interrogaron y los vigilaron.

No en vano eran los detectives que habían estado investigando esa red.

Durante semanas, los dos inspectores al cargo de la investigación no les quitaron el ojo de encima, pero uno de ellos, Joan Marín, más joven y ambicioso que la otra inspectora, lo hacía con un encono rayano en la obsesión.

Amalia recordaba los duros interrogatorios de Marín, aunque el policía los llamara «conversaciones informativas», ya que ellos no eran sospechosos de nada.

—Tú tienes algo que ver con la desaparición de esa mujer, Hernández. Tú le has hecho algo —le soltó a su padre. Después, como si creyera que esa mala estrategia había funcionado alguna vez, ofrecía una mala imitación del policía bueno y comprensivo—: ¿Y quién no habría actuado así? Mandó matar a tu hijo. A sangre fría. Cualquier padre...

Sin embargo, su patente impericia no los llevó a despreciarlo como enemigo. No sería sutil, pero era constante. Los acosó durante meses. Llamadas intempestivas, interrogatorios, incluso registros domiciliarios. No encontró nada.

Fallaron también sus intentos de crear división.

—Sé que no eres como tu padre, Nora.

—¿Por qué me tutea?

—Sé que no eres como tu padre, Amalia.

—Pues todo el mundo me dice que he salido a él.

—Los hijos no deben pagar por los pecados de sus padres —les había dicho también a ambas, y había llegado a mostrarles la foto del cuerpo de Marc, pensando que con ello las quebraría.

Con Ayala lo intentó por la vía de la brusquedad, como con su padre.

—Daniel Ayala, hace tiempo que tenía ganas de tenerte aquí.

—Estupendo.

—Ojalá en este momento se fuera la luz. No sabes cuántas hostias te caerían.

Ayala no se había dejado provocar. Amalia sabía que a quien no le habría gustado quedarse a solas y a oscuras con Ayala era a Marín.

Amalia se levantó del suelo fresco del pasillo.

—Voy a ver qué hace mamá, Marc. Deséame buena suerte.

Parpadeó deslumbrada al acceder al salón. Cerró bien las puertas a su espalda para preservar la oscuridad.

Entró en la cocina. Olía a café. Sobre la mesa, dos vasos

vacíos con restos de café soluble. Su madre siempre dejaba hervir el agua y después enfriaba el café pasándolo de un vaso a otro. Un ritual de antes, de abuela, pensaba Amalia, pero que, ejecutado por su madre, adquiría un carácter algo maníaco.

Su madre tenía la vista fija en la pantalla de la tableta.

—Míralas, Amalia. Qué bonitas, qué elegantes. —Se la pasó.

Era una foto en blanco y negro de dos muchachas victorianas. Una, sentada a la izquierda, la otra de pie. Los brazos de las chicas se rozaban sobre el apoyabrazos de la silla. Ambas llevaban vestidos de faldas anchas, ceñidos y abotonados en el torso. La que estaba de pie, muy firme, llevaba un vestido negro, un gran lazo blanco en el cuello y el pelo recogido con fuerza hacia atrás. El rostro oval, la mirada fija hacia la cámara. Como la otra muchacha. Pero ninguna de las dos veía nada.

—Están muertas, ¿verdad?

Lo delataban las manos, negras e hinchadas. A las muchachas las habían vestido con sus mejores ropas, las habían colocado como dos muñecas gigantes, sostenidas por armazones ocultos para que una se mantuviera de pie y la otra bien sentada. Los ojos estaban pintados sobre los párpados cerrados. Por eso en ambas eran idénticos y miraban con tal fijeza al objetivo. Una foto mortuoria, la última imagen antes de enterrarlas. No era la primera vez que su madre le mostraba imágenes como esa. Bebés muertos, niños muertos, familias enteras muertas, tumbadas sobre una cama, como si solo estuvieran durmiendo.

—No deberías volver a mirar esas cosas, mamá.

—Ya no se hacen. Ni máscaras ni fotos mortuorias.

—Y está bien que así sea.

No necesitaba ninguna de esas tremebundas fotos de muertos posando como maniquíes, o la cara de su hermano perpetuada en una máscara de yeso, ni un guardapelo con uno de los rizos de Marc ni un espantoso cuadrito de luto que encerrase un bordado hecho con pelo del difunto. Que todo eso existía era un conocimiento adquirido, pero no deseado. Se lo debía a su madre, que se perdía por esos vericuetos del duelo y la había elegido a ella como interlocutora porque su padre y Nora se negaban a participar. Pero la obsesión por los objetos de duelo morbosos había cesado hacía varios meses. ¿Por qué volvía a hacerlo? Tendría que hablar con su padre y avisarlo de que algo había sacado a su madre del estado de serenidad que tanto le había costado conseguir. Algo la preocupaba, la perturbaba. Amalia sabía que preguntarle a ella no serviría de nada. Se sentó frente a su madre en la mesa de la cocina después de prepararse un café.

Cuando se marchó una hora más tarde, habían hablado de la agencia de seguridad de Amalia y Ayala.

—¿Cómo os va el negocio?

Habían hablado de su caso.

—¡Menudo elemento el chaval!

Habían hablado de Nora y de su trabajo en una escuela para niños ricos.

—¡Qué manera de malgastar su tiempo!

Habían hablado de la tía Claudia.

—Cada día más flaca.

Había hablado del gato de la tía Claudia.

—Cada día más gordo.

Habían hablado de toda la familia, menos de su padre. De modo que Amalia entendió que él era la causa de la preocupación. ¿Qué estaría pasando entre ellos?

5

Esa mañana Mateo trabajaba en casa, en su antiguo despacho. Dejó a la vista papeles del otro caso por si Lola aparecía de improviso por allí. Fotos de la actriz y del presentador, revistas del corazón abiertas para desviar su atención, porque, aunque nunca había tomado notas de sus investigaciones en negro para no dejar rastro, esta vez tenía que hacerlo. Le había llevado dos días poner en orden la información que tenía sobre Armand. La lista de gente con la que se codeaba era un *Who is who* de la sociedad catalana, desde apellidos añejos hasta dinero nuevo.

¿Cómo había logrado meterse un chico de barrio en esos círculos por lo general tan impermeables? Sus padres ganaban dinero. Bastante. Pero estaban lejos de tener las fortunas de, por ejemplo, los compañeros de estudios en el exclusivo colegio al que lo habían enviado.

Un par de novias que sus padres le conocían también provenían de esas esferas, aunque Susanna Sunyer era la más prominente. A pesar de sus esfuerzos, Mateo todavía no había conseguido hablar con ella.

Armand tenía iniciativa y empuje. Durante los estudios de Económicas había fundado una especie de consultoría con dos socios, también estudiantes. Como en un juego de rol con dinero real, asesoraban, por lo visto exitosamente, a sus compañeros sobre inversiones. Los cachorros tienen que jugar a cazar para ser grandes cazadores.

—Sabe atraer el dinero —le había dicho Rafel.

Eso parecía.

Dejó de entrada las amistades a un lado y concentró su atención en el proyecto, algo megalómano, de la Exposición Universal de Barcelona 2029. «Cien años brillando - Cien años de prodigios.» Si esto salía adelante, Eduardo Mendoza debería percibir derechos de autor.

Se había citado a la una con Jofre Llosa, el amigo que había llamado a los padres para preguntar por él. Llosa era director de una empresa de *software* y uno de los primeros inversores en el proyecto Barcelona 2029. También había sido uno de los clientes de la exitosa asesoría estudiantil. Habían sido compañeros de estudios, pero sus orígenes no podían ser más dispares. La familia Llosa era una antigua estirpe patricia de Barcelona, de las que cambiaban de negocio con el paso de los años sin perder nunca su patrimonio. Si ahora se dedicaban a la informática y los productos de lujo, antes fueron parte del sector inmobiliario, tras salir del textil, al que se incorporaron cuando dejaron el azúcar y los esclavos.

Jofre Llosa lo recibió en las oficinas de su empresa, que ocupaba varias plantas de un flamante edificio en @22, el distrito tecnológico de Barcelona. Por las fotos que había visto de él, era más partidario del estilo formal de Bill Gates que del mesianismo de Steve Jobs: camisas blancas asomando de jerséis de cuello de pico, los colores fuertes, rojo, verde esmeralda, o turquesa, como el de hoy, eran la concesión a su juventud.

Mateo se había presentado como periodista de *Cinco Días*, el diario de economía.

—Nos ha llegado la información sobre este proyecto y nos gustaría publicar un reportaje sobre las repercusiones tanto económicas como sociales que un evento de tal envergadura tendría sobre la ciudad.

No le dio más explicaciones a Llosa sobre el origen de su información, como dando por hecho que no eran necesarias. Mateo no se sentía especialmente cómodo en ese rol, nunca se había movido entre empresarios de alto nivel, por eso también había decidido empezar por el más joven. Las palabras de Rafel Rocamora martilleaban en su cabeza: «puestos a buscar un detective, podrías haber escogido uno que esté a la altura del asunto». Estaba nervioso, temía que cualquier imprecisión pudiera descubrirlo. Se encomendó a la natural predisposición de la gente a hablar de sí misma cuando está satisfecha y pasó de inmediato a las preguntas:

—Cuénteme cómo decidió unirse a esta iniciativa.

—Lo hice porque al frente está mi amigo Armand Rocamora, que es un *crack*. En poco tiempo ha reunido un potentísimo apoyo financiero a través de patronazgos, mecenas, *networking*...

—Extraordinario. Espero poder hablar pronto con él en persona. Me han dicho que está fuera.

—Se ha ido unos días de viaje. Vacaciones. A Japón.

—Entiendo. —Mateo le dirigió una mirada cómplice—. A Osaka, supongo.

Se había documentado bien.

Llosa correspondió a su complicidad:

—Bueno, puede que haya ido a ver cómo van los preparativos de la Expo del 25 allí, dicen que va a haber taxis voladores en el recinto. A ver cómo superamos eso.

Es decir, Llosa no tenía la menor idea de que Armand estaba desaparecido.

Estaban sentados en un lado del despacho con vistas a la Torre Glòries. Sillones ligeros de cuero, la mesa era un tablero de vidrio apoyado en una gruesa pieza de madera, una rodaja del tronco de un árbol centenario, sobre la que un asistente había depositado las tazas de café. Imposible no compararlo con el rinconcito en su oficina, sus ya veteranos silloncitos azules y la mesa arriñonada comprada en los Encantes, el paraíso de la segunda mano y las cosas caídas de camiones que se encontraba a pocos metros de allí, de los edificios nuevos con sus viveros de empresas de tecnología.

Más que tomar un sorbo de café, Mateo lo disfrutó. El lugar, la entrevista clandestina, la identidad falsa. ¿Cuánto tiempo llevaba sin sentir esa tensión vivificante?

Llosa también tomó un sorbo de café antes de desplegar ante su grabadora y su bloc de notas los pormenores del proyecto. Cada vez que Llosa dejaba caer alguna de las palabras clave —medio ambiente, cooperación, recursos, sostenibilidad—, hacía una pausa para darle tiempo a anotarla.

—Veo que la Expo 2029 proyecta una visión optimista del futuro —comentó Mateo.

—Así es. No se trata de cultivar el pensamiento distópico, sino el utópico. Recuperar el optimismo de principios del siglo XX, cuando se creía en el progreso, pero adaptándolo a la nueva conciencia ecológica.

Llosa hablaba con un entusiasmo tan contagioso que Mateo deseó que la candidatura de Barcelona saliera adelante. Se vio a sí mismo paseando por pabellones espectaculares del brazo de Lola. Se vio a sí mismo también jubilado.

—¿Pasa algo, señor Hernangómez?

El sonido de uno de sus apellidos falsos favoritos lo devolvió al presente, a Llosa, que había percibido su súbito cambio de expresión.

—No, no. Hablando de sostenibilidad, ¿qué esperan que aporte el proyecto a la ciudad?

—Aparte de los beneficios económicos, queremos que se contagie del optimismo del proyecto. Queremos que los ciudadanos se ilusionen ya durante la preparación de la Expo, como pasó con las Olimpiadas del 92.

—Y no pasó con el Fórum del 2004.

Llosa estaba preparado para esa réplica:

—Pero es que ahora un proyecto así es necesario, diría que incluso deseado como proyecto común, porque los barceloneses tienen que salir de la depresión colectiva en la que se encuentran sumidos. Se trata, señor Hernangómez, de que Barcelona vuelva a ser y sentirse grande, de devolverle el orgullo, el cosmopolitismo, el liderazgo.

—Algo así como «*Make Barcelona Great Again*» —dijo Mateo bromeando.

—¡Eso es! Pero sin el tufo trumpista, claro está. ¡Qué gran lema habría sido este, señor Hernangómez!

La forma en que repetía su nombre a cada frase era un clásico de escuela de comunicación. Pero tenía que reconocer que lo hacía bien, que el entusiasmo de sus treinta y pocos años se complementaba bien con la madurez que sugería su avanzada calvicie.

La grabadora engullía nuevas informaciones y eslóganes, Mateo ya había pasado un par de veces las páginas de su cuaderno.

—¿Cuál es su participación en el proyecto?

—Mi empresa, además de aportar financiación, creará y ejecutará las soluciones tecnológicas para la gestión contable y de recursos humanos.

—Veo que el proyecto está muy perfilado.

—Así lo exige la presentación de estas propuestas. La comisión del Ayuntamiento que ha estudiado el proyecto ha dado el visto bueno y pronto pasará a manos de la Oficina Internacional de Exposiciones, la entidad que nombra oficialmente las ciudades que organizan las exposiciones internacionales. Es increíble lo que ha puesto en pie en pocos meses. Si quiere, le puedo dar el contacto de otros valedores importantes del proyecto.

Mateo los anotó antes de pasar a lo que más le interesaba.

—Hemos hablado de muchas de las cosas buenas y favorables del proyecto, pero supongo que no todo el mundo estará tan entusiasmado como ustedes por la iniciativa.

La sonrisa de Llosa era la de quien espera la pregunta y no le tiene miedo.

—Por supuesto. Todo buen proyecto que se precie debe tener sus detractores.

Le concedió a Mateo el tiempo necesario para anotar la frase, tal vez lo imaginaba como titular o uno de los destacados del artículo.

—¿Quiénes son?

—Se trata, sobre todo, de aquellos que no fueron en principio partidarios, pero ahora, una vez puesto en marcha el proyecto, se sienten excluidos...

—Algo así ha llegado a mis oídos —dijo él vagamente, aludiendo a las sospechas de Marta—. ¿Tendría algunos nombres?

—No creo que deba.

Mateo apagó la grabadora y cerró el bloc de notas.

—*Off the record.*

—Es que no debería. Son solo rumores.

—Le puedo asegurar que es solo para satisfacer mi curiosidad personal. Esta información es del todo irrelevante para lo que voy a escribir.

Llosa volvió la mirada hacia la punta azulada de la Torre Glòries y el tótem debió de negarle el permiso.

—Mejor no. Como he dicho, son más bien rumores y no querría hablar mal de gente que lleva muchos más años que yo en este difícil mundo empresarial. Además, alguno es amigo de la familia hace tiempo.

—Su discreción le honra —dijo Mateo mientras mentalmente anotaba que se trataba de gente de la vieja guardia.

Llosa estaba satisfecho y posó ufano cuando Mateo le hizo unas fotos con el móvil.

—¡Cómo nos han facilitado la vida! Antes usted tendría que haber cargado con una cámara para esto.

—Y lo que es peor —bromeó Mateo—, con un fotógrafo.

El joven empresario le había caído bien. Cogió sonriente la tarjeta que Mateo le entregó. Hecha la noche anterior. Mateo confiaba en que Lola no hubiera oído el sonido de la impresora que usaba para falsificar documentos. En la tarjeta había puesto los logos debidamente copiados, una dirección en Madrid y un número de móvil real, pero de prepago, que tiraría a la basura al cerrar ese caso.

El joven empresario lo acompañó hasta la puerta y, tras un *rally* perfecto, derrapó en la última curva, justo mientras le estrechaba efusivamente la mano.

—Haremos que Barcelona sea grande de nuevo, señor Hernangómez. Somos muchos los que queremos salir de esta especie de sándwich en el que nos sentimos emparedados, por un lado, los indepes, y por el otro, todos esos moros y panchitos.

Se dio cuenta enseguida de su patinazo, enrojeció y medio tartamudeó una disculpa.

—La grabadora lleva un rato apagada —le dijo Mateo, y se dio media vuelta para dirigirse a los ascensores.

La mala conciencia es uno de los grandes motores de las acciones humanas. Antes de que llegase el ascensor, Llosa le dijo:

—Hable con Gabriel Sabater.

Mateo se giró.

—Usted quería saber quién parece tener algo contra el proyecto. Sabater es uno de ellos. *Off the record.*

—*Off the record*, por supuesto.

Le dio las gracias. En cuanto las puertas del ascensor se cerraron, Mateo buscó ese nombre. Encontró varios, pero uno de ellos, habitual de la prensa económica y en un par de ocasiones de las páginas de tribunales por asuntos turbios, era el que buscaba. Gabriel Sabater, un pez gordo, con muchos negocios, entre los que estaba el de la construcción.

Gracias a los «indepes, moros y panchitos» había conseguido el nombre, si no de un enemigo, sí de un antagonista de Armand. Tenía que estudiarlo para saber cómo acercarse a él.

No le daba tiempo de volver a casa a comer porque tenía que tomar el relevo del compañero apostado frente a la casa de la actriz.

—Aquí no pasa nada —fue todo su resumen antes de marcharse enfurruñado con su objeto de observación por no ser más interesante.

Ya se acostumbraría.

Aunque nunca del todo. El trabajo siempre tiñe. Él mismo se había dejado arrastrar por el entusiasmo de Llosa, incluso había simpatizado con él. Tal vez deslumbrado por el reflejo de su propio entusiasmo porque tenía entre manos un caso propio, un caso prohibido. Pero en realidad debería estar preocupado; Armand Rocamora faltaba desde hacía demasiados días.

Durante su turno de vigilancia hubo algo más de movimiento en el caso «oficial», aunque esto no alivió su urgencia por volver a lo de Rocamora. Siguió a la actriz cuando salió de su casa e hizo algunas compras por el centro: cereales y frutos secos ecológicos en una tienda a granel y algún producto de cosmética en una perfumería. También se hizo varios selfis con admiradores que la reconocieron por la calle. Ningún encuentro sospechoso, excesivamente efusivo o con la torpeza que adquiere el cuerpo cuando se quiere evitar el contacto deseado. Mateo solo constató que hablaba mucho, tanto con los dependientes como con los fans. Nunca parecía tener prisa por terminar las conversaciones. Finalmente, entró en el Institut del Teatre en el Poble-Sec, donde impartía clases de interpretación. La siguió hasta el interior y la vio entrar en un aula, tras saludar, sin ningún gesto equívoco, a varios compañeros y a algunos alumnos. Cristina Abreu tenía tres horas de clases. Según el horario, acabaría a las diez de la noche. Mateo salió, buscó el coche de la actriz en el aparcamiento subterráneo y le pegó un localizador GPS a los bajos.

Volvió a casa. El GPS del coche le indicaría si Abreu tomaba un camino que no fuera el de su propia casa.

Sabía por la hora que era que encontraría a Lola en el salón viendo alguna película clásica, sentada muy erguida en el sofá, como si estuviera en el cine. Así estaba hoy también. A su lado, una mesita baja en la que hoy había ya tres botellines de cerveza.

Para no taparle la vista, algo que la irritaba, pasó por detrás del sofá y la besó en la cabeza, después miró a la pantalla.

—*La sombra de una duda* —dijo orgulloso de haber reconocido la película de Hitchcock. No lograba recordar el nombre de la actriz—. Un poco pánfila esa chica.

—¿Quién no se dejaría engañar por la cara de hombre honrado de Joseph Cotten? Me recuerda a ti.

Mateo lo miró con atención sin reconocerse en nada.

—¿Sí?

—No sé. Tenéis un aire. Esa cara de buenos chicos con doble fondo...

—Si tú lo dices —rio Mateo—. Acabo un par de cosas y nos ponemos con la cena.

—¿Cómo va el caso?

—Bien, bien. Rutina.

Era mejor hablar poco. Aunque estuviera atenta a la película, Lola detectaría enseguida cualquier tono extraño en su voz. Pero no parecía sospechar nada.

6

La vibración del móvil en la mesita de noche despertó a Nora a las cinco de la mañana. Lo cogió con un movimiento rápido de la mano, se levantó y salió de la habitación apretándolo contra el pecho para que el ruido no despertara a Sergio. El aparato zumbaba con urgencia, acelerándole el corazón.

A esa hora se llama para anunciar desgracias.

A esa hora también llaman los insomnes que han agotado su paciencia.

A esa hora, además, se prescinde de saludos y cortesías.

—¿Qué pasa, mamá?

—Creo que tu padre se está metiendo en algún lío.

—¿En el trabajo?

—En cierto modo sí.

—¿En cierto modo?

Fue a la cocina y llenó un vaso de agua.

—Se trata de uno de «esos» asuntos —dijo su madre.

—Pensaba que ya no lo hacía —respondió con el sabor de cloro salado del agua de Barcelona en la boca.

Que su padre lo había dejado cuando había cerrado Detectives Hernández y había empezado a trabajar para la agencia WHO.

Desde entonces, el *procés*, una pandemia, había empezado otra guerra.

Y ahora parecía que su padre había vuelto a las andadas, había cogido un caso bajo mano, algún asunto que su cliente no quería que constase en informes y menos aún en facturas.

—Me preocupa.

—¿Por qué?

Su padre metido en algún chanchullo era más bien una señal de normalidad. Una reminiscencia de cómo eran las cosas antes, y que la muerte de su hermano les había arrebatado para siempre.

—¿Por qué no vienes a casa y te lo cuento?

Como tenía la mañana libre, quedaron en que se acercaría hacia las diez. A esa hora su padre ya se habría marchado a la agencia. Colgó.

Se asomó a la ventana del salón con la certeza de que su madre se hallaba en ese momento frente a la ventana del que había sido el cuarto de Marc en la casa familiar. Ambas miraban en la dirección en la que estaba la otra, a pesar de que se encontraban en extremos opuestos de la ciudad. Su madre en Sant Andreu, ella en Sants.

Su padre y Sergio, acostumbrados a compartir la cama con mujeres con mal sueño, seguían dormidos.

7

Un día más le preparó a Lola un Nescafé y se lo dejó en la mesita de noche. Al lado, otro platito con las pastillas de la mañana y un par de galletas. Le gustaban las napolitanas. Café, canela y benzodiacepinas. Esa mañana parecía algo ausente, pero no era nada extraño en ella. O quizás era porque estaba volviendo a beber más. Tendría que regular la medicación. En cuanto tuviera un momento libre, consultaría al doctor Azemberg, el psiquiatra que estaba «en deuda eterna» con él y le proporcionaba todos los medicamentos que necesitaba.

Por si se anunciaba una fase depresiva, Mateo había comprobado en el cesto de la ropa sucia que Lola se hubiera cambiado. También que la noche anterior se hubiera duchado antes de acostarse. En las fases oscuras, Lola se abandonaba y era muy difícil, a veces imposible, convencerla de que se lavara. «Mamá huele mal», habían llegado a decir sus hijos cuando eran niños. Y Lola, consciente de ello, pero incapaz de remediarlo, se separaba del resto, incluso para comer.

—Como el emperador Carlos —les decía ella misma después, cuando regresaba de ese lugar extraño en el que la perdían—, que tenía la mandíbula inferior tan enorme que no podía cerrar la boca. Estaba tan acomplejado que casi siempre comía solo para que no vieran cómo la comida se le caía al masticar.

A los niños les contaba esas historias, que les hacían olvidar que, durante una o dos semanas, su madre había apestado como un vagabundo.

—Prognatismo, se le llama.

Amalia creyó durante un tiempo que eso significaba no lavarse.

Lola no volvería a tener prognatismo. Él se encargaría de ello. Como siempre había hecho.

Salió de casa a la hora usual y cruzó Barcelona en moto hasta la Diagonal, aparcó, como siempre en la plaza Francesc Macià, y se fumó su habitual cigarrillo en la puerta antes de entrar en el vestíbulo. Un día más la sonrisa aprobatoria del portero guatemalteco al verlo subir por las escaleras. Todo igual, excepto que esa mañana su mente estaba ocupada con el asunto Rocamora.

Pero primero Mateo dedicó la mañana en WHO a su otro caso y revisó los perfiles de amigos de la actriz que, según su marido, podrían ser candidatos a amantes. Tres hombres. No se le había pasado por la cabeza que pudiera tratarse de una mujer. Se lo sugeriría mañana. Hoy le bastaba con ese trío. Mientras él sacaba todo lo que las redes le podían ofrecer sobre ellos, el novato volvía a estar apostado en la puerta de la casa. «Sempere también está en casa», le escribía a primera hora. «Bien», respondió Mateo. Una hora después: «Sigue en casa». Mateo le respondía siempre lo mismo. Los mensajes del novato eran como el pedal de hombre muerto de los maquinistas: él escribía, Mateo contestaba y, con ello, quedaba constancia de que todo el tiempo había estado presente, mientras que en realidad se informaba sobre los nombres de las empresas que aparecían en los papeles de Armand. Ya sabía que BDA significaba «Barcelonés del Año», pero apenas encontró referencias a ese premio en la prensa o en las redes.

Otro mensaje: «Sempere y ella salen juntos de casa». Mateo le respondió: «Muy bien. Síguelos. Si se separan, ve tras ella». Después buscó el número de uno de los inversores más importantes de Armand para citarse con él. Esta vez se trataba de un empresario de la vieja escuela, Efrén Noguera, un peso pesado del tejido económico de la ciudad, que a los setenta y un años seguía al frente de un denso conglomerado de empresas. Por lo que le había contado Llosa, Noguera era el mentor de Armand en el mundo de los negocios y avalador del proyecto. Noguera era un viejo zorro. Con él debería tener todavía más cuidado que con Llosa. Esperaba jugar bien sus cartas. Contaba para ello con la información que le había facilitado el entusiasta Llosa.

Tras asegurarse de que la puerta de su despacho estaba cerrada, respiró hondo, repitió mentalmente su introducción y llamó. Era de nuevo un periodista especializado en temas económicos interesado en conocer más detalles del proyecto Expo 2029. Con la secretaria de Noguera funcionó, ya que, tras escucharlo, pasó la llamada con voz cantarina. Mateo esperó acompañado por unos acordes de piano hasta que alguien descolgó otra vez y un vozarrón grave se presentó como Efrén Noguera. El «dígame» consecuente fue tan cortés como imperativo. Mateo repitió su discurso sin interrupciones, pero, al terminar, su interlocutor soltó un bufido antes de decirle:

—No quiero hablar del tema.

—Pero usted, como uno de los principales inversores en...

Mateo no estaba seguro de que Efrén Noguera hubiera siquiera llegado a oír su última frase antes de abandonarlo al silencio. Aunque los teléfonos fijos por lo menos tenían la decencia de avisar con un «clic» de que el interlocutor te ha despachado.

Volvió a llamar. La secretaria del empresario había mutado en cancerbero.

—El señor Noguera no quiere hablar con usted.

—Pero es que el señor Rocamora...

—El señor Noguera le pide que no vuelva a llamar.

El estupor por el contraste entre el entusiasmo de su interlocutor del día anterior y el desaire de Noguera todavía debía de notársele en la cara cuando Marcelo Olesa abrió la puerta de su despacho.

—¿Todo bien?

—Claro.

—¿Qué tal va el nuevo?

—Es pronto para decirlo, pero de momento, bien.

—Estupendo. A ver si este nos vale. El personal que llega últimamente deja bastante que desear.

Olesa le hablaba todo el rato desde el umbral de la puerta. No le veía el brazo derecho, como si ocultara algo, el puñal o el pastel de cumpleaños.

—Este tendrá que trabajar un poco la impaciencia —dijo Mateo.

—Como tantos —respondió Olesa, sin dar un paso hacia delante y acabar de entrar o retirarse.

Mateo permaneció en silencio. El brazo derecho de Olesa seguía sin aparecer, no le quedaba claro el sentido de su irrupción, y su mente estaba en realidad dando vueltas a la extraña reacción de Efrén Noguera.

—Pues a ver qué tal. Confiamos mucho en tu criterio, Mateo.

Mateo sonrió en señal de agradecimiento. Justo en ese momento, el novato mandó otro mensaje: «Sempere ha dejado a su mujer en una librería del centro».

—Perdona, es el nuevo.

Ya se aprenderían su nombre si al final se lo quedaban.

—¿Movimiento?

—Eso parece.

—¿Crees que hay algo en este asunto?

En el fondo creía que las sospechas del presentador eran infundadas, pero le convenía que ese caso confortable se prolongara.

—Vamos a ver.

—Claro, claro.

Olesa se marchó sin que Mateo lo hubiera visto al completo y dejándole la impresión de que había venido a decirle algo que al final había callado.

Recordó la llamada antes de que Olesa se presentase en el despacho. ¿Por qué Efrén Noguera no había querido hablar con él? ¿A qué se debía la agresividad en su respuesta?

Mateo le escribió al novato: «Entra y compra algo también. Averigua qué compra ella». No serviría de nada, pero lo tendría entretenido.

8

La puerta del jardín se abrió con un chirrido delator. ¡Cuánto lo odiaban de adolescentes y noctámbulos! Nora se había propuesto ponerle aceite en muchas ocasiones; las mismas que lo había olvidado. De modo que la siguiente vez, el sonido agudo del metal rompía en medio de la noche tranquila, pueblerina de su barrio.

Cruzó el camino de gravilla. A ambos lados, grandes macetas de terracota con aspidistras. Brillaban. La tía Claudia las limpiaba hoja a hoja con leche tibia. Sobre el tocón de lo que había sido la gran palmera plantada por el bisabuelo indiano, la tía Claudia había puesto un tiesto con un helecho de hojas rizadas. Nora no sabía si la planta estaba ahí porque nadie se sentaba en el tocón o para que nadie lo hiciera. Era uno de los sitios favoritos de Marc.

El porche con columnas guarecía dos puertas. A la izquierda estaba la casa; a la derecha, la agencia. Tenía llaves de las dos.

Abrió la de la derecha. Hoy su padre no estaría ahí. Se asomó al primer despacho, el oficial. Todo seguía igual que en su última visita. Al fondo, el escritorio con papeles encima, a un lado, en una esquina, los silloncitos azules, la falsa caja fuerte para impresionar a los clientes, los tres cuadritos con escenas portuarias, herencia también, como la palmera y la casa misma, del indiano. En la misma pared, una gran ausencia, sus títulos de detectives.

Se acercó a la mesa y echó un vistazo a los papeles sin tocarlos. Eran asuntos de la agencia WHO. ¿Qué había esperado? Si su padre volvía a lo que su madre denominaba sus «chapuzas», no dejaría nada la vista. Como una vigilante afanosa, su madre recorría la casa varias veces al día y entraba en todas las habitaciones.

Se asomó al despacho contiguo. Ahí estaban los títulos. Colgaban de la pared en el mismo punto y en el mismo orden, como si hubiera cambiado la pared de habitación para llevarla al cuarto más escondido de la casa, iluminado por dos ventanitas que daban a un camino lateral que unía los dos jardines. En ese despacho se guardaban las actas y los papeles de Hernández Detectives. Carpetas llenas de fotos, croquis, notas metidas en grandes archivadores de metal. El escritorio en el que solían trabajar ella y sus hermanos estaba desnudo, exceptuando un flexo desenchufado. Cerró la puerta y dejó el cuarto de nuevo en su penumbra de mausoleo.

Atravesó con rapidez el pasillo oscuro y abrió la puerta que conducía a la vivienda.

Su madre estaba en la cocina, sentada a la mesa junto al ventanal que daba al jardín. Llevaba puesto uno de los jerséis anchos que tejía la tía Claudia. Era siempre el mismo jersey de color marrón oscuro, que a ella y su madre les quedaba grande, a Amalia y Sergio les iba bien, y para su padre y Ayala era estrecho. Material perfecto para alguna inquietante foto navideña de la familia. Ellos no necesitaban ni alces ni cenefas para parecer peligrosos o trastornados, solo sus cabezas asomando de los cuellos redondos de sus jerséis marrones. Los Hernández les desean felices fiestas.

El color oscuro resaltaba la palidez de la piel de su madre, que, a fuerza de no ver el sol, se había vuelto de porcelana.

El pelo veteado de gris se lo cortaba la tía Claudia con el mismo esmero con que podaba las hojas y ramitas del jardín.

La cocina olía a Nescafé. Su madre tenía dos vasos y pasaba el café de uno a otro para enfriarlo. Ni una gota manchaba el hule de la mesa.

—¿Quieres uno?

—No de eso —respondió ella sonriendo.

Nora se preparó un café con la cafetera moderna y sofisticada que presidía una encimera, y se sentó frente a su madre. En el jardín, el gato callejero que la tía Claudia había recogido hacía unos años dormitaba al sol.

—¿Cuántos años tendrá?

—A saber —dijo su madre—. Los años de vagabundo deben de contar por lo menos el doble que los que está pasando aquí a cuerpo de rey.

La voz sonaba clara, fluida. No había bebido todavía.

—¿De verdad crees que lo está haciendo otra vez?

—Estoy segura. Se lo noto.

—¿Y hasta ahora no lo había vuelto a hacer?

—No creo.

Esta vez le faltaba convicción a la respuesta. Su madre no estaba segura de que su padre no hubiera llevado una doble vida detectivesca sin que ella, perdida en el duelo, se apercibiera hasta ahora. Nora se ancló en el «hasta ahora». Significaba un movimiento de vuelta. No a la normalidad, una palabra inapropiada en esa familia, sino a un estado parecido a lo que tenían antes. Una parte de la mente de su madre salía de la hibernación y, como un oso famélico y magro, pedía alimento.

—¿No se lo has preguntado?

La mirada que le dirigió su madre le decía que en ese momento lo que se estaba preguntando era si había hecho bien en hablar del tema con una hija tan obtusa. Por lo general,

Nora conseguía descifrar los mensajes indirectos de su madre. ¿Cuál era esta vez el mandato oculto? ¿Qué le estaba pidiendo? Tenía que aventurar la respuesta y, a ser posible, acertar.

—Quieres que siga y vigile a papá, ¿verdad?

Acababa de recuperar la confianza y el aprecio de su madre.

Nora bajó la mirada y vio entonces las cajas de medicamentos sobre el hule de margaritas. Su madre los tomaba desde que había salido de la clínica psiquiátrica. Todos se describían como «antialgo», todos se metían en el cuerpo de su madre para que el flujo de la sangre los llevara hasta su cabeza; escudos y porras para aplacar los disturbios de su mente.

—¿Te has tomado lo que tocaba?

—Me falta una pastilla, pero tenía que enfriar el café.

Cogió la caja que coronaba la pila, sacó una de las píldoras y la engulló bajándola con la mitad del contenido de la taza. Refuerzos de la policía química.

—¿Que siga a papá? Se dará cuenta. Estoy muy oxidada.

Tras la muerte de Marc y el cierre de la agencia, Nora había abandonado la profesión. Durante un par de meses había trabajado en una tienda de cerámica que unos amigos de Sergio habían abierto en Gràcia. Él pensó que encajaría en un negocio abierto por una pareja de arquitectos cincuentones que lo habían dejado todo para llevar una vida más tranquila. Pero no es lo mismo vender cerámica portuguesa porque te estresan las exigencias de clientes que no se deciden entre grifos curvados o en ángulo recto que huir de una profesión para la que te has preparado toda tu vida porque han asesinado a tu hermano.

Nora necesitaba un trabajo tranquilo que a la vez le permitiera canalizar la rabia. La cerámica le podría haber proporcionado un día grandioso de desahogo, estrellando contra el suelo y las paredes platos, tazas, soperas, vajillas enteras con siluetas de sardinas, cuencos decorados con motivos marineros y esas fuentes con formas de hortalizas que desde el primer día despertaron en ella un odio difícil de contener. Todo hecho añicos, una orgía de gres y esmalte crujiente bajo los pies como el suelo de un cine de barrio el sábado por la tarde. Pero algo así se puede hacer solo una vez. No bastaba.

Se despidió y se llevó en el bolso la única pieza que habría indultado porque su imperfección le inspiraba una gran ternura: un cuenco blanco en cuyo fondo un búho bizco reposaba sobre una rama. Ahora su mirada estrábica la saludaba cada vez que se acababa el desayuno.

Le costó, pero finalmente encontró un trabajo en el que dejar fluir su rabia de un modo constante, sin explosiones. En el centro de enseñanza en el que daba clases desde hacía tres años practicaba un autoritarismo sonriente. Los alumnos la temían. Esos chavales que entraban dando voces y que parecía que iban a comerse el mundo con sus chupas de cuero o chaquetas de diseño, se encogían en la puerta de su aula. Las chicas que eran capaces de gritar, reír, fumar, insultarse y mascar chicle sin perder el ritmo se convertían en modosas novicias cuando Nora Hernández entraba en el aula. «Podéis llamarme Nora», les decía el primer día de clase con voz suave, pero con unos ojos que no dejaban lugar a dudas sobre su fiereza. Te llamaremos como tú quieras, Nora, señora Hernández, Cruella de Vil, su señoría, pero no nos mires así, le respondían los ojos de los alumnos.

El centro se llamaba Academia Las Torres, un nombre algo redundante, pero por lo visto a sus fundadores les pareció necesario resaltar que estaba ubicada en el barrio de Les Tres Torres, uno de los más pudientes de la ciudad. Era un centro privado, muy caro, pero la última esperanza para los cachorros díscolos de las clases altas, aquellos a los que por mal comportamiento o malas notas no aceptaban en otros lugares ni pagando.

Su padre creyó que era una reacción a la tremenda, visceral, por tanto, reversible. Necesitó medio año para entender que ella no volvería a trabajar como detective ni para WHO ni para nadie. No quiero más, papá. Ya está. Ahora me toca una vida tranquila, rutinaria, mediocre. Tengo derecho.

Era su derecho.

Sabía que su padre seguía esperando que cambiara de opinión, que la observaba cada vez que se veían, pendiente de un comentario o de un gesto que mostraran arrepentimiento. Ella seguía firme en su decisión.

Y ahora su madre le pedía que investigara a su padre, que lo siguiera.

—Es lo último que él se puede imaginar —le decía mientras pasaba una vez más el café de un vaso a otro.

—Yo también.

Su madre se lo estaba pidiendo a ella, no a Amalia, que sí seguía en la profesión. Era parte del idilio maternofilial surgido de la complicidad desde lo de Rosario Pelegrín. Entre ellas dos, que siempre habían tenido una relación difícil, se había establecido un nuevo vínculo con sangre ajena.

Una mancha amarilla se movió en el jardín. El gato se desperezó y cambió de lugar.

—Vale.

—Toma. —Su madre le dio un papelito que había tenido escondido debajo de las cajas de medicamentos—. Aquí tienes los horarios de tu padre.

Una vez más, su madre ya sabía cuál sería la respuesta y lo tenía todo preparado.

Nora cogió el papel y sintió un cosquilleo en la punta de los dedos que aumentó y se extendió por las manos al resto del cuerpo. Así debía de ser con los adictos cuando, tras una larga época de abstención, se metían una dosis. Tirar por la borda meses, años de lucha voluntariosa, de esfuerzo, solo por volver a sentir esa electricidad recorriendo tu cuerpo otra vez.

9

El pequeño psicópata, Miqui Adell, había decidido asistir a clase de nuevo. Otra mañana libre, pendiente de que los profesores la avisaran de una posible escapada.

Amalia esperó todavía unos minutos más delante del instituto y después se marchó. Iría otra vez a ver a su madre. La visita anterior la había dejado algo preocupada. Avisó a Ayala con un mensaje para no tener que volver a oír que no se quedara demasiado rato allí.

Amalia aparcó el coche delante de una casa abandonada hacía años, precintada por los bomberos. Hacía tiempo, cuando todavía vivía alguien ahí, se había roto uno de los cristales de la puerta y habían tapado el agujero con uno de esos cuadros con muchachas morenas y frutas que venden en las tiendas de muebles de barrio. Los años de sol y lluvia le habían dado un aspecto fantasmagórico a la pintura. Eso le recordó por qué estaba allí. Si hoy su madre seguía morbosa, hablaría con su padre y con Nora.

Como si hubiera invocado a su hermana, en ese momento la vio salir de la casa.

—¿Qué haces por aquí? —le preguntó Nora mientras le abría la verja del jardín.

—Tengo libre. ¿Y tú?

—También.

Nora no solía pasar a esa hora.

—¿Cómo está?

—Como siempre. Ahí. Tranquila.

Su hermana le ocultaba algo. Había venido a ver a su madre por alguna razón y no quería decírselo.

Los celos. Ahí estaban otra vez. La voz que le repetía que fue Nora la que estuvo con su madre en aquel momento crucial, que fue Nora quien lo resolvió, y que ella no habría podido hacerlo tan bien como su hermana mayor.

Se despidió de ella sintiendo cómo le ardían las manos, la cara, la boca.

Entró por la puerta de la derecha, la que conducía a la agencia. Pasó de largo del despacho y se metió en el pasillo oscuro.

—¿Qué se traen entre manos, Marc? —dijo en voz muy baja.

10

Mateo dedicó varias horas a escarbar en las redes sociales de Armand. Fiestas, viajes, imágenes no solo con empresarios, sino también con gente de la cultura, del deporte, un par de *influencers*. Si quería saber más de sus actividades, saber quiénes eran amigos, quiénes conocidos, quiénes enemigos, la lista de llamadas era desbordante. Las fotos no lo decían. En todas ellas aparecía un sonriente Armand, rodeado de gente también sonriente. Como tantos, parecía haber desarrollado una sonrisa específica para las fotos en redes. Cambiaban los acompañantes, cambiaba su ropa, nunca lo hacía su expresión. ¿Cómo saber si alguna de esas personas tenía algo que ver con su desaparición?

Encontró muchas fotos con Susanna Sunyer. En algunas, ella aparecía con el pelo rubio, largo y lacio, que recordaba a las cantantes de folk americanas de los años setenta. En otras, era rojizo y rizado o de color azul. La constante era su mirada seria a la cámara, en contraste con la perenne sonrisa de Armand. Tanto el perfil de Armand como el de su exnovia llevaban días sin ser actualizados.

Intentó nuevamente dar con Susanna Sunyer. No respondía a las llamadas al móvil de su estudio en Gràcia. Tras indagar mucho, consiguió el número privado de la casa familiar. Llamó y preguntó por ella.

—La señorita Susanna no se encuentra... —balbuceó una voz de mujer con acento sudamericano—. No está.

Le colgó.

Mateo volvió a llamar.

—Perdone, creo que antes se cortó la comunicación —dijo—. Querría hablar con Susanna Sunyer. ¿Está en casa?

—No sé —respondió la misma mujer de antes y le colgó de nuevo.

Las llamadas siguientes no obtuvieron respuesta. ¿A qué se debían esas extrañas reacciones? Algo no encajaba allí. Aunque no tenía por qué estar necesariamente relacionado con Armand. Sus padres le habían dicho que ella y su hijo se habían separado. Podía ser una mera casualidad que en ese momento no lograra localizar a ninguno de los dos. ¿Y si no? ¿Y si la que se escondía era ella? ¿Qué rol tenía entonces Armand en esa historia?

Esperaría un par de horas y llamaría desde otro teléfono.

El novato le mandó un mensaje: Cristina Abreu había salido y estaba comiendo con un grupo de tres mujeres más en un restaurante en la calle Buenos Aires. Estaba, pues, bastante cerca de la agencia. Mateo se ofreció a sustituirlo, cosa que el otro aceptó de muy buen grado. La escasa tolerancia al aburrimiento lo hacía poco idóneo para la profesión. Cerca del local intercambiaron unas pocas impresiones. El novato tenía una cara grande y redonda, en la que las facciones se apelotonaban en la parte central, dejando el resto despoblado. Lo que se suele considerar una cara de «buena persona». Tal vez esa imagen inofensiva compensara su falta de paciencia e hiciera de él un detective.

Mateo entró en el restaurante y se sentó en un lugar desde el que la observación era cómoda. Pidió el menú. Podría pasar la cuenta de la comida a la agencia, algo que le causaba un placer casi infantil.

Durante la comida fotografió a la actriz hurgando con desgana en la indefectible ensalada, como si esperase encontrar algo de verdad apetitoso debajo de las hojas verdes. Fotografió también a las otras mujeres. Mandaría después las fotos al marido para pedirle los nombres. Así vería que estaban trabajando duro.

Con los postres, buscó en el móvil la dirección de la empresa de otro de los inversores importantes en el proyecto de Armand. La empresa se llamaba Ultramar - Import/Export. No dejaba de sorprenderle que, a pesar del merecido tufillo a estafa que se había adherido a esa combinación de palabras, todavía hubiera empresas que usaran «Import/Export» en sus nombres.

El del propietario, José Pérez, era tan normal que parecía inventado, como si fuera el de un testaferro. A diferencia de los nombres artísticos, los nombres de los testaferros deben evitar toda extravagancia. ¿Quién confiaría su dinero a alguien que se llame Ringo Starr, Lady Gaga o The Rock? El problema de los nombres tan comunes como José Pérez era retenerlos. Mateo tenía una memoria bien entrenada, pero los nombres sin aristas se escurrían como fideos por un desagüe.

José Pérez.

¿O sería la edad?

José Pérez.

¿En qué momento se pasa de detective veterano a viejo?

José Pérez. Pérez, como el ratón. Pe, pe, pe. Pepe Pérez. Ya lo tenía.

Cuando Cristina Abreu se levantó de la mesa y salió con sus amigas del local, él ya había pagado. Esperó dentro a que se despidieran delante de la puerta y se puso tras ella.

Sacó el otro móvil del bolsillo, el que había comprado para cuando simulaba ser el periodista Hernangómez, y llamó de nuevo a la casa de Susanna Sunyer. Lo cogió la misma mujer de antes, quien no respondió a su pregunta, sino que dejó el auricular del teléfono sobre alguna superficie y gritó:

—¡Señora! Otra vez.

Pocos segundos después, le llegó la voz de otra mujer, más grave. Agresiva.

—¿Es usted quien ha preguntado antes por mi hija?

—Sí.

—¿Por qué?

—Tengo que hablar con ella.

—¿De qué?

—No se lo puedo decir.

—¿Qué sabe usted?

—Tengo que hablar con ella.

—¿Es usted de la prensa?

Se oyó a lo lejos una voz de hombre. No se entendía qué decía, pero el tono era autoritario.

—Déjennos en paz o avisaremos a la policía —dijo la mujer, y colgó.

Por supuesto, volvió a llamar, pero en vano.

Cristina Abreu llegaba al aparcamiento en el que había dejado el coche. Él no tenía vehículo para seguirla. Le echó la culpa al novato, porque no le había dicho dónde había aparcado la actriz, y no a su falta de previsión. Tenía que seguirla. Le pagaba la agencia WHO, a ellos les debía, si no lealtad, por lo menos corrección. Tuvo que recorrer varias calles hasta llegar a una esquina en la que había varias motos de alquiler, tomó una y se dejó llevar por la señal del GPS que había pegado a los bajos del coche de la actriz, que lo guio de nuevo hacia ella y, camuflado entre el tráfico, la siguió hasta la Barceloneta.

Abreu aparcó en la playa de Bogatell. Si Mateo hubiera leído el extracto de la agenda de la actriz que le había enviado Sempere, habría sabido que tenía una sesión de fotos esa tarde y habría mandado al novato para que se entretuviera un poco. A Mateo ese caso le aburría, algo que no le había sucedido nunca, a pesar de que había tenido seguimientos más anodinos que ese. Pero siempre había encontrado un aliciente en seguir los pasos de alguien, aunque a veces solo fuera la sensación de impunidad ante la absoluta desprevención de sus objetos. En esta ocasión, los movimientos de Cristina Abreu eran un mero telón de fondo, una excusa. Por esa razón, se sentó en un banco del paseo alejado de la zona en la que se estaba haciendo la sesión de fotos. Los curiosos que se paraban a observar le servían tanto de parapeto como de alarma. En cuando desaparecieran, tenía que proseguir con el seguimiento.

Llamó entonces a José Pérez, el otro mentor de Armand Rocamora, e inversor en el proyecto Barcelona 2029. Superó la centralita, franqueó a su secretaria, y lo tuvo, por fin, al aparato.

—No sé de quién me está hablando —le dijo, y le colgó de inmediato.

11

Lo despertó un tirón en la pantorrilla derecha.

—Puto magnesio —dijo Mateo entre dientes mientras estiraba el talón y la bola de músculo se ablandaba un poco.

Había dormido mal. Algo se le estaba escapando en la búsqueda de Armand Rocamora. En el mundo de los negocios hay, como en todos los ámbitos, amigos y enemigos. No había esperado que todas las personas con las que hablara entonaran cánticos de alabanza, pero había pasado del entusiasmo desbordante de Llosa a que Noguera, el mentor, no quisiera hablar del proyecto y que Pérez incluso negara conocer a Armand. Se preguntaba si Noguera habría avisado a Pérez después de su llamada para decirle que, si un periodista se ponía en contacto con él, no respondiera. ¿Por qué? O Armand los había usado y luego los había dejado fuera del proyecto, o algo los asustaba. En ambos casos, la reacción de Noguera habría tenido sentido, pero no la de Pérez. ¿Y qué tenía que ver Susanna Sunyer con todo ello? ¿A qué se debía la cerrazón de la familia?

Dos veces se había levantado de la cama para beber agua. Las dos había sentido los ojos de Lola clavados en él mientras se movía a tientas en la oscuridad casi absoluta de la habitación. Pero ella no había dicho nada. Tampoco cuando, antes de salir de casa, le subió el café, las napolitanas y sus primeras pastillas. La notaba algo extraña, pero iba limpia y mantenía sus rutinas.

Esa mañana el novato se aburriría unas cuantas horas más mirando la puerta de la casa de Cristina Abreu. El GPS mostraba siempre la misma ubicación. Por supuesto, cabía la posibilidad de que la actriz no tomara el coche al salir, que quizás fuera a caminar por la zona, pero las personas que se mudan a urbanizaciones para «salir de la ciudad, del ruido y de la contaminación» rara vez pasean una vez que descubren cuán anodino es el lugar al que han ido a vivir. No les queda más remedio que retornar a la ciudad de la que creyeron que querían huir. Por lo que el novato había observado, Abreu no era muy aficionada ni a los paseos ni a los transportes públicos. Tampoco era madrugadora.

A Mateo los padres de Armand lo esperaban en el despacho de la agencia de transportes.

—¿Qué tienes? —preguntó Marta. Estaba más nerviosa que en su primer encuentro y visiblemente fatigada.

—Poco. De momento sigo sus pasos profesionales y me estoy haciendo una idea de su negocio. Me dijisteis que había gente que se opone a la iniciativa de Armand. ¿Es José Pérez uno de ellos?

—No. Pérez adora a Armand. Lo ha apoyado desde el principio. Lo introdujo en los círculos económicos...

—Pues cuando hablé con él, me dijo que no sabía quién es Armand.

—¡Imposible! —exclamó el padre—. Armand nos lo presentó en una cena de la Cámara de Comercio.

Antes de que Mateo preguntara, Marta le dio una respuesta:

—Tiene miedo. Lo han intimidado.

—¿Quiénes?

—Los mismos de los que se está escondiendo Armand. Gente que ha visto cómo alguien venido de otra clase social se ha metido en territorios que antes eran exclusivos de cierta élite económica. Son toda esa caterva de arrogantes, de prepotentes, que creen que esto les pertenece. Que exhiben apellidos linajudos, con prohombres en el árbol genealógico, que tienen o tuvieron palacios. Gente que ha estado siempre en el poder. Hay mucho dinero de por medio y, ahora que el proyecto está en marcha, habrán recurrido a la intimidación para intentar dejarlo al margen.

—Pero su amigo, Llosa... —empezó a replicar Mateo.

—Es uno de ellos. Rico de nacimiento y herencia. En Cataluña, el dinero viejo es la nobleza soterrada. Si lo tienes, fingen que te aceptan en sus círculos, pero a tus espaldas se ríen de ti porque no perteneces a su clase, como si ellos no...

—Para, Marta, para —intervino Rafel—. Creo que Mateo ya lo ha entendido.

—Pero es que esta gente es peligrosa. Son mafiosos.

No la contradijo. Marta necesitaba soltar sus temores en un relato que era una mezcla de rencor social y deriva conspiratoria. Era comprensible, había algo turbio en el asunto, si bien él no creía que fuera lo que ella suponía.

—Todavía no he podido hablar con él, pero me ha llegado un nombre que podría...

—¿Cuál? —preguntó ella ansiosa.

—Gabriel Sabater, constructor. ¿Lo conocéis?

No, no lo conocían. Para no intranquilizarlos, no les explicó que sus primeras averiguaciones al respecto habían dado como resultado que se encontraba al frente de un complejo entramado de negocios, con ramificaciones en narcotráfico y blanqueo de dinero en la Costa del Sol. Gente tan poderosa como impune. Gente con la que era mejor no enemistarse.

En lugar de eso renovó su promesa de encontrar a su hijo.

Al salir del recinto de Transportes Peiró, percibió un movimiento extraño que se interrumpió abruptamente, como sorprendido por su aparición. En la acera de enfrente alguien se ocultaba entre los palés apilados en la entrada de una empresa de electrodomésticos. ¿Lo estaban siguiendo?

No dejó traslucir que lo había notado. Se puso el casco y se marchó en la moto. De camino hasta WHO no logró distinguir si algún vehículo lo seguía. El tráfico de la mañana en Barcelona es demasiado denso, los movimientos bruscos que veía por el retrovisor obedecían más bien a los impulsos depredadores o defensivos de los conductores matinales. Ventaja para su perseguidor.

¿Y si quien lo vigilaba era alguien de la propia agencia? ¿Se habían percatado de que estaba trabajando bajo mano? Mientras él se preguntaba por qué no lo hacían socio, tal vez ellos estaban pensando cómo quitárselo de encima. Era más caro que los novatos a los que contrataban por libre. Desechó solo en parte la sospecha. No tenían motivos para desconfiar de él. Desde que trabajaba en WHO había sido siempre correcto y cumplidor. Desapasionado, tal vez, pero profesional.

No era nadie de WHO. Tenía que ver con la búsqueda de Armand.

Aparcó la moto en su lugar habitual en Francesc Macià y se dirigió a la agencia con el casco colgando del brazo. No era necesario, teniendo baúl, pero su reflejo en los escaparates de las tiendas lo hacía sentir más joven. Esa mañana miraba de reojo buscando la confirmación de que lo seguían. Algo que delatara a su perseguidor. Si a esa hora, con las tiendas todavía cerradas, había alguien que se movía desacompasadamente, entre el paso acelerado de los peatones camino de la oficina y los sintecho aún inmóviles porque faltaba una hora para que los echaran de los portales donde habían pasado la noche.

Encendió un cigarrillo antes de entrar en la agencia y fingió fumar distraídamente mientras miraba el móvil. No te veo. No te veo, pero estás ahí. ¿O no? O quizás no eran más que imaginaciones suyas. No. Estaba seguro de que alguien lo observaba al salir de Transportes Peiró. Eso significaba que se trataba de alguien que estaba vigilando la empresa, alguien que también estaba buscando a Armand. Si ahora lo seguía a él, era porque debía de saber que estaba investigando sobre su paradero, de modo que lo más probable fuera que trabajase para alguna de las personas con las que había hablado. De momento Llosa, Noguera y Pérez. Lo que significaba, además, que sabrían quién era.

Apagó el cigarrillo en una papelera. El dibujo de las hojas de platanero en el pavimento de la Diagonal despertaba en él una ternura que inhibía su gesto de hombre duro de aplastar la colilla con el zapato.

Saludó al portero y subió a pie, lo cual no era una sorpresa para el guatemalteco, ya que lo hacía siempre. Al llegar a la recepción, se asomó a la ventana que daba a la calle. Buscaba a alguien inmóvil, como al acecho, en el incesante ir y venir de la avenida.

—¿Qué tal, Mateo? ¿Todo bien?

La voz de Olesa a su espalda lo sobresaltó. Parecía también recién llegado a la agencia. Olesa era de los de ascensor.

—Todo bien.

¿Qué quería ese tipo con sus constantes apariciones?

Tenía que tranquilizarse, unos padres asustados no necesitan a un detective paranoico. Pero lo suyo no era paranoia, el perseguidor era real. ¿En qué se habría metido Armand Rocamora? ¿Con quién?

12

Si hubiera llevado un diario o hubiera pilotado una nave espacial, Nora habría anotado: «Primer día siguiendo a mi padre». Lo que no era cierto, pues ya había ido tras él hacía años, cuando ella era adolescente y necesitaba saber adónde iba su padre cuando abandonaba la casa durante horas. Lo había seguido varios días, yendo a cines, parques, bares donde se sentaba a leer el periódico, siempre solo. Él jamás se dio cuenta. Seguramente porque no podía imaginarse, como ahora, que su propia hija lo estuviera vigilando.

Ella dejó de hacerlo cuando entendió que su padre se tomaba esos respiros para soportar las crisis de su madre. Necesitaba alejarse para reponer fuerzas. Aunque los problemas de su madre habían tomado las riendas de su vida y las de toda la familia, su padre tan solo aceptó dos veces que la internaran en una clínica psiquiátrica. Estaba empeñado, seguía empeñado, en ocuparse de todo, en cuidar a su manera de esa mente tan brillante como enferma.

Ahora, tantos años después, Nora volvía a vigilar a su padre. Para ello se había pedido una semana libre en la academia.

—Un asunto familiar urgente —le había dicho a la directora, una mujer en la cuarentena en cuyo rostro se turnaban, según la luz y el ángulo, el entusiasmo indestructible y el agotamiento perenne de la profesión.

Podría haberle presentado una baja médica, no le habría costado conseguirla, pero había seguido a suficientes personas con falsas bajas laborales como para saber que son un imán para encuentros no deseados. Además, sabía, también por experiencia, que las medias verdades son siempre más seguras.

—Si tiene que ser...

A la directora le costaba prescindir de alguien como ella, que tenía a los alumnos a raya.

—Veré quién puede sustituirte. Espero que no sea muy grave.

—Eso espero yo también.

—¿Familiar muy cercano?

Ya que la directora le concedía los días sin ponerle más trabas que la mala conciencia, ella podía concederle un poco más de información.

—Mi padre. Y mi madre no puede hacerse cargo porque está delicada.

Hasta aquí.

Todo lo que añadiera entraba ya en el territorio de la mentira.

Le habría gustado verle la cara si le hubiera dicho: «Pues, mira, es que mi madre me ha pedido que siga a mi padre, quien, para más señas, es detective y de los buenos».

Justo lo que estaba haciendo, ir tras los pasos de su padre. Aunque no desde que había salido de la casa en Sant Andreu. En el barrio la habría descubierto con facilidad. Nora se había apostado en una cafetería en la acera opuesta a la agencia WHO. La distancia era considerable, pero segura para ella.

Así había visto que su padre, tras aparcar la moto en la plaza, se había fumado un cigarrillo en la puerta de la agencia.

También que alguien más lo estaba siguiendo.

13

—Si te giras una sola vez, estás fuera. ¿Queda claro? —repetía Ayala con machacona insistencia de profesor de autoescuela.

Murmullo de síes.

—Pase lo que pase, manos a la espalda y mirada al frente. Lo que suceda en el campo no interesa, solo lo que hacen delante, solo lo que pasa en tu cuadrante. Si gritan, miras. Si te gritan, pasas. Pero nunca hay que volverse. Ni que Messi meta un gol.

—Es que hace tiempo que ya no juega aquí —dijo uno de ellos.

Desde su despacho, Amalia no podía ver cuál de los ocho aspirantes a vigilantes de seguridad en estadios había respondido a Ayala, pero se imaginó que habría sido el más joven del grupo que asistía a la formación, un veinteañero de ojos inquietos, como hechos para ese trabajo. Quizás el chaval quería hacer puntos, quizás era el graciosillo del grupo. Ni lo uno ni lo otro le iban a servir para nada. Le pondrían, como a todos, el peto amarillo fluorescente, con un número que no implicaba ningún *ranking*, y él y sus compañeros se colocarían en fila, equidistantes como rotuladores en un escaparate. Así pasarían el partido.

—Nunca hay que perder los nervios. Os insultarán, os harán gestos para provocaros, sobre todo, si su equipo va perdiendo o el partido es aburrido. Vosotros, ni caso.

Ahora venía una parte del adiestramiento que la primera vez le había parecido divertida, pero que cada vez le resultaba más insoportable.

—Hay que curtirse un poco —decía Ayala—. Lo entrenaremos con un juego de rol. Tú, ponte aquí, frente a los demás.

Amalia salió de su despacho y se asomó con discreción a la puerta de la sala que usaban para las clases. El elegido para el juego de rol, un hombre de unos treinta años muy baqueteados, ya se había puesto frente al pelotón de compañeros. La mirada firme, las manos unidas en la espalda. *Good boy.*

Desde hacía dos años Ayala y ella tenían su propia empresa, Ayala y Hernández - Seguridad e Investigaciones. A ver si se consolidaba de una vez. Les iban llegando clientes que solicitaban sus servicios de investigación, aunque no tantos como sería deseable, y tenían ya una pequeña cartera de empresas que los contrataban para temas de seguridad. Las oficinas estaban en el ático de un edificio modernista cerca de la Sagrada Familia. El ático era un añadido, una remonta de los setenta, cuando Núñez y Navarro campaban a sus anchas por la ciudad. Allí tenían tres despachos: uno para ella, otro para Ayala y el tercero para Rodrigo, que les llevaba la contabilidad y todo el papeleo administrativo. Como Amalia, Rodrigo era un trasplantado del barrio, de Sant Andreu. Era el hijo mediano de Violeta, la dueña de la papelería en la calle Ignasi Iglesias. Violeta, hija de exiliados chilenos retornados a Santiago, era parlanchina, sociable, una inestimable fuente de información local cuando tenían la agencia en el barrio. Su hijo era un chico serio, circunspecto, al que nunca le había oído una palabrota, pero que anotaba las expresiones nuevas cada vez que Ayala hacía ese juego de rol con los aspirantes. No sabía por qué Rodrigo llevaba ese catálogo. Tal vez los recitaba en su cabeza como un rosario blasfemo que le permitía mantenerse por fuera impertérrito ante el mundo.

Amalia se metió en la cocinita en la que tenían una aparatosa máquina de café, comprada, cómo no, en la tienda de electrodomésticos del tío Basilio, el hermano de su padre. Hay que apoyar a la familia, aunque el tío Basilio, con su eterno discurso sobre las dificultades del pequeño comerciante, no se dignó a hacerles ni un descuento simbólico. Tal vez por eso este negocio seguía a flote, no como los anteriores.

El ruido del molinillo cubrió los primeros insultos que le tocaba soportar al aprendiz. Ayala no le quitaría ojo de encima, atento al impacto de los proyectiles verbales para distinguir cuál de ellos le dolía de verdad. Porque siempre hay uno que hiere. Lo muestran una pequeña contracción en la boca, un parpadeo, un golpe de aire en los pulmones. Esa bala te ha dado. Precisamente contra esa hay que acorazarte, porque lo descubrirán. El público no son individuos, es una bestia de mil cabezas con un único objetivo, hacerte daño. El público no piensa, siente; nota cuándo ha acertado: si lo que te duele es tu madre, tus hijos, tus ojos demasiado pequeños, demasiado separados, tus orejotas, tu barriga, tu nariz rota o este puto trabajo que tienes que hacer para ir tirando. Buscan dónde te puede doler, apuntan y disparan.

La máquina le anunció con un suave pitido que el café estaba listo. Cogió la taza y se acercó a la ventana. A la derecha asomaban las puntas de las agujas de la Sagrada Familia. Solo se veían desde su ático. Desde el interior de su oficina disfrutaba de tener esa vista exclusiva y sentir que estaba en el corazón de la ciudad. En cambio, cuando se acercaba por las mañanas al edificio y levantaba la mirada, no podía evitar pensar que ese ático no acababa de encajar, como si la construcción misma no acabara de saber si era fruto de la evolución natural de las ciudades o un postizo, un sombrerito ridículo que le habían puesto al edificio. A ella el dilema se le olvidaba en cuanto veía la placa con sus nombres en el portal.

Tomó un sorbo de café. Demasiado caliente, se quemó la lengua, pero volvió en sí, abandonó las divagaciones. Estaba bien. Siempre había deseado salir del barrio, trabajar en una buena zona de la ciudad. La dirección no era de postín, como la de la agencia en la que trabajaba su padre. Pero era suya.

Estaba todo bien. Los números ya saldrían, tenían que darse tiempo. Estaban empezando. No iban tan mal.

Entonces, ¿por qué el encuentro con Nora en casa de sus padres le había dejado ese malestar?

¡Hijo de la gran puta!

¡Cabronazo!

Los alumnos de este grupo eran de insulto clásico.

14

Nora ya llevaba rato siendo objeto de miradas rencorosas porque ocupaba una de las pocas mesas de la cafetería que daban a la calle. Primero, las de quienes almorzaban allí, después las de los que tomaban un último café antes de volver al trabajo; hacía unos minutos fueron las de un grupito de señoras que se reunían para merendar. Ni unos ni otros, tampoco las recurrentes apariciones de una camarera para preguntarle si quería algo más, consiguieron que abandonara el lugar, pero ahora su padre salía de la agencia.

El hombre que lo seguía había pasado el tiempo entre un banco y una panadería que vendía café para llevar. Ella había aprovechado para fotografiarlo. Tendría unos treinta años y lucía un corte de pelo de peluquería marroquí. Vestía tejanos y una camiseta gris; bien, cuando se quiere pasar desapercibido. Pero en la camiseta brillaba delante un logo rojo de los Chicago Bulls, y en la espalda un enorme número 23. Mal. ¿Cuánto tiempo llevaría ese hombre tras los pasos de su padre? Su presencia la obligaba a extremar las precauciones.

Su padre se subió a la moto, el perseguidor tenía el coche aparcado cerca y se puso tras él sin problemas. Nora lo seguía también en moto con el rostro oculto por un casco de visera oscura. Diez minutos después llegaron a una zona residencial de Esplugues de Llobregat. Siempre manteniendo la distancia, pudo ver cómo su padre intercambiaba el turno de observación con otro hombre que estaba apostado en un coche aparcado al principio de una calle de casas adosadas.

—Deberías haber cogido un coche, papá —dijo Nora en voz baja al ver que su padre tenía dificultades para encontrar un lugar discreto. Un motorista que pasa demasiado tiempo en un lugar es muy llamativo. Más en calles muertas como esa.

Las mismas dificultades que tenía ella para no ser descubierta ni por él ni por el perseguidor. Este aparcó el coche en el siguiente tramo de la calle, ocupando buena parte de una acera por la que no caminaba nadie. Podía ver a su padre por el retrovisor. Nora dobló la esquina antes de pasar por delante de él y de su padre y paró la moto allí. No se asomó a verlos, tenía que confiar en el oído; en cuanto oyera que los otros vehículos se ponían en marcha, arrancaría. Si a quienes vivían en las casas más próximas al cruce de calles les daba por asomarse, les llamaría la atención la presencia de dos motos aparcadas y dos motoristas sentados en sendos bancos. Los barrios residenciales no solo tienen calles muertas, sino muchos bancos desde los que se puede contemplar su desoladora uniformidad. Se quitó el casco. Si su padre se movía y se asomaba a la esquina, la reconocería de todos modos, y sentada en el banco con un casco puesto llamaba la atención. Sacó el móvil y esperó. Fueron minutos tensos, en cualquier momento podía ser descubierta. Pero más que a la reacción de su padre al descubrirla, temía la de su madre si fallaba.

Una hora más tarde, le llegó un chirrido de puerta automática. A continuación, el motor de un coche. Después el de una moto. Cuando un segundo coche, el del perseguidor, arrancó, ella ya estaba en la moto, preparada.

Durante media hora fue el último eslabón de una curiosa cadena, al principio de la cual estaba la persona a la que observaba su padre, una mujer. El tercero era el perseguidor.

La mujer en coche, su padre en moto, Chicago Bulls 23 en coche y ella en moto.

Algunos giros sutiles de su padre cuando se paraba en un semáforo le indicaban que sabía que alguien lo vigilaba. Ella estaba bastante segura de que el perseguidor, en cambio, no se había dado cuenta de que a él también lo observaban. Chicago Bulls 23 debía de ser un principiante, no estaba a su altura, se dijo en un arranque de orgullo profesional.

¿Por qué seguía ese tipo a su padre? Aunque fuera una explicación posible, Nora no creía que se tratara de un compañero de la agencia WHO controlando qué hacía durante la jornada. ¿En qué se habría metido su padre esta vez?

El coche de la mujer los llevó cuesta arriba por las callejuelas del Poble-Sec, hasta que se metió en un aparcamiento. Su padre llegó con la moto hasta la plazoleta delante del Institut del Teatre. El perseguidor tuvo que pasar de largo y aparcó el coche una calle más allá, delante de un vado, y bajó. Nora pasó por delante de él con la moto. El hombre no le prestó atención. Estaba solo pendiente de no perder a su padre. Nora dejó la moto fuera de su vista, detrás de la esquina. Se arriesgaba de nuevo a que la descubrieran si su padre o el perseguidor se volvían, pero ambos miraban en la dirección contraria. Poco después la mujer apareció por la bocacalle y entró en el Institut del Teatre. Nora aprovechó para fotografiarla. Justo en el momento en que la puerta del centro se cerraba tras ella, su padre se montó de nuevo en la moto y desapareció en segundos de su vista. Y de la del perseguidor, quien, sorprendido, no tenía ya tiempo de sacar el coche para ir tras él. Enfadado, pateó una lata de cerveza tirada en el suelo. Todavía quedaba líquido en el interior, se mojó la zapatilla y se salpicó los bajos de los pantalones. Antes de que, como cualquier persona que siente que ha hecho el ridículo, el perseguidor mirase alrededor por si alguien había sido testigo, el instinto ya le había ordenado a Nora que apartara la mirada. Si Chicago Bulls 23 llegó a percibirla, era una mujer con la vista fija en la pantalla del móvil, pero toda su atención se concentró en borrar con una mirada feroz las sonrisas divertidas de dos chicos que comentaban la escena desde la terraza de un bar de la placita. El perseguidor sacó el móvil e hizo una llamada. Quien le hubiera encargado el seguimiento no estaría muy satisfecho con lo que le tenía que decir.

Según Google, la mujer se llamaba Cristina Abreu, era actriz y enumeraba una lista de películas y series que Nora no recordaba haber visto. Google no sabía quién era el perseguidor frustrado.

También ella estaba frustrada.

Para compensarlo de algún modo, Nora siguió al perseguidor fracasado, pero cuando este se metió en un gimnasio en el barrio de La Torrassa en L'Hospitalet, ella entendió que su jornada laboral acababa allí. El tipo desbravaría su rabia dando golpes a un saco de boxeo.

Mañana ambos lo intentarían de nuevo.

15

Mateo había seguido a Cristina Abreu otra vez hasta el Institut del Teatre. Aunque cabía la posibilidad de que se encontrase con su posible amante allí, él prefirió ir a ver las oficinas de Armand Rocamora en el paseo de Gràcia, muy cerca de la Bolsa de Barcelona. Esperaba despachos añejos, luz de ordenadores entre maderas oscuras, pero se encontró con un moderno y funcional centro de oficinas, donde Armand tenía su domicilio a todos los efectos, social, fiscal, comercial, pero por horas. Allí recibía a sus visitas en despachos elegantes y equipados con todo lo necesario, allí podía celebrar reuniones en salas habilitadas para ello, que reservaba previamente, allí se recogía y guardaba su correo. Allí hacía varios días que no lo veían, según le contaba la recepcionista que lo atendió.

—No tiene ni despacho ni sala reservada para los próximos días.

—Entonces habré apuntado mal la fecha de la cita. Demasiadas cosas en la cabeza —dijo Mateo sonriendo.

Ella le devolvió la sonrisa. Tan amable y profesional que él entendió que no le sacaría ninguna información más acerca de los hábitos o las visitas de Armand Rocamora. La discreción era parte de su trabajo.

Ya en la calle, Mateo llamó a sus padres. Si pensaba que

los sorprendería que su hijo no tuviera un despacho propio, se había equivocado.

—Es el signo de los tiempos, Mateo —le dijo Marta—. Las nuevas generaciones son más nómadas. A nosotros nos gustan los espacios personales, con nuestra mesa, nuestra silla, nuestros bolis, nuestras plantas. Ellos todo eso no lo necesitan. Un ordenador y ya tienen la oficina montada. Es envidiable tanta libertad.

Mateo, que se reconocía como un hombre de apegos, no compartía esa opinión.

Recordó entonces las carpetas y archivadores que se había llevado de casa de Armand. Una cantidad ingente de información sobre el proyecto Expo 2029 cuya lectura le estaba tomando mucho tiempo.

—¿No tenía asistentes para el proyecto? Para el papeleo, por ejemplo —preguntó a los padres.

—Sí. Nos dijo que había contratado un servicio de secretariado y gestión.

—¿Sabéis cuál es?

No lo sabían.

A no ser que encontrase una referencia en los mismos papeles que iba leyendo esos días, no había modo de averiguarlo, y así no iba a poder preguntar si había más material, y aclarar quizás las abreviaturas y algunas anotaciones poco comprensibles. Aunque, bien pensado, si lograba ponerse en contacto con ellos, era improbable que le dieran la información, del mismo modo que no se la habían dado en la empresa de oficinas.

—Siento no tener todavía novedades. Pero sigo en ello —dijo al despedirse.

Incluso cuando no han logrado nada, los detectives tienen que mostrarse convencidos.

16

Antes de hablar con su madre, Nora se había informado sobre Cristina Abreu. Películas, televisión, prensa. En una entrevista reciente en la prensa del corazón la actriz mostraba la casa en la que vivía con su marido, el presentador Ramón Sempere, en un «felicísimo y armónico matrimonio», según rezaba el texto. Había mucho bla bla bla sobre ilusionantes proyectos profesionales enmarcando las fotos, pero la revista destacaba en negrita una frase que contenía dos palabras en las que Nora vio la clave del asunto: «Nuestra relación se basa en la libertad y la confianza.»

—Me juego lo que quieras a que el cliente es el marido, que se asustó al leer lo de «libertad» y «confianza» —le decía Nora a su madre por teléfono. Su padre podría volver a casa en cualquier momento y le habría extrañado verla allí—. Por eso no creo que estén vigilando a papá por algo relacionado con el caso que lleva para WHO. Tiene que ser por lo otro, sea lo que sea.

—¿Quién será ese tipo? —se preguntó su madre.

—¿Quién? ¿El perseguidor?

—Perseguidor solo hay uno, el de Cortázar. —El tono del comentario era tan didáctico (su madre había sido profesora de literatura en la universidad durante algunos años) como pedante y displicente. Pero por debajo discurría una orden.

Le estaba diciendo que debería averiguar la identidad de ese hombre. Nora se ofendió. ¡Por supuesto que lo haría! ¿Qué clase de detective creía que era? Una detective retirada. Una que había dicho de sí misma que estaba algo oxidada tras varios años de parón. Una que se daba cuenta, tanto por lo mucho que le había dolido percibir esa falta de confianza como porque, en el fondo, ese día había disfrutado, que lo suyo no era un oficio que pudiera dejar y olvidar, que ella era detective, que lo llevaba en el tuétano, si no en los genes.

También una que decía con naturalidad:

—Mañana veré si puedo averiguar quién es ese hombre. Tengo el número de matrícula de su coche. Y conozco a alguien que trabaja en la DGT.

—Perfecto —respondió su madre, y Nora casi oyó el aplauso al fondo.

También que alguien entraba en casa.

Era, por supuesto, Sergio. Creía recordar que por la mañana él le había dicho algo de una tarde libre. Había algo en el restaurante. ¿Un evento? ¿Una cata? No le había prestado atención.

Él se sorprendió al verla.

—¿Ya estás aquí? ¿Ha pasado algo?

—Sesión de preparación para la excursión a Madrid —dijo Nora, como dando por hecho que ya le había hablado de esa excursión a Madrid, que se acababa de inventar—. Como yo no participo, me he podido marchar antes.

No le había hablado de las sospechas de su madre, ni le contaría que no había ido a trabajar, que había estado siguiendo a su padre y que lo haría también la semana siguiente.

¿Por qué no?

Por el temor, irracional seguramente, de que empezar a mostrarle cómo era su familia, qué cosas hacían, qué cosas hacía ella, podría abrir una espita que quizás no sabría cerrar.

Sergio era el primer hombre con el que tenía una relación desde la muerte de Manel. Una muerte inesperada y traumática en accidente de moto. Cuando se conocieron, no le contó apenas nada sobre ellos; estaba convencida de que lo suyo con Sergio sería algo transitorio, de paso. Como si su historia hubiera empezado en un país en el que no tenía intención de quedarse.

Llevaban juntos cuatro años. Se querían. Y, sin embargo, Nora seguía manteniéndolo a distancia. Nunca le había hablado de los secretos de su familia. Le mostraba solo un lado de esa constelación. La parte oscura, siniestra, asesina quedaba en la oscuridad absoluta. Solo le permitía vislumbrar lo que era inocultable, el resto seguía cubierto por un velo atenuador.

La muerte de Marc era la gran tragedia familiar, pero los asesinos habían sido juzgados, estaban en la cárcel y ahora tocaba seguir adelante.

Claro que su madre era extraña, que padecía un trastorno mental, pero estaba controlado.

Sí, su padre era detective, como el resto de la familia más próxima. Pero su trabajo no era, ni de lejos, tan interesante como todos pensaban. Además, en la nueva agencia no estaba expuesto a nada similar a lo que le había costado la vida a su hermano.

Tampoco era peligroso lo que hacían Amalia y Ayala.

Sergio aceptaba esos relatos. O por lo menos disimulaba, porque a Nora no se le escapaba su expresión preocupada cada vez que ella se despertaba de noche a causa de las pesadillas.

Pero él formaba parte de la vida apacible que se había ido construyendo con tanto esfuerzo. Cuidaba esa forma de vivir celosamente. Si dejaba que él se asomase, aunque solo fuera un poco, al pozo de su familia, a sus vidas y sus muertos, corría el peligro de dañar la relación, tal vez de forma irreversible.

17

Mateo había tirado de favores debidos para adelantar la cita en la oficina de urbanismo del Ayuntamiento. Llamó a Laura Martos, una de sus clientas no oficiales, a la que él, con métodos poco ortodoxos, había librado de un acosador. Trabajos en negro y gratitudes que Mateo atesoraba en su particular banco de «cuando necesites algo, lo que sea, en lo que te pueda ayudar, cuenta conmigo». Así lo había dicho también Laura, pero se lo negoció duro.

—La deuda queda entonces saldada, ¿no?

Mateo tuvo que recordarle que se había tenido que emplear a fondo para «convencer» al acosador.

—A veces aún me duelen los nudillos.

—Eres un canalla, Mateo.

—No, Laura. El canalla era ese tipo que te seguía. Recuérdalo.

Le había conseguido cita para esa mañana.

El hombre que lo atendió buscó en el sistema.

—Normalmente no damos información de este tipo a las personas que no están vinculadas directamente con un proyecto. Es una forma de evitar intromisiones o espionaje.

Mateo se mostró agradecido mientras esperaba sentado a que apareciera el dosier del proyecto de la Exposición Universal de 2029.

—No lo encuentro. ¿Y dice usted que está presentado formalmente en este departamento?

—Por lo que sé, ya pasó incluso la evaluación previa.

—Pues en el registro no lo veo.

Tal vez Llosa había exagerado al decirle que estaban a punto de mandar el proyecto a Bruselas.

—¿Puede mirar si está todavía en estudio?

El hombre buscó y rebuscó. Salió un momento del despacho para preguntar. Volvió con una colega. Por el esfuerzo y tiempo que invertían en responderle, Mateo apreció que Laura había dejado muy claro que a Mateo había que atenderlo a conciencia.

—Pero podría estar en Gobernación —le dijo—. Estos temas pasan antes por Gobernación.

—¿Me podría concertar una cita?

—¿Con Gobernación?

La expresión de incredulidad del funcionario era un no.

Se metió en un bar cercano para llamar otra vez a su antigua cliente.

—Pero esta vez sí que quedamos en paz.

—Eres una canalla, Laura.

—No, según tú, el canalla era él. Te llamo en cuanto tenga la cita apalabrada. Tardaré un poco.

Le quedó la sospecha de que lo hacía esperar para que pareciera que era más difícil y justificar así el valor del trueque.

Tampoco logró una cita para hablar con Gabriel Sabater, el constructor del que le había hablado Llosa, rival del proyecto. No lo había conseguido en su primer intento, cuando se presentó como periodista. Tampoco funcionó el rol de cliente; lo pasaron con un empleado de la empresa. Mateo colgó sin decir nada. Por lo que iba averiguando, este hombre no solo era un pez gordo y tenía amigos peligrosos. Él mismo era peligroso. Estaba pendiente de varios juicios. De varios procesos anteriores se había librado porque en uno de ellos los testigos habían cambiado repentinamente la declaración o se negaban a hablar. En otro, la súbita muerte del testigo de cargo dejó a la fiscalía sin argumentos. Pero de momento, aparte de las palabras de Llosa, no había encontrado su vinculación con el proyecto de la Expo. Quizás ese mundo era demasiado extraño y escurridizo para él. Por primera vez desde que había aceptado el caso, se preguntó si Rafel no tenía razón cuando dijo que necesitaban un detective a la altura del asunto.

Al salir del bar percibió la presencia de su perseguidor. Lo seguían, lo observaban. No debía de estar haciéndolo tan mal.

18

Los sábados por la mañana, Mateo entraba en el cementerio de Sant Andreu en cuanto abrían las puertas. Casi siempre lo adelantaba alguien que se dirigía con prisa a la tumba del *santet,* el milagrero local, como quien va a urgencias.

Mateo se lo contaba a su padre, que siempre había detestado las supersticiones, mientras quitaba el polvo del nicho con un pañuelo. Después se sentaba en un banco y mantenía la vista fija en la lápida. Conrado Hernández Trejo (1937-2016).

Esa mañana le contó cómo iba el trabajo, lo de sus dos casos, cómo estaba Lola, que se había muerto Miquel.

—Un hijo de puta menos.

Que hoy parecía que no le seguía nadie.

—Es gracioso. Debe de ser funcionario. O le dan respeto los cementerios.

Las niñas estaban bien. Confiaba en que a Nora se le pasara de una vez eso de dar clases y volviera a la profesión. Y Amalia parecía estar enfadada, aunque él no sabía por qué. Sí, ya se había acostumbrado a lo de Ayala, a que Amalia y él estuvieran juntos, pero ya no era como antes, cuando ellos eran amigos y cómplices. Aunque compartían mucho pasado y varios muertos.

—Los muertos unen mucho, padre. Bueno, voy a ver al niño.

Se levantó y se dirigió al mausoleo de los Obiols. Marc sería eternamente joven entre abuelos y bisabuelos maternos. Por eso a su hijo no solía contarle novedades. Sería como mostrarle todo lo que se estaba perdiendo. Delante del ostentoso monumento levantado por el indiano, recordaba momentos del pasado, del suyo o del de Marc. Los dilataba morosamente, para regalarle más tiempo de vida narrada. Se sentía como cuando, de pequeños, él y sus amigos del barrio se pasaban más rato inventando la historia de aventuras que iban a jugar que jugándola. Quién era el bueno, quién era el malo, por qué estaban enfrentados, cuál era la estrategia. ¿Puedo jugar con vosotros?, preguntaba Basilio, su hermano pequeño. A veces sí, a veces no.

Se despidió de Marc.

Tocaba volver al mundo de los vivos. La segunda parte de su ritual del sábado por la mañana.

Desde que Basilio vivía allí, Mateo respiraba hondo al meter la llave en la cerradura de la casa de su madre. No sabía por qué le molestaba tanto. En el fondo, era bueno para su madre, que así no estaba sola. También era bueno para su hermano, que, como siempre, andaba justo de dinero. Pero esos argumentos no disipaban su desagrado. Tampoco era verdad que no supiera a qué se debía. Eran celos. Simples celos. Simples, irracionales y corrosivos. No importaba que Basilio y él fueran ya dos señores maduros, ni que la vuelta de su hermano menor a la casa familiar significase en realidad la asunción de un fracaso vital, Mateo estaba celoso porque Basilio se había convertido en el centro de la vida de su madre.

Por eso visitaba a su madre en horario comercial, cuando Basilio estaba en su tienda de electrodomésticos en Gran de Sant Andreu, un negocio que, para sorpresa de toda la familia, seguía funcionando. Quizás porque su hermano había entendido a tiempo que a una tienda de barrio la gente va a comprar los pequeños electrodomésticos, los que se pueden llevar en la mano o debajo del brazo, pero que para comprar los de gran tamaño prefieren los centros comerciales. Comprar una nevera es para muchos motivo de una excursión familiar. Comprar un secador de pelo es como ir al mercado a por un pollo. Así que su hermano seguía al pie del negocio, aunque no le rindiera lo suficiente para el alquiler.

Ahora, su madre le contaba que Basilio corría con todos los gastos de la casa con el mismo orgullo con que años atrás guardaba la parte de sus pagas que ellos le entregaban cuando empezaron a trabajar. Su madre nunca sabría que, en una ocasión, Mateo se había pulido casi toda la semanada en unos billares. Había conocido a una chica y no dejó de pagar rondas para impresionarla. Antes de volver a casa, cogió el metro hasta el centro y atracó a un par de turistas a punta de navaja para recuperar la suma. Necesitó dos atracos, porque el primero era un pringado que tampoco llevaba dinero encima, solo coca, que le ofreció con manos temblorosas.

—*No drugs. Only money. Only cash* —le gritó Mateo en un escaso, pero convincente inglés.

Era curioso que esas palabras volvieran a su mente cada vez que entraba en la casa de su madre.

—*No drugs. Only money. Only cash* —dijo para sí al empujar la puerta. Después gritó—: ¡Madre, soy yo!

Una vez más tuvo que aceptar, y lo hizo, que a su madre le sentaba bien que Basilio estuviera en casa. Tener a alguien de quien ocuparse la ayudaba en el doble duelo de la muerte del marido y del nieto. Iba al mercado, iba a la peluquería, iba a casa de Olga Sants, la vidente del barrio, para que le echara las cartas y la pusiera al día de las novedades.

Su madre mondaba patatas en la cocina.

Hoy Mateo volvió a casa con media tortilla de patatas en un táper. Su madre siempre fue equitativa con la comida de los dos hijos. Lo dejó en la cocina.

Vio a Lola leyendo en el jardín. El sillón de enea contiguo estaba ocupado por una pila de libros que ella había bajado de su antiguo estudio en el primer piso. Desde que había dejado la universidad, Lola leía en cualquier lugar de la casa menos allí. Sacaba los libros de las estanterías como quien va a una biblioteca pública, y los devolvía a su sitio. También la biblioteca se había quedado detenida en el tiempo. Hacía varios años que no entraban novedades.

Lola estaba absorta en la lectura; prefirió no interrumpirla, aunque sabía que ella notaría su presencia en la casa. Estaba tan unida a ella que percibía cualquier cambio en el aire.

Mateo fue al despacho interior, donde tenía los viejos papeles de la agencia, y sacó los papeles de Armand, que había escondido entre los archivadores de un caso antiguo. Eran notas sobre el proyecto de la Expo, presupuestos, bocetos... Tenía por delante muchas horas de trabajo.

El tipo que lo seguía se había tomado un descanso el fin de semana. Él no lo haría.

19

Después de que su madre le diera libre el fin de semana porque su padre, tras sus rutinas sabatinas, lo pasó encerrado en el despacho, Nora volvió tras sus pasos el lunes.

Eso implicaba guardia delante de la agencia WHO y, más tarde, seguir las monótonas actividades de Cristina Abreu. Mientras la actriz estaba en su casa, en el gimnasio o tomando algo con amigos, que no parecían llamar en especial la atención de su padre, este consultaba el móvil o hacía llamadas. El perseguidor —lo siento, mamá, todavía no sé su nombre— también pasaba el tiempo móvil en mano y bebiendo un Aquarius tras otro. ¿No sabía que durante las observaciones es preferible no beber? Debería haberlo aprendido cuando casi pierde a su padre por tener que ir al servicio de un bar. Y consumir, claro.

¿Quién era ese hombre?

Su madre reclamaba resultados.

—Tu padre duerme mal. Por las noches va al cuarto de Marc.

Su madre no necesitaba levantarse de la cama para saber en qué habitación estaba su padre. Era como un sismógrafo que registraba la vibración de sus pasos con absoluta precisión.

El que había sido el cuarto de Marc daba a la calle. Imaginaba a su padre asomado a la ventana de la habitación convertida en mausoleo, viendo el pequeño jardín delantero, las aspidistras que se vuelven negras de noche, contemplando la reja chivata que ya no delataba a ningún hijo trasnochador.

—Lo que esté haciendo tiene que ver con tu hermano.

Imposible. No había nada más que investigar. Así se lo dijo a su madre.

—No literalmente.

—¿Entonces?

—No lo sé. Pero llevaba meses sin entrar en la habitación de Marc. Hasta que empezó con esta historia. ¿Has averiguado algo sobre la persona que sigue a tu padre?

—Estoy en ello, mamá.

—Eso espero —respondió su madre y le colgó.

No le contó que su conocida en la DGT, de quien esperaba por lo menos saber a qué nombre estaba el coche del perseguidor, se encontraba de baja, con lo que tuvo que admitir que no solo ella estaba algo oxidada, también sus contactos.

Necesitaba resultados.

Sacó el móvil. Amalia o Ayala. ¿A cuál de los dos llamar? El orgullo tomó la decisión, no quería pedirle ayuda a su hermana pequeña.

—Quería pedirte un favor, Ayala. ¿Me podrías averiguar el nombre del propietario de un coche?

—¿De qué se trata? ¿Estás trabajando otra vez?

—Más o menos. Ya te lo contaré.

—Bien.

—Y, por favor, no se lo digas a Amalia. Todavía no.

—Claro.

«No se lo digas a», tal vez la frase más repetida en todas las familias, por más que los telefilmes americanos se empeñen en los «te quiero». Ayala era desde hacía mucho tiempo, incluso desde antes de estar con Amalia, parte de esa familia y aceptaba como todos los «no se lo digas a» sin preguntar por qué.

—Te llamo en cuanto sepa algo. Me alegro de que vuelvas a trabajar, sea lo que sea lo que te llevas entre manos.

20

Ayala dormía sobre el costado. Amalia se levantó de la cama y salió de la habitación.

Se sentó en una de las sillas del balconcito. Seguían viviendo en el piso que tenía Ayala antes de que estuvieran juntos. La agencia les daba para alquilar la oficina cerca de la Sagrada Familia, pero no para salir de La Sagrera, del bloque de toldos verdes.

Aunque a las tres de la mañana, la hora más igualitaria, toda Barcelona es gris.

Un hombre pasó acompañado de un perro. Se preguntó cuál de los dos sería el insomne. La luz anaranjada de las farolas doraba el pelaje del animal, que le pareció bello hasta que levantó la pata y orinó contra la misma farola que lo había hecho de oro. Le deseó una electrocución inmediata. Se le escapó una risa gutural, malvada, digna de su mal humor.

Amalia, que no creía en intuiciones ni pálpitos, sentía que pasaban cosas a sus espaldas. Odiaba tanto que eso sucediera como que se tratase de una impresión, por no llamarlo paranoia. Su madre, su hermana y ahora también Ayala.

Le había bastado ver la expresión de su rostro cuando ella había entrado esa tarde a última hora en su despacho para darse cuenta de que lo había sorprendido, no sabía en qué, pero se trataba de algo que ella no debía saber, porque Ayala interrumpió la llamada que estaba haciendo sin despedirse de su interlocutor.

—No sabía que todavía estabas aquí —dijo ella.

Evidentemente.

—¿Te falta mucho? —prosiguió Amalia, que era mejor actriz.

—Terminando.

Se apresuró también a apagar el ordenador.

Aunque tantos años en la profesión le habían enseñado a interpretar con acierto las expresiones de culpabilidad, no le preguntaría nada. Ambos tenían el derecho a guardar secretos. Así era el pacto entre ellos. Lo habían respetado todo el tiempo y no iba a quebrarlo. Lo que se quisiera decir se decía, lo que se quisiera callar se callaba.

Amalia nunca le preguntaba adónde iba las noches que desaparecía. No había un patrón reconocible en sus ausencias esporádicas. Ni fechas señaladas, ni partidos de fútbol, ni fases de la luna ni llegadas de barcos al puerto. Esto último se le había ocurrido viendo un viejo episodio de Colombo y, para su vergüenza, lo había investigado. Solo sabía una cosa, la que le importaba de verdad: no había otras mujeres.

—Lo único que no aceptaría —le había dicho.

—Tampoco hay hombres —había respondido Ayala bromeando.

Estaban desnudos en la cama. Ella se había incorporado y había repasado una a una las cicatrices de su cuerpo. Desde las líneas que le cruzaban la espalda hasta la serpiente tatuada que le cubría una larga marca oscura en el antebrazo izquierdo.

Amalia las conocía de memoria.

A veces, Ayala regresaba de madrugada, otras por la mañana, otras, las menos, un día más tarde. Fuera a la hora que fuera, ella lo esperaba. Sin hacerse la dormida, no quería simular que ni le importaba ni le preocupaba. Si llegaba a dormirse, se despertaba de inmediato con el sonido de las llaves en la puerta y saltaba de la cama. Él llegaba con la expresión oscura, teñida todavía de lo que hubiera andado haciendo, apestando a sudor y a alcohol, cerraba la puerta y lo primero que hacía era buscarla, como si temiera no encontrarla a su regreso. En cuanto la veía, la expresión feroz de la cara de Ayala se transformaba en una alegría tan genuina que Amalia sentía que compensaba el insomnio y la preocupación. Todo desaparecía al ver cómo la miraba. Nunca nadie había mostrado tal necesidad de ella. Era por ella, solo por ella, por lo que volvía. Aunque siempre quedaba en el aire la pregunta más inquietante: ¿dónde te busco si alguna vez no vuelves?

Ayala no dejaba que Amalia se le acercara hasta haberse duchado. Ella lo miraba mientras se arrancaba la calle de la piel con agua y jabón.

Pero esta vez, Ayala le ocultaba otra cosa.

Y la sensación de exclusión se parecía demasiado a la que le habían dejado las intempestivas visitas de Nora a su madre. Era estúpido, se decía, más aún, absurdo, teniendo en cuenta sus esfuerzos por salir de la órbita familiar. Tal vez había sobrestimado su capacidad de desapego.

21

Mateo estaba seguro de que el tipo que lo seguía lo había escoltado otra mañana hasta la agencia. ¿Dónde se habría apostado para seguirlo cuando saliera? Al tipo le esperaba una mañana bien aburrida. Como al novato. ¿Cuántos detectives habría en ese momento aburriéndose por las calles de Barcelona en bancos, en bares, en coches?

Antes de seguir engañando a sus empleadores, Mateo dedicó algo de tiempo al encargo de Sempere. Las cuentas de la actriz no mostraban nada remarcable, sus redes sociales tampoco. Hiperactividad, pero eso no era reseñable. Sin saber cómo, se encontró en el perfil de Instagram de Susanna Sunyer. No había imágenes de ella, solo de sus cuadros. Reconoció los que había visto en casa de Armand. La pintora tenía algo más de mil seguidores, sus imágenes recibían bastantes *likes* y ella se mostraba siempre muy agradecida con la gente que le dejaba comentarios. Entonces tuvo la idea.

Arriesgada.

Pero si lo hacía bien, apenas dejaría rastro.

Escribió primero un mensaje al novato:

«¿Movimiento?».

«No. Acaba de entrar en clase de yoga.»

Eran las nueve y cuarto de la mañana.

«¿Hasta qué hora dura la clase?»

«Supongo que hasta las diez.»
«¿Lo puedes comprobar?»
Poco después, el novato lo llamaba.
—La clase dura hasta las diez y media, señor Hernández.
—¿Y ella está dentro?
—Sí.
—Muy bien, muy bien.
El novato parecía satisfecho. Él desde luego lo estaba. Mientras estuviera en clase de yoga, Abreu no miraría el móvil. Como el marido le había dado las claves de sus cuentas de correo y de las redes, Mateo entró en su perfil de Instagram. La actriz tenía más de veinte mil seguidores y seguía a unas mil personas, sobre todo del mundo de la cultura. Perfecto. No le llamaría la atención el perfil de una pintora. La hizo seguidora de Susanna Sunyer. Después puso varios *likes* a obras de la pintora y en uno de los cuadros, el canguro asomado al puente en el Barrio Gótico, escribió un comentario:
«¡Me encanta este cuadro! ¡Me encanta tu sentido del humor!».
Una botella al mar.
Que tenía que volver a sacar del agua hacia las diez y media.
Un golpe en la puerta y Olesa apareció en su despacho.
—¿Cómo llevas lo de Sempere?
Mateo reprimió el impulso de esconder el móvil como un adolescente pillado en falta, aunque no pudo ocultar el sobresalto.
—¿Es o no es? —le preguntó.
En el tiempo que llevaba en la empresa, había aprendido a interpretar las preguntas crípticas de Olesa, la O de WHO, argentino de apellido catalán, mientras que Walker, con su apellido inglés de reminiscencias etílicas, era originario de Cornellà de Llobregat. Huarte era de Barcelona y aquí lo habían enterrado.

—De momento no lo parece —respondió—. Pero llevo poco.

—Paranoia del marido, entonces.

—Habrá que ver.

Olesa dio un paso hacia él. Con el pelo rubio muy lacio cortado a la misma altura y las piernas algo rígidas, le recordaba a un muñequito de Playmobil. Mateo puso el móvil boca abajo, ocultando el perfil de Instagram de Cristina Abreu, y giró la pantalla del ordenador hacia su jefe para mostrarle el protocolo de su seguimiento.

—Y uno que piensa que la vida de los actores tiene que ser apasionante —comentó Olesa al leer la lista de las actividades diarias de Cristina Abreu: casa, gimnasio, clases, compras.

—También lo piensan de las nuestras.

Olesa dejó escapar una risa sincopada.

—¡Muy buena, Mateo! Bien, te dejo, que tengo reunión con Santiago. —Se dirigió hacia la puerta. Antes de salir le dijo—: Ahora que estamos solo los dos deberíamos llamarnos WO. ¿Sabes que significa «dónde» en alemán?

Claro que lo sabía, lo había descubierto cuando empezó a especular con la posibilidad de que lo hicieran asociado. Algo que su orgullo le había impedido mostrar. Algo que quizás ese payaso de Olesa suponía, de ahí el comentario de regusto sádico. Mateo no lo mencionaría, tenía que venir de ellos, caer por su propio peso. Él no lo pediría nunca, no se arriesgaría a la negativa.

«¿Por qué no nos hiciste socios de la agencia, papá?» «Ahora no, Marc. Ahora no, hijo.»

El duelo era eso. Que tu hijo muerto apareciera en medio de una conversación trivial para recordarte tus irreparables errores.

Si Olesa llegó a ver el rictus de dolor en la cara de su empleado antes de marcharse, no lo mostró.

Seguramente ni lo vio, porque Olesa era una mierda de detective.

Su penitencia era tener que trabajar para él.

Su redención, encontrar a Armand Rocamora, devolver el hijo a los padres.

Esperó un instante y giró el móvil.

«Muchas gracias.» Susanna Sunyer había respondido al comentario. «Es un honor que me sigas. Soy admiradora tuya.»

No podía preguntarle directamente dónde estaba.

«Me gustaría comprar alguna obra tuya. ¿Dónde puedo adquirirla?»

«Escríbeme en privado», fue la respuesta.

Así lo hizo.

«En estos momentos no estoy en Barcelona. Estoy en una clínica por motivos de salud.»

«Espero que no sea grave.»

«No. Es más bien una cura.»

—Esto suena a desintoxicación, cariño —dijo Mateo en voz baja. Y explicaría la actitud de la familia, el miedo a la prensa.

«Menos mal», escribió. «¿Cuándo vuelves?»

«La semana próxima.»

Se citó con ella en el estudio de Gràcia.

«Genial. No te extrañes si borro la conversación. Es un regalo para mi agente, que a veces se encarga de mis redes sociales. No quiero estropear la sorpresa.»

Varios intercambios de besos y abrazos después, Mateo borró la conversación. No dejó de seguir a la pintora, pero retiró los *likes*.

La ausencia de Susanna Sunyer no tenía nada que ver con la desaparición de Armand. De todos modos, iría a verla. Tal vez tenía idea del paradero de su ex.

22

Por la mañana, después de subirle el desayuno a Lola, Mateo se metió en el despacho, llamó a los padres de Armand y les dijo que seguía en ello, que no perdieran la esperanza. Le mandó también un par de mensajes al novato para que siguiera creyendo que su vigilancia tenía sentido y, por fin, se puso a trabajar.

Si en ese momento a Lola le daba por entrar allí, lo pillaría sin que hubiera posibilidad de negar lo que estaba haciendo. Los papeles del proyecto Expo 2029 estaban apilados en el suelo por temas: descripciones del plan, listas de inversores, presupuestos, notas, diseños.

Una vez más, los dibujos de los pabellones y edificios le habían fascinado. Sobre todo, los bocetos del invernadero del Parque de la Ciudadela habían despertado en él una especie de ensoñación. En el año 2029, él tendría sesenta y ocho años. Se vio otra vez paseando por allí del brazo de Lola, sin ella no tenía sentido, y en esta ocasión no sintió el vértigo de la edad. La imagen era de serenidad: ellos dos caminando en silencio, sin prisa, por el interior de esa bella estructura metálica acristalada, alta y ligera, rodeados del verde brillante de las plantas exóticas... Y varias decenas de barceloneses a su alrededor hablando a gritos, dándose codazos y empujones. La realidad lo devolvió al trabajo.

—Todo muy bonito, Armand. Muy bonito. Pero esto no está bien —dijo mientras recogía del suelo una pila de papeles.

¿Cuánta gente puede ser «Barcelonés del Año» el mismo año? Según las bases que había encontrado entre los papeles de Armand, solo una persona. Según las notas y la correspondencia, que había ido depositando en esa pila, Armand había «otorgado» el premio a seis. BDA-G significaba precisamente eso. BDA-P indicaba los patrocinadores del premio.

Del mismo modo que los nombres tras los que estaba escrito B29-P correspondían a los patrocinadores en el proyecto Barcelona Exposición Universal 2029. Hasta ahí todo claro.

Pero tras descubrir a cuánta gente se le concedía el Premio al Barcelonés del Año, entendió qué era lo que no cuadraba en las gestiones que Armand había hecho para el gran proyecto con el que esperaba cambiar la ciudad: había prometido idénticas concesiones en la realización del proyecto a diferentes empresas: tres tenían garantizada la exclusiva para la rehabilitación del viejo pabellón de Italia de la Exposición de 1929 en Montjuic, cuatro la del invernadero; tres más construirían un centro de prensa en un lateral del Palacio Nacional. Había otros dobletes, tripletes y más en la adjudicación de la comunicación y otros servicios.

En ese punto era donde el proyecto de Armand entraba claramente en la ilegalidad.

Ya que, dado que él era el ideólogo y principal promotor del evento, Armand aseguraba que tendría siempre la última palabra, tanto por lo que se refería a las condiciones para los concursos públicos que «lamentablemente» no quedaba más remedio que convocar, como a las concesiones finales. Y previo pago, garantizaba adjudicaciones.

Se incorporó y contempló el alfombrado de papeles. A sus pies se extendía el proyecto Barcelona Exposición Universal de 2029.

Barcelona volverá a brillar.

Volverá a ser la ciudad de los prodigios.

Make Barcelona Great Again.

Mateo, en medio de la habitación, giraba sobre sí mismo.

El blanco del papel parecía brillar sobre el suelo oscuro. Papeles cargados de promesas sin fin para la ciudad. El camino de baldosas blancas que nos llevará a la Ciudad de los Prodigios.

23

Ahora entendía algunas cosas: la agresividad de Efrén Noguera, que no quería ni hablar del proyecto. También la negación de José Pérez. Armand había engañado a muchos empresarios, pero no a sus dos mentores, ellos habían descubierto la estafa de las concesiones dobles y triples a cambio de dinero.

Salió de su isla en medio del mar de papeles y volvió al escritorio. Para confirmarlo tenía que hacer una llamada. Pero necesitaba un teléfono móvil nuevo que sus interlocutores no pudieran reconocer, de lo contrario, no le cogerían la llamada.

No, no era preciso. Usaría el fijo. El viejo número de Detectives Hernández, el mismo que lo había metido en ese caso.

Antes de llamar, recogió y escondió todos los papeles por si entraba Lola. Después se sentó ante su escritorio mirando el teléfono mientras resolvía el dilema. ¿A cuál de los dos llamar? ¿A Efrén Noguera o a José Pérez? Uno parecía furioso; el otro, quizás estaba más dolido. Apoyó bien la espalda contra el asiento y marcó el número de José Pérez. Sorteó de nuevo la centralita y a una secretaria y, cuando tuvo al aparato al dueño de Ultramar - Import/Export, le soltó sin presentarse:

—Sé lo que ha hecho Armand. Sé por qué usted no quiso hablar conmigo.

—Usted es el periodista de la otra vez, ¿verdad?

—No soy periodista. En realidad, soy detective, trabajo para la familia y he hecho algunas averiguaciones.

—Estaba claro que tarde o temprano iba a salir a la luz —dijo Pérez—. ¡Qué bochorno!

—Entiendo que se sienta dolido. Armand era su protegido, ¿verdad?

—¿Cómo ha podido hacerme esto? No me refiero al dinero, es la decepción. Que alguien a quien has apoyado como yo he apoyado a Armand sea capaz de estafarme de este modo, de venderme humo mientras me miraba a la cara.

El mismo hombre que había negado conocer a Armand no podía dejar ahora de hablar de él. Mateo había abierto la espita y, sin necesidad de que las preguntas tirasen del hilo, dejaba salir el relato de cómo había descubierto las concesiones ilegales de Armand.

—Fue casual. En una comida de trabajo, uno de mis clientes, Carmelo Montalbán, me comentó, enfadado, que había participado en un evento, la entrega de un premio, que había sido un verdadero fiasco, un sacadineros organizado por un chico joven. Le pregunté que por qué me lo contaba como si fuera mi culpa y me dijo que era porque el promotor del evento decía estar avalado por mí. Ya se puede imaginar de quién se trataba. Le aseguré que yo no tenía nada que ver con el asunto. ¿Sabe qué me respondió? Se echó a reír y me dijo que Rocamora era un chaval muy espabilado.

—No cabe duda.

Para Pérez, empresario paternal de la vieja escuela, Armand había quebrado un mandamiento: había tomado su nombre en vano. Había tanto despecho en lo que decía que Mateo le preguntó:

—Tengo que hacerle una pregunta. Armand está desaparecido. ¿Tiene que temer algo de usted?

—No. De mí no tiene que temer nada. Esto, como ve, sobre todo me ha entristecido. Pero hay otros que deben de andar pidiendo su cabeza. ¡Barcelona Exposición Universal 2029! ¡Un bluf! Todo inventado. ¿Cómo hemos podido caer tantos?

Mateo contuvo el aliento. ¡Un momento! ¿Había dicho «todo inventado»? Tragó saliva. Le temblaba un poco la voz al preguntar:

—¿Cuándo descubrió que el proyecto no existía?

—Cuando Carmelo Montalbán me contó lo del premio, Barcelonés del Año, o algo así, empecé a desconfiar de Armand. Llamé al Ayuntamiento y allí me confirmaron mis sospechas: todo era falso.

Mateo se echó atrás en el asiento, todavía atónito por lo que acababa de descubrir.

—¿Habló con Armand?

—No he conseguido localizarlo. Y ahora me dice usted que está desaparecido. Comprensible.

—¿Le contó usted a otros que el proyecto no existe?

—Si ha llegado hasta aquí, usted ya sabrá que nos sacó dinero para pagos ilegales... No voy a andar por ahí proclamándolo. Avisé a Efrén Noguera porque es un viejo amigo. Y nos quedamos quietos. Del mismo modo que negaré haber hablado hoy con usted.

Colgó.

Barcelona Exposición Universal 2029 no existía, era un montaje. No había brillo ni prodigios. Solo humo. Y una larga lista de engañados, alguno de los cuales tal vez buscaba vengarse.

24

—¡Armand! ¡Menudo sinvergüenza! —exclamó Carmelo Montalbán, con una mezcla de enfado y admiración.

La admiración por el estafador era endémica. El enfado, personal.

Mateo lo había llamado después de su conversación con Pérez. Igual que con el mentor de Armand, había usado el «sé que era un bluf» a modo de salvoconducto.

Montalbán soltó una carcajada tan estridente que Mateo pensó que si quedaba polvo acumulado en el auricular del viejo teléfono de la agencia, acababa de esparcirlo. Después le explicó con mayor detalle en qué había consistido el «sacadineros» del que le había hablado Pérez. Una estafa mediana que había servido de preludio a la gran estafa de la Exposición Universal.

Armand se había hecho pasar por una especie de intermediario que ponía a empresas medianas con «potencial para crecer» en contacto con grandes lobbies y así poder formar parte del gran proyecto común Barcelona Exposición Universal 2029. El modo de entrar en esos círculos era patrocinar la concesión del Premio al Barcelonés del Año, que concedía una «prestigiosa publicación», con el combativo nombre *Barcelona És Més.* Se trataría de un evento de altísimo nivel, al que iban a asistir importantísimos políticos, destacadísimos empresarios internacionales, celebérrimos representantes de la prensa nacional. No había suficientes superlativos para describir el evento.

¿Las víctimas del engaño? Empresarios de pymes a los que deslumbró con la promesa de tocar las estrellas y participar en el gran proyecto Barcelona Exposición Universal 2029.

Montalbán estaba al frente de Camosa, una empresa fundada por su padre, que también se llamaba Carmelo, de ahí el nombre, Carmelo Montalbán Sociedad Anónima. También la forma de poner nombres a las empresas cambia con los tiempos. Los compuestos por nombres y apellidos de los fundadores le recordaban los de los bares con nombres crípticos que se descifraban con solo entrar, por ejemplo, en el bar Carpe tras haber buscado en vano el «diem» en el toldo y escuchar como Carmen le pide a Pedro que saque otro pincho de tortilla.

Camosa, fundada por Carmelo Montalbán padre, era en sus orígenes un mayorista de material de construcción. Carmelo Montalbán hijo, era ya constructor.

—Nos la metió doblada. —Montalbán había pagado una fuerte suma de dinero para ser uno de los patrocinadores del acto de entrega del premio, que veía como una especie de peaje para acceder a la gran autopista de las grandes construcciones.

Seguía habiendo admiración, la que se siente ante un rival superior. Un rival inesperadamente superior.

—Es que era tan joven, que primero pensé que sería un cantamañanas. Ya ve, el instinto no me falló, debería haberlo seguido. Pero es que Rocamora conocía a todo el mundo. Y venía de parte, por lo menos eso creía yo, de gente de fiar, con referencias de José Pérez, con quien trabajamos desde hace años.

—¿Por qué no lo denunció?

—Hay que saber perder.

—Por supuesto.

—Y porque pagar comisiones por recibir concesiones sigue siendo ilegal.

Mateo siguió tirando de ese hilo.

—*Barcelona És Més*. Nadie sabía qué coño de revista era. Pero ¿desde cuándo es eso un inconveniente para patrocinar un premio? Y más con la lista de patrocinadores que ya tenía —le explicaba el relaciones públicas de una empresa que gestionaba franquicias de supermercados 24 horas y que también había puesto dinero en el premio. Los directores de la empresa se negaron a hablar del asunto con Mateo.

Armand los había convencido para que abrieran en todos los pabellones de la feria unos supermercados que reprodujeran a pequeña escala los del país expositor con productos propios.

—Nos dijo que sería uno de los grandes atractivos de los pabellones, que a todo el mundo le gusta comprar productos «exóticos» cuando viaja.

—¿Por qué no lo denunciaron?

—¿Y quedar como unos imbéciles?

—¿Por qué no lo denunció cuando vio que la fiesta era un bluf?

Mateo hablaba por videoconferencia con Mariola Arteaga, directora y factótum de una cadena de imprentas 3D con ansias de expansión, que se encogió de hombros. Su empresa recibiría el encargo de crear reproducciones de la mascota de la Exposición para coleccionistas.

—¿Por qué no avisó a los otros?

Arteaga se echó a reír. El traje chaqueta temblaba de risa, las perlas del cuello temblaban de risa.

—¡Que se jodieran, como yo! Además, Carmelo Montalbán fue quien me lo presentó. Es de fiar, me dijo. Un buen chico, me dijo. Un emprendedor, me dijo. Y menudo proyecto está poniendo en marcha. Pues ahora te jodes, me dije yo cuando vi que la revista esa ni existía ni iba a existir. Eso sí, a la fiesta sí que fui. Por si acaso. Mire, tampoco soy creyente, pero a veces voy a misa. Por la misma razón. Por si acaso.

—¿Ese farsante, desaparecido? —respondió a su llamada Umberto Morandi. Su agencia de servicios turísticos también había patrocinado el supuesto Premio al Barcelonés del Año—. Estará en el extranjero puliéndose mi dinero y el de los demás. Desaparecido, dice. ¡Mis cojones!

Cuando acabó de soltar una larga ristra de insultos, Mateo consideró que no sería conveniente alabar su excelente español, que seguramente le habría sido de gran utilidad para dirigir las visitas de los asistentes a la Expo 2029.

—Los patrocinadores pagaron todas las cuentas. Por nuestra parte no hay deudas —le explicaba Sonsoles Garrido, gerente del Grand Hotel Excelsior en el paseo de Gràcia.

—Pero sí rencor, ¿no?

—Es que fue una fantasmada. Le costó el puesto al relaciones públicas, que me lo vendió como el acto que necesitábamos para dar realce al hotel. En 2019 acabábamos de inaugurar y teníamos que perfilarnos frente al Majestic, el Mandarin Oriental y Casa Fuster. ¡Menudo patinazo! Por suerte, parece que ninguno de los estafados tuvo mucho interés en airear el asunto. Bastante vergüenza pasaron todos cuando vieron que no había ni políticos, ni grandes agentes económicos ni prensa. ¡Qué bochorno! Cuando empezaron a entender, Rocamora ya había desaparecido. Eso sí, cenaron bien. Tenemos una cocina extraordinaria.

—Fue culpa nuestra —dijo Samuel García de Narváez, dueño y director de una editorial de lujo, que iba a editar la revista de Armand—. Me dijo que con eso ayudábamos a conseguir más financiación para el proyecto, que el Ayuntamiento vería así que la propuesta tenía un gran consenso entre el pequeño y mediano empresariado de la ciudad, lo que nos daría muchos puntos. Y que si el proyecto salía adelante, después no solo nos haríamos cargo de todo el material impreso de Barcelona Exposición Universal 2029, sino del diseño corporativo. ¿Usted se puede imaginar lo que significa eso? Empecé a soñar...

Sonaba resignado, sin la perversa admiración que había apreciado al hablar con Carmelo Montalbán.

García de Narváez tampoco había denunciado el fraude.

—Mire, es que me habría implicado a mí mismo.

Mateo sabía que le quedaban cosas por contar, pero prefería guardárselas.

Con las cartas boca arriba, Gabriel Sabater había accedido por fin a hablar con Mateo.

—Me engañó, como a otros —le contaba en un despacho que contradecía el tópico de que el dinero viejo no alardea. Tal vez por eso era el único que había exigido que hablasen en persona en las oficinas de la empresa en la parte alta de la calle Balmes.

A Sabater, Armand le había prometido la exclusividad en la restauración y modernización de varios de los pabellones de la Exposición Universal de 1929 en Montjuic.

En cuanto lo vio, el abundante pelo cano peinado con gel hacia atrás y los labios carnosos, en un rictus de desagrado, Mateo supo que con ese hombre no se jugaba.

Sabater lo había recibido sentado en un enorme sillón de ébano, tapizado con terciopelo granate, que se veía diminuto en un despacho palaciego, atestado de estatuas, molduras, cuadros engullidos por sus marcos dorados. Había hecho conducir a Mateo hasta el gemelo pequeño del sillón y hablaban frente a un ventanal. Los cristales triples los aislaban del ruido del exterior. A través de los visillos, la parte alta de la calle Balmes era una película de cine mudo.

—Sí, me sacó dinero como hizo con otros, pero a mí me lo devolvió todo. —Se tocó el pecho con el pulgar.

Mateo lo imaginó cubierto de un espeso vello blanco. Sabater era un sesentón atlético. Donde no llegaba la disciplina deportiva, a la que no cabía duda de que sometía su cuerpo, llegaba el soporte de un traje a medida.

—Vaya si me lo devolvió. Le dejé muy claro que a mí nadie me la juega si quiere conservar las piernas. Ni a mí ni a mis amigos se nos toma el pelo impunemente. Creo que aprendió la lección.

No especificó los métodos didácticos empleados, pero Mateo entendía los posibles motivos de Armand para poner tierra de por medio.

Al salir, le esperaba en el móvil un mensaje de Laura, su

antigua clienta, en el que le decía que tenía una cita en el ayuntamiento. No creía necesitarla. Si el otro funcionario no había encontrado la propuesta del proyecto de la Exposición Universal de 2029, era porque nunca había existido. No necesitaba que volvieran a decírselo. Escribió a Laura para darle las gracias y decirle que ya no le hacía falta.

«Pero tú y yo estamos en paz, ¿no?»

«Claro.»

Tampoco, aunque la lista de empresarios estafados era larga, necesitaba más testimonios. Era hora de hablar con los padres de Armand. Pero antes tenía que quitarse de encima al tipo que lo seguía.

25

—No hay un proyecto Barcelona Exposición Universal 2029. Nunca lo hubo. Era todo una estafa con la que les sacó dinero a muchos inversores prometiéndoles negocios seguros cuando se aprobara el proyecto. Inversores que no han denunciado nada porque lo que hicieron fue un pago de comisiones por completo ilegal.

De las dos formas posibles cuando hay que dar noticias malas, el goteo o el tirón, Mateo optó por la segunda. Ahora tenía que esperar a que unos padres estupefactos llegasen a la misma conclusión que él: Armand les había engañado también a ellos.

Volvían a estar de pie en el despacho de Marta formando un triángulo cabizbajo. Ella cruzaba los brazos sobre el pecho. Rafel, que apretaba los puños en los bolsillos del pantalón, fue el primero en reaccionar.

—Igual es un error, he visto los papeles del proyecto...

—No está registrado. No hay constancia de que haya un anteproyecto siquiera.

—Pero todos sus contactos...

—Existen, pero los engañó.

—Los inversores...

—Engañados también.

—El premio que patrocinó...

—Un modo de captar a más primos.

Si tenía algo que añadir, no llegó a decirlo, su mujer perdió la paciencia.

—¡Basta! ¡Para!

A Mateo casi se le escapa un «lo siento». Se contuvo a tiempo. Los miró a ambos y preguntó:

—¿De verdad nunca tuvisteis la menor sospecha?

—¡Cómo te atreves!

Marta rodeó su escritorio, abrió el cajón superior, sacó un fajo de billetes enrollados y se lo arrojó a Mateo a los pies.

—Toma. Coge tu puto dinero y lárgate.

Otro fajo le golpeó en la pierna derecha; el tercero, en la mano, que se negó a cogerlo. Los fajos caían extrañamente de pie.

—Mejor me voy.

Rafel asintió.

—Os dejo aquí el informe. —Puso las hojas sobre la mesa y salió del despacho dejando atrás la rabia y la decepción de los padres y tres fajos de billetes en el suelo.

Cerró la puerta tras él, pero no pudo evitar oír lo que en ese momento gritaba Marta:

—¡No es verdad! No puede serlo. ¿Por qué nos cuenta estas mentiras?

Lo acusaba a él de mentiroso. No era la primera vez que un cliente lo hacía al descubrir que una persona querida lo había engañado.

El suelo del edificio vibró ligeramente con la llegada de un camión muy pesado.

26

Nora había seguido a su padre hasta la calle Balmes, a la altura del Putxet, una zona bien, donde él entró en las oficinas de una constructora. Lo vio salir una hora después. Supo que su padre rastreaba a su perseguidor porque sacó unos papeles y fingió leerlos, pero no se puso las gafas.

Desde su posición, Nora los veía a los dos. El perseguidor esperaba con medio coche subido sobre la acera, presto a arrancar en cuanto su padre lo rebasara con la moto. Allí los tres carriles de la calle Balmes son de sentido único, dirección mar.

Pero, en cuanto su padre localizó al perseguidor, se montó raudo en la moto y aprovechó un momento en que los semáforos le eran propicios para circular en contradirección y meterse, también en contradirección, por una calle perpendicular. Era una maniobra muy arriesgada para una moto, del todo imposible para un coche que estaba, además, aparcado calle abajo. El perseguidor había quedado fuera de juego.

Ella podría haber perdido a su padre también, pero el instinto y la suerte estuvieron de su parte. Había apostado por que él se dirigiría al barrio, de modo que tomó esa dirección y lo encontró dos calles después. Fue tras él. Se movían hacia Sant Andreu, pero su padre no volvió a casa, sino que se desvió hasta un polígono cercano a Bon Pastor. Allí aparcó la moto delante de una empresa de transportes. Transportes Peiró, leyó Nora.

Rodeó la manzana que ocupaba la empresa y se apostó en una de las calles que él debería tomar para ir a casa. Si es que después de esa visita volvía por fin a casa.

Ojalá. Estaba cansada y hambrienta.

Mientras esperaba escondida tras un contenedor de escombros en una calle lateral, le llegó una llamada de Ayala:

—Ya sé quién es el hombre que sigue a tu padre. Se llama Cristian Parra, es guardia de seguridad —Ayala sonaba muy preocupado.

—¿Qué más sabes?

—He hablado con un compañero que trabaja en su misma empresa. Malas noticias. Ese muchacho aspira a entrar en los *mossos* y es una especie de protegido de un viejo conocido nuestro: Joan Marín.

Malas noticias. Pésimas.

—¿Él? ¿Otra vez?

Joan Marín era uno de los inspectores que habían investigado el asunto de Rosario Pelegrín.

—¿Crees que ese tal Cristian Parra trabaja para él? —preguntó Nora.

—Eso parece.

—Marín no parará hasta pillarnos.

—No tiene nada —dijo Ayala.

—Pero sigue al acecho. Solo está esperando a que uno de nosotros cometa algún error.

—¿Qué hacemos, Nora?

Su primer impulso habría sido el usual «no digas nada a nadie», pero en esta ocasión no tenía sentido.

—Hablaré con mi madre. Después habrá que decírselo a Amalia. Si quieres, lo hago yo.

—Es cosa mía.

—No le va a gustar.

—En absoluto.

No le deseó suerte. Habría sonado cínico.

27

Rodrigo tocó a la puerta y entró sin más. Llevaba un papelito en la mano.

—Amalia, han llamado los padres de...

—¡Ahora no!

El chico desapareció al instante.

—¡Y cierra bien!

No lo hizo, le urgía más huir del malhumor de su jefa.

Ya que la puerta había quedado medio abierta, se marcharía. No tenía ganas de permanecer en el despacho, no tenía ganas de estar en la agencia, no tenía ganas de oír la voz de Ayala cuando llegaran los nuevos candidatos a guardias de seguridad. Estaba todavía demasiado furiosa.

Tiró del bolso y salió del despacho.

Rodrigo le dirigió una mirada dolida desde su mesa.

—Lo siento —dijo ella entre dientes.

Ayala se asomó antes de que ella cerrara la puerta de la agencia.

—Yo también —dijo.

Pero Amalia no se volvió a mirarlo.

Esa mañana ni siquiera habían llegado juntos a la agencia. Ella había salido más tarde. Había dormido mal tras la agria discusión la noche anterior.

—Sabes que en algún momento te lo habría contado, ¿no? —le había dicho Ayala la noche anterior ante su mutismo al terminar el relato.

—Eso no me sirve.

—Entonces, ¿preferirías que nos lo contásemos todo?

—¡No! Esto es lo último que querría. No quiero saber qué has hecho antes de estar conmigo, no te he preguntado por las mujeres con las que estuviste antes de mí, ni de dónde vienen todas tus cicatrices. No quiero saber adónde vas cuando desapareces algunas noches, solo quiero que vuelvas a casa entero. Pero esto, Ayala, esto deberías habérmelo dicho.

—¡Ni que te hubiera sido infiel!

—Ha sido peor. Has sido desleal.

La peor acusación que se le podía hacer a Ayala.

Estaban cara a cara, sentados en el sofá del salón. Ambos con ganas de levantarse de un salto y emprenderla a golpes. Ambos apretando los puños, los dientes. Pero ninguno de los dos se atrevía a dar el primer golpe. Él era más fuerte; ella más hábil. Se dieron la espalda y así siguieron el resto de la noche. No se habían vuelto a dirigir la palabra.

Deberían haberlo resuelto a trompadas, como los chicos. Golpear. Sentir el dolor de los golpes recibidos y el de los dados, que a veces es igual de intenso. El ardor de los músculos, la sangre en la boca, los crujidos, hasta que llegaba el cansancio y ya no se necesitaba pegar más, hasta que el cuerpo del contrincante sirve más de apoyo que de saco de golpes. Ya está. Ya estamos en paz.

Pero no. Habían dormido espalda contra espalda, apartando los pies si se rozaban, con la sábana como territorio innegociable. Mal dormir, peor despertar. El enfado perduraba en su cabeza, en las fibras de su cuerpo. Caminar, necesitaba caminar.

Era consciente de la gravedad del asunto. Que el inspector Marín siguiera tras ellos después de tanto tiempo significaba que estaban todos en peligro, pero no podía asumir lo de Ayala. Tampoco lo de su madre y Nora.

Su madre había pedido a Nora que investigara en qué andaba metido su padre. A Nora. ¿Por qué no se lo había pedido a ella? Era la que seguía en la profesión. Toda su vida laboral, quizás la personal también, se definía por el hecho de ser detective. Eso era lo que era. O lo que la habían hecho ser. A ella y a sus hermanos.

No los habían obligado, no los habían forzado en el sentido estricto de la palabra. No, no había sido a la fuerza; más bien los habían engatusado. Ahí la etimología volvía a tener razón. Su padre les había lanzado el ovillo de lana y ellos habían corrido tras él a jugar como gatitos. Jugaban a detectives cuando en las vacaciones escolares su padre dejaba que lo acompañaran en una observación. ¡Qué emocionante era! Aunque consistiera en pasar varias horas en un coche, sentados en un banco o en una cafetería. Él siempre lograba que pareciera una aventura. Como los niños tienen una parte del cerebro en el estómago, los atiborraba de chucherías: patatas fritas, gusanitos, gominolas. Formaban parte del juego. Sacaban las gominolas de la bolsa y las contaban.

—No apartes la vista de esa puerta. Para que no te entre sueño, cada dos minutos te comes un osito. Cuando salga, miramos cuántos quedan. Así controlarás el tiempo —decía muy serio.

—¿Y si tarda mucho en salir?

—Pues abrimos la otra bolsa. Gastos de empresa.

Volvían a casa empachados. Acelerados, a pesar de que no habían hecho nada más que mirar un portal, pero ese momento en el que su padre dictaba el resultado de las observaciones lo compensaba todo. En casa, con los dedos todavía pringosos de aceite o azúcar, escribía:

—El sujeto de observación abandonó el edificio en el que se ocultaba a las dieciocho horas y veintidós minutos de la tarde. Su actitud era francamente sospechosa. Actitud se escribe con ce, no con pe. Aptitud es otra cosa, Amalia. Sigamos. Su actitud era sospechosa.

—Francamente.

—Francamente sospechosa. Muy bien. —Su padre movía la cabeza en un gesto de admiración—. ¿Por qué era sospechoso?

—Porque ha mirado a derecha e izquierda antes de salir.

—Estupendo. Anótalo.

Textos de estilo fantasioso que nada tenían que ver con los informes reales. Una vez terminada la redacción, venía la frase que los hacía sentirse especiales.

—De esto, ni una palabra a nadie.

Su padre se llevaba el índice a los labios. Ella lo imitaba.

—*Top secret* —decían a la vez.

Ella era la que seguía siendo detective. La profesional, la constante. Nora se marchaba y volvía. Siempre iba y venía, como le daba la gana, y cada vez que regresaba la recibían como si el hecho de reaparecer fuera un gran mérito. Como en esa mierda de la parábola del hijo pródigo, el que se larga, se gasta la herencia, vuelve sin nada, pero el padre va y le organiza una fiesta de bienvenida.

—Hace tantos años que te sirvo, y jamás dejé de cumplir una orden tuya, pero nunca me has dado un cabrito para tener una fiesta con mis amigos —empezó a decir en voz alta por la calle.

Debía de haber subido el tono porque varias personas la miraron con curiosidad. En esas ocasiones echaba de menos la mascarilla, que permitía hablar sola por la calle sin llamar tanto la atención.

—Nunca. El cabrito siempre para su excelencia, la estrella de la casa...

Que en ese momento la llamaba al móvil.

—Ayala me ha dicho que ya lo sabes...

—Parece que Ayala te cuenta más cosas a ti que a mí.

—Y si te digo que mamá me pidió que siguiera a papá, me responderás también que me pide más cosas a mí que a ti y así podemos ir repasando a toda la familia —respondió su hermana con frialdad—. Y seguro que estás con ganas de hostiarnos a todos.

—No es verdad. —Pero la voz le salió con terquedad infantil, y entonces sí que tuvo ganas de hostiarlos a todos.

—Venga, deja de quejarte, que tenemos que hablar en serio.

Amalia aflojó la mano con la que sostenía el móvil.

—Ven a casa y lo hablamos.

Amalia fue a buscar el coche. Ni un segundo dudó que «casa» era la casa de sus padres.

28

Nora y su madre estaban en la cocina. ¿Dónde, si no?

Se parecían, no solo físicamente. Tenía razón la tía Claudia cuando le decía a Amalia que ella, más alta, con esas manos y pies enormes, con esa cabeza pragmática, era más Hernández. Seguramente también la tenía cuando le decía que debía alegrarse de no ser como ellas, una de las mujeres Obiols, tan raritas.

Su entrada en la cocina tuvo el mismo efecto que la aparición de un nuevo condoliente en un velatorio: su madre y su hermana, que habían estado conversando a su llegada, recordaron el motivo por el que se reunían.

—Ven. Siéntate. —La voz de su madre sonaba grave mientras le explicaba por qué había empezado a sospechar que su padre estaba investigando en secreto.

¿Por qué no se lo había dicho antes a ella?

Nora apartó la mirada hacia el jardín cuando su madre llegó a la parte en la que la llamaba para pedirle ayuda.

No a Amalia.

Nora volvió a mirarla cuando el relato llegó al momento en que descubrió que había otra persona tras los pasos de su padre y que, para averiguar quién era...

—Llamó a Ayala. Lo sé.

—Bien —dijo su madre—. Y quién está detrás de él lo sabes también.

—¿Y ahora qué hacemos?

—Tenemos que extremar las precauciones. Ese tipo va a por nosotros y, como por lo de la *tieta* Rosario no nos va a pillar, nos buscará problemas por otro lado.

Su madre parecía centrada. El ligero temblor en las manos se debía a los efectos secundarios de uno de los medicamentos.

Mientras esperaban a su padre, que hoy comía en casa, regresaron a la fase de calma de esa especie de velatorio. Su madre les contaba quiénes eran las personas que le habían encargado el caso a su padre.

—¿Son del barrio? —preguntó Amalia fingiendo interés.

—Ella sí. Iba conmigo al colegio —empezó su madre—. Marta Peiró era un genio en ciencias. Sobre todo, si les veía aplicación. Resolvía los problemas de mates antes de que el profe hubiera terminado de enunciarlos...

Amalia no estaba de humor para las historias del pasado de su madre.

Desvió la mirada al jardín y buscó al gato. Lo descubrió al fondo, al lado de la casita. Con la cabeza ladeada, observaba a la tía Claudia, que estaba a cuatro patas delante de la puerta.

—Ahora vuelvo.

Su madre se quedó en la mitad de una frase sobre la ambición de Marta Peiró.

Cruzó el gran jardín y llegó hasta el gato, que contemplaba absorto a su tía, quien, a su vez, parecía estar orando a una pequeña cápsula cónica de plástico colocada sobre el escaloncito que llevaba a su casa.

—¿Qué es eso?

—Una trampa para hormigas.

Su tía se incorporó. De jóvenes, las dos hermanas habían sido de una palidez decimonónica. Su madre, que apenas salía de casa, la conservaba. La tía Claudia se pasaba la vida en el jardín y tenía la piel morena, algo agrietada por el sol. Pequeña y fibrosa, con el pelo teñido de color cobrizo y un viejo pantalón de peto sobre una camisa a cuadros, parecía una granjera de película americana, de las que ofrecen limonada recién exprimida a los forasteros. Pero su tía no tenía una jarra de limonada, sino un trozo de papel en la mano.

—¿Qué estás haciendo?

—Acelerando el proceso. —Volvió a ponerse a cuatro patas para demostrárselo—. Como estas cabronas no se meten en la trampa, las estoy animando.

Amalia se agachó para ver mejor. Su tía hacía subir a una hormiga al papel y después la metía en la trampa, en cuyo interior había una sustancia parecida a la miel.

—Es el veneno. Tienen que llevárselo a su hormiguero, ¿sabes? Cogerlo y ofrecérselo a la hormiga reina, pero no están por la labor.

—¿Por qué quieres cargártelas?

—Se me han metido en casa.

—Entiendo.

La tía Claudia no soportaba que el mundo del jardín y el de la casa se mezclaran. Ni flores, ni hojas y mucho menos insectos.

—Seguro que han hecho un hormiguero clandestino —dijo mientras metía una hormiga dentro del cono con veneno.

—¿Clandestino? ¿Y qué hacen ahí? ¿Juegan a las cartas y beben whisky?

La tía Claudia se echó a reír. La hermana mayor de su madre cumpliría setenta y tres años en un mes. La risa había envejecido con ella, se le había metido dentro un graznido, un cuervo clandestino, pero mientras conservara el sentido del humor, seguiría siendo ella. Aunque con personas como su tía, que siempre había estado algo «tocada del ala», era difícil notar si los años empezaban ya el trabajo de demolición.

—Me parece que te reclama tu hormiga reina —dijo, y le señaló la puerta de la cocina.

Su madre había salido al jardín y le hacía gestos para que volviera. Amalia acarició la cabezota del gato, sin dejar que se acercara a sus pantalones oscuros, y se incorporó.

Haberse escabullido durante unos minutos no le iba a ahorrar el relato de su madre. Habían aprovechado para hacer una pausa. Nora estaba delante de la cafetera esperando a que el piloto rojo dejara de parpadear.

—¿Cómo lo quieres?

—Cortado.

Nora sacaba tazas. Su madre retiraba del fuego el cazo de agua hirviendo para el Nescafé. Ella cogió las cucharillas y se sentó en su lugar. Su madre siguió hablando de la familia Rocamora:

—Tienen dos hijos. El mayor, Rafelet, tiene síndrome de Down. Marta no lo encajó bien.

Amalia, que andaba perdida fantaseando con hormigas obreras ebrias de whisky dando tumbos por las paredes de la tía Claudia, prestaba poca atención.

Un golpe al fondo de la casa anunció la llegada de su padre. Las tres mujeres se sentaron muy firmes en las sillas de cara a la puerta.

—Deberíamos habernos puesto las tres uno de los jerséis de la tía Claudia —dijo Amalia.

Solo Nora se rio.

Su padre sonrió al entrar y verlas a las tres reunidas en la cocina. Amalia creía recordar que el tarado de Macbeth también se alegró de ver a las tres brujas la primera vez.

29

¿Cómo era eso de los deseos que se cumplen? ¿No había deseado tanto volver a tenerlas a todas unidas de nuevo? Pues allí estaban, reunidas y unidas contra él.

Se había sentado a la mesa obedeciendo la orden de Lola:

—Esto va para largo.

Descubierto, sorprendido, pillado, cazado, desenmascarado. Todas esas palabras le pasaban por la mente ante el tribunal que lo había recibido en la cocina. Lola con las manos juntas sobre la mesa, colocadas entre los dos vasos para enfriar el café; Nora seria, inmóvil excepto por el gesto nervioso de meter los labios para adentro. Amalia con la mirada puesta en el contorno de una de las grandes flores del hule que reseguía con un dedo, como cuando era pequeña y él y Lola se peleaban.

—Habías jurado que no volverías a coger casos en negro. —El tono de Lola era de decepción.

Mateo podría haber alegado en su defensa que gracias a esos trabajos había mantenido la agencia a flote durante años, pero el argumento no servía ahora que tenía un trabajo fijo y que ni sus hijas ni Ayala dependían de los sueldos de Detectives Hernández.

Sintió vergüenza cuando Lola le enumeró las señales que lo habían delatado. ¡Qué torpe había sido! ¿Cómo podía haber llegado a pensar que sus movimientos le pasarían desapercibidos a alguien que observaba el mundo desde la atalaya de la desconfianza absoluta?

—Por eso le pedí a Nora que te vigilara.

No lo podía creer. Así que era ella la sombra que había detectado. Miró a su hija. Nora le sostuvo la mirada. El dedo de Amalia se movía tan rápido alrededor de las flores en el hule que acabaría troquelándolas. Mateo se volvió hacia Lola.

—¿Hiciste que me siguiera, como a un marido infiel?

—Como a un marido mentiroso, Mateo. —Antes de que pudiera replicar, ella añadió—: Por suerte, porque Nora descubrió que hay otra persona siguiéndote.

A Mateo se le escapó una tonta sonrisa de orgullo. Su hija lo había vigilado sin que él se diera cuenta. El perseguidor que él había detectado era el otro. Nora le correspondió. A ambos se les borró la sonrisa cuando Lola terminó la frase:

—Por encargo del inspector Joan Marín.

El inspector Joan Marín volvía a su vida, si es que alguna vez había dejado de estar presente, como una amenaza latente, como una sombra.

Su inclemente presión cuando los investigó tras la desaparición de Rosario Pelegrín los aglutinó durante las semanas que duró la persecución en una compacta amalgama de silencio que resistió sin una mínima resquebrajadura.

Sin embargo, cuando la presión policial desapareció, una potente fuerza centrífuga los separó.

Ahora, la reaparición del inspector Marín propiciaba la reunión que tanto había deseado Mateo. Pero no era de ese modo como debía de cumplirse su deseo.

—Tienes que dejar de inmediato lo que estés haciendo para Rafel y Marta.

—Es su hijo..., parece que ha desaparecido...

—Que le encarguen la búsqueda a una agencia. A tu agencia.

¡Qué hiriente era la ambigüedad de ese «tu»!

—Tal vez esté en peligro...

Les explicó muy concisamente lo que había descubierto. Ellas no lo interrumpieron, pero eso no significaba que las hijas no secundasen a la madre.

—Es peligroso también para nosotros, papá —dijo Nora.

—Tenemos que volver a nuestras rutinas —añadió Amalia—. Mantener un perfil bajo.

El orgullo herido impidió que Mateo les dijera que, en realidad, ya no se ocupaba de la búsqueda de Armand Rocamora, que el día anterior sus padres lo habían despedido de mala manera porque eran incapaces de aceptar que su hijo era un estafador.

—Está bien —dijo.

30

La conversación con Lola y sus hijas, que más que una conversación había parecido el veredicto de un juicio sumarísimo, le dejó una pesada fatiga, a pesar de la cual no había podido dormir apenas.

Lola había intentado abrazarse a él, pero la había rechazado. Quería yacer tumbado boca arriba, con los brazos y las piernas estirados, como el monigote de las inocentadas. Así se sentía, vano y estúpido. Solo que no era de papel, los brazos y las piernas le pesaban como si fueran más densos que el tronco y la cabeza. Durmió un sueño intermitente. Se despertaba cada vez en la misma posición y las extremidades parecían pesar todavía más. A su lado, Lola dormía su profundo sueño químico.

En una de las ocasiones en que se desveló, Mateo estuvo tentado de levantarse y, ya que era el celoso custodio de la llave del botiquín, tomarse alguna pastilla. Llegó incluso a levantar el brazo derecho, pero la idea de alzar el resto del cuerpo, arrastrarlo hasta el baño, abrir la caja metálica, buscar la píldora entre todos los psicofármacos de Lola, llenar un vaso de agua, tomársela y volver a la cama le pareció tan fatigosa que se durmió de nuevo.

Aún se despertó dos veces más, hasta que a las cinco y media abandonó la empresa de dormir.

Una ducha fría le devolvió el tono muscular y la tristeza. Aunque los propios padres lo habían echado del caso, sabía lo que significaba no saber dónde estaba su hijo, si —la pregunta que no se atrevían a formular— estaba vivo o muerto. Pero no querían sus servicios y era mejor así. Lola y las niñas, sí, sus niñas, tenían razón. Con el inspector Marín al acecho era mejor no hacer nada fuera de lo común. Había que aburrirlo como la tediosa observación de los movimientos de la actriz Cristina Abreu estaba aburriendo al novato.

Él, por su parte, iría a la agencia y prepararía un sucinto informe para hacérselo llegar al cliente. Ya no incluiría sutiles elementos sospechosos que lo animasen a proseguir el seguimiento de su esposa. No necesitaba ese caso facilón para tener tiempo libre.

—Estupendo, Mateo —diría Walker.

—Buen trabajo —diría Olesa.

«Es que soy Mateo Hernández. Hernández con hache, cabrones.»

Un tiritón de frío le sacudió de encima los erizos que querían treparle por las piernas.

Se secó con la toalla el pelo gris, pero espeso, que le cubría la cabeza. La genética había sido más generosa con él que con Basilio.

Eran poco más de la seis.

Se vistió sin despertar a Lola. Bajó y salió de casa. El sonido de la gravilla lo acompañó hasta la cancela. Ojalá ella no lo oyera. Cuando sus hijos eran adolescentes, y a pesar de que su dormitorio daba al otro lado, al jardín, Lola parecía tener el oído entrenado para oír el chirrido de la puerta metálica e identificar los pasos subrepticios cuando volvían.

—Tu hija, Mateo, la mayor. ¡Vaya horas!

—Tu hijo acaba de llegar.

—Tu hija pequeña está entrando ahora.

Órdenes indirectas para que él bajase a reñirlos. Cosa que hacía con toda su autoridad paterna, desde lo alto de la escalera, justo cuando ellos empezaban a subir de puntillas y a oscuras a sus habitaciones. Severo, intransigente, pero una parte de él respiraba aliviada. Los niños estaban en casa. De eso se trataba, de que los niños —tuvieran la edad que tuvieran— estuvieran en casa.

Sant Andreu se despertaba. Mientras él caminaba a ritmo de paseo, la gente lo adelantaba silenciosa y apresurada en dirección a las bocas de metro o las paradas de autobús. Las persianas de los comercios aún tardarían unas horas en levantarse, pero varios bares mañaneros ya habían abierto. Mateo se metió en uno que, aunque tenía la radio perennemente mal sintonizada, servía muy buen café. Cogió uno de los periódicos y se sentó a una mesa cerca de la barra. Allí solían tener lugar las mejores conversaciones. Escuchar charlas fragmentarias, completarlas, captar quizás alguna buena información, era bálsamo para su espíritu magullado.

En eso estaba, intentando atar cabos de lo que un cliente le contaba al camarero, cuando le sonó el móvil.

Pensó que Lola se habría despertado antes de hora y habría notado su ausencia, pero era Rafel Rocamora.

—Querría hablar contigo.

Mateo le dijo dónde estaba. A diferencia de Armand, ellos seguían viviendo en el barrio, de modo que tardó menos de un cuarto de hora en reunirse con él. Se sentó a su mesa. También parecía haber dormido mal.

—Marta no sabe que estoy aquí.

La mesa de los hombres mal dormidos, cuyas mujeres no saben que están frente a frente en un bar. Casi un título de novela escandinava.

—Mateo, yo no puedo vivir así, con esta incertidumbre, me está matando. Me da lo mismo lo que haya hecho o dejado de hacer el chico. Solo quiero saber dónde está y que está bien. —Rafel se limpió unas lágrimas incipientes con el dorso de la mano—. Por eso quiero pedirte que sigas buscándolo. Aunque Marta fuera tan brusca contigo el otro día. Fue el *shock*. Es duro. Pero es nuestro hijo y tenemos que quererlo. No, no tenemos que, lo hacemos. Ella también. Ya no lo niega, lo va aceptando poco a poco, pero le está costando digerir que nuestro hijo se haya metido en una estafa como esa. Necesitará su tiempo. Por eso no sabe que te lo estoy pidiendo —dijo Rafel.

Los ecos de todas las veces que había escuchado esa frase sonaron como fantasmas cansinos en su cabeza.

—Entiendo.

Entonces Rafel sacó un sobre blanco del bolsillo de la chaqueta y se lo entregó.

—Aceptes el encargo o no, estos son tus honorarios por lo que ya has hecho. Cógelo, por favor, o me ofenderás.

Mateo lo tomó y lo guardó sin abrirlo.

Se despidieron poco después.

A la hora de siempre, Mateo le subió a Lola su café, sus galletas napolitanas y sus pastillas.

Después se marchó a WHO.

Por el retrovisor de la moto vio el coche de su perseguidor. Se lo puso fácil y no pasó ni un semáforo en ámbar. Que se relajara. Ya se lo quitaría de encima cuando fuera necesario.

Ahora me ves. Ahora no me ves. ¡Que te den, Marín!

31

Ella y Nora se encontraron en un bar de la zona alta, un local idéntico a muchos en su ansia por parecer diferentes, con carteles de *lettering* prefabricados, muchos marcos rústicos de madera con fotos antiguas en las paredes que delataban la mano de decorador de franquicias porque una de ellas se repetía unos metros más allá, y pastas momificándose debajo de campanas de cristal sobreiluminadas.

Lo había elegido Nora, porque quedaba cerca de su trabajo. Después de su conversación iría a pedirle unos días más a la directora.

—¿Qué le dirás?

—Bueno, dando clases, me conozco bien el repertorio de abuelos y abuelas muertos, enfermedades repentinas, COVID, accidentes domésticos de todo tipo, incluso una vez tuvimos un supuesto secuestro exprés —le contaba su hermana—. Ya veremos qué se me ocurre, ahora tenemos que ver cómo hacemos este trabajillo.

¿Para Nora se trataba de un «trabajillo»? Amalia no se lo creía, bastaba con ver cómo le brillaban los ojos a su hermana. No, no era un trabajillo, era un encargo en toda regla. Y su cliente era la persona más exigente imaginable.

—No me lo creo. —Había dicho su madre en cuanto su padre abandonó la cocina—. Seguidlo.

¿Cuál era la reina que siempre ordenaba «Que le corten la cabeza» en *Alicia en el País de las Maravillas*?

Amalia se lo preguntó a Nora mientras salían de casa.

—Pues no me acuerdo. La verdad es que odio ese libro.

—Yo también.

Ambas jamás se lo habían confesado porque a su madre le gustaba tanto que se lo había hecho leer en inglés para que apreciasen todos los juegos lingüísticos.

—*Butterfly*. ¿Lo veis? *Butter*, mantequilla, volante. Las alas son rebanadas finas de pan con mantequilla.

Su madre muerta de risa y ellos tres, que habían entendido el chiste pero no le veían la gracia, se reían por no desairarla.

Gracias a la confesión de ese odio compartido, Amalia sintió que su resentimiento se atenuaba, que volvían a ser aliadas.

Desde los altavoces repartidos de tal modo que nadie pudiera escapar de la música enlatada, una voz de mujer susurraba cada una de las piezas que abordaba. En ese momento empezaba «Personal Jesus» de Depeche Mode. Le ponía tanto suavizante al cantarla que las fibras de la canción se ablandaban hasta que era casi imposible reconocerla.

—¿Qué te pasa? —le preguntó Nora.

—Odio esa forma de cantar. La odio aún más que la *bossa nova*.

Su hermana se echó a reír.

—Lo bueno es que en un local así, papá no entraría ni a rastras.

—Me imagino que estará atento a cualquier movimiento extraño, no solo del tipo ese que lo vigila —dijo Nora.

Le causaba cierta irritación el aire experto que se daba su hermana porque era quien lo había estado espiando hasta el momento, pero lo disimuló apretando con más fuerza el boli en el bloc de notas.

—Igual mamá se equivoca y él no sigue con el caso —alegó sin mucha convicción.

—Sería fantástico que por una vez mamá se equivocase, pero me temo que tiene razón.

—Papá haciendo de las suyas y mamá diciendo de las suyas. Casi parece lo normal.

—Y nosotras dos tras ellos. Lo normal —dijo Nora.

Se miraron y se echaron a reír.

—Solo falta Ayala —dijo Amalia.

—Y...

—Marc.

—Estoy segura de que él también se habría apuntado a esto —dijo Nora—. Venga, vamos a organizar el trabajo, que después tengo que ir a ver a la directora y explicarle que el perro se comió los deberes.

Nora le contó lo que sabía sobre los dos casos de su padre, la actriz a la que observaba y el desaparecido Armand Rocamora.

—¿Sabes que papá salió con la hermana mayor de la madre de Armand? —dijo Nora al terminar.

—Papá era un ligón. Salió con medio instituto.

—Es que era muy guapo.

—Mamá también.

Después organizaron sus horarios, las rutas posibles, los puestos de observación, los puntos difíciles. Se repartieron el día en turnos. Nora dijo que se encargaría de las mañanas. A Amalia le extrañó que le cediera sin más las tardes, que era cuando su padre era más activo.

En la agencia se citó con los padres de Miqui Adell y les contó lo que sabía sobre su hijo: absentismo escolar, trapicheo con drogas, robos en tiendas...

—¿Qué hacemos, señora Hernández?

—Esto supera mis competencias, pero yo diría que lo primero es hablar con él. De una manera sincera.

Lo había dicho sin parpadear ni enrojecer antes de salir a vigilar a su propio padre, a quien, como le había contado Nora, estaba siguiendo alguien bastante torpe.

Confirmó que no había dejado el asunto de Armand Rocamora cuando apreció cómo se quitaba de encima al esbirro, decidió llamarlo así, del inspector Marín. Su padre usó el viejo truco de meterse en un local grande, sentarse a tomar algo en un lugar muy visible desde el exterior, esperar a que el camarero le trajera la consumición, tomar solo un bocado y levantarse como quien va al lavabo, dejando el bocadillo y la bebida esperándolo, y escapar por alguna puerta trasera o lateral. El tipo se dio cuenta de lo que pasaba cuando el camarero se quedó un momento de pie ante la mesa en la que la cerveza ya había perdido toda la espuma.

Amalia no se molestó en buscar a su padre. Esa tarde solo se trataba de confirmar que había vuelto al caso.

Llamó a Nora.

—¿Se lo cuentas tú a mamá? —le pidió. No le apetecía hablar con ella.

—Lo haré mañana. Ni un día ha esperado papá.

Volvió a casa. Ayala estaba tumbado en el sofá con los auriculares puestos. Un pie descalzo sobre el suelo, para notar cualquier vibración, ya lo había advertido de su llegada.

—¿Qué tal con Nora? —Se quitó los auriculares y le hizo sitio a su lado.

—Me apuesto lo que sea a que va a investigar a Armand

Rocamora por su cuenta —dijo en tono cansino—. Si no, no sería ella.

—No lo creo.

—Ya verás.

—¿Qué nos apostamos? —Los ojos verdes de Ayala mostraban la mirada de los gatos cuando quieren jugar.

Amalia no se lo pensó.

—Si tengo razón, te dejas patillas.

—Bien. Pero si gano yo... —quería hacerse de rogar.

—¿Qué quieres?

—Una teta. Esa. —Señaló la derecha.

—¿Una teta? ¿Qué significa eso? ¿Y por qué esta? ¿Qué le pasa a la izquierda? —Se levantó la blusa, la tocó y dijo con fingido disgusto—: ¿Por qué no te gusta?

Ayala se abalanzó sobre ella.

32

Nora llegó a la casa de Armand Rocamora a una hora en la que los vecinos que trabajaban o tenían niños ya habrían salido del edificio de modernas viviendas de lujo en la calle Major de Sarrià. No le había costado encontrar la dirección. Entrar en el bloque también había sido fácil, bastó con tocar un par de timbres. A pesar de los cartelitos que afirman lo contrario, hay gente a la que le alegra encontrar algo en el buzón, aunque sea correo comercial. Lo que le estaba costando mucho más era abrir la puerta del piso sin hacer ruido. Afortunadamente, solo había dos viviendas por planta y las puertas estaban en el mismo lado, de modo que no debía temer ser vista a través de una mirilla. Pero si el vecino del piso contiguo estaba en casa y se asomaba al oír ruidos, ella quedaría expuesta por completo.

Lo consiguió justo cuando un golpe lejano anunció que alguien había entrado en el edificio. Se metió dentro y cerró suavemente tras de sí.

Todavía con la ganzúa en la mano, recorrió la vivienda entera. Mediría unos doscientos metros cuadrados y tenía una terraza con vistas al parque y a la montaña. Había muchas fotos por todas partes. En las que cubrían la pared del salón vio a Armand Rocamora al lado de gente famosa: artistas, deportistas, empresarios... Todos miraban a la cámara, nunca se miraban entre sí. Descolgó una para mirarla más de cerca. En el reverso estaban anotados los nombres de las personas que aparecían, la fecha y el lugar. Volvió a colgarla en su sitio. Revisó unas cuantas más. En todas encontró las mismas anotaciones. Quién, cuándo, dónde.

Había dos fotos de la entrega del Premio al Barcelonés del Año. Cogió una. En esta, además de la información que aparecía en las otras, había una pegatina, un punto rojo que también encontró en el reverso de la otra imagen del evento. ¿Qué significaría? Seguramente que tenía que evitar a esa gente.

Un ruido en la puerta del piso.

Contuvo la respiración.

Llaves. Alguien estaba entrando en la vivienda.

La puerta se cerró. Pasos.

Antes de que ella tuviera tiempo de moverse, su padre apareció en el salón. La foto se le cayó de las manos. Una mullida alfombra amortiguó el golpe.

—¿Qué haces aquí, papá?

—¿Y tú? —dijo él, apuntándola con las llaves que aún llevaba en la mano derecha.

—Mamá ya se imaginaba que no harías lo que dijiste y me pidió que te siguiera. Y eso es lo que estoy haciendo.

—Estupendo, pero es que tú has entrado antes que yo aquí, hija. —Se guardó las llaves en el bolsillo de los pantalones y la miró inquisitivo—. Dime una cosa: ¿no estarás investigando lo de Armand?

Nora recogió la foto y la colgó.

—Es que es todo tan extraño. Y fascinante. ¿No te lo parece? Ha engañado a tanta gente... ¿Y tú?

—Su padre me ha pedido que siga buscándolo.

Ambos seguían de pie, cara a cara, en el salón. Armand les sonreía desde las fotos.

—Pues busquémoslo —dijo ella.

Él no dijo nada, se dirigió hacia el dormitorio y se quedó con las manos en los bolsillos contemplando la hilera de imágenes familiares.

—¿Por qué no? —insistió Nora.

—¿Vamos a engañar a tu madre? —respondió él, entre el escepticismo y el asombro.

—No, lo que vamos a hacer es decirle la verdad y llevarle la contraria. De cara.

—Pero...

—Pero ¿qué, papá? ¿Temes que se enfade? Si siempre está enfadada. Da lo mismo lo que tú o yo o quien sea haga para evitarlo.

Su padre recorría con paso lento, como de museo, la hilera de fotos familiares de Armand. Basta con escoger las fotos oportunas del álbum familiar para hacer que cuenten la historia que uno quiere. Aquí estoy yo, ellos existen por y para mí. Todo el mundo se cree el centro de su vida familiar, pocos lo muestran tan patentemente.

Tal vez si descifraban las historias ocultas, si separaban las verdades de las mentiras detrás de las fotos de Armand, lograrían entenderlo mejor, saber de qué o de quiénes se escondía, suponiendo que no le hubiera pasado nada malo.

—No más mentiras, papá —se le escapó al hilo de estos pensamientos.

Su padre había llegado a la última foto, la más reciente, que mostraba a Armand enmarcado o emparedado entre sus padres. Los tres sonrientes. Sonrisas sin excepción en toda la casa.

—Tienes razón —dijo. Su padre se volvió hacia ella—. Vamos a hacerlo. Juntos. Todos.

—¿Quiénes son todos?

—Pues tú, yo, Amalia. Por supuesto también Ayala.

—¿Y mamá?

La expresión de su padre era resuelta.

—Lo hará, cuando se le pase el enfado.

—Pero lo haremos sin ocultárselo.

—Sí. Solo hay alguien que no debe saberlo.

Ella dejó caer los brazos.

—Ya empezamos.

—No. No es lo de siempre. Se trata de Marta Peiró, la madre de Armand. Ella no está de acuerdo. Trabajo solo para el padre.

—¿Y ella por qué no quiere?

—Se ha tomado muy mal lo que he descubierto sobre su hijo.

Pasaba en muchas ocasiones, incluso cuando lo que ellos averiguaban no hacía más que confirmar lo que otros, más que sospechar, ya sabían.

—A pesar de todo, también querrá saber dónde está su hijo, ¿no?

—Esa decisión no nos corresponde a nosotros, sino a nuestros clientes, Nora.

Había alegría en ese «nuestros», una alegría contagiosa.

Mañana. Reunión. En casa.

Fueron las palabras que Nora transmitió poco después a Amalia y a Ayala.

Esta vez tampoco hubo dudas de dónde se reunirían.

33

Su padre los había convocado a las doce porque antes tenía que pasar, como todos los sábados, por el cementerio. Después iría a ver a la abuela Carmen. Eran sus rutinas inamovibles. Su padre se estaba haciendo mayor.

Amalia llegó puntual con Ayala. Lo primero que vio al entrar en el antiguo despacho de la agencia fue que los títulos de detectives habían vuelto a su sitio. Colgaban también en el mismo orden de edad: su padre, Ayala, Nora, Marc y ella. En el de Marc había una cinta negra de luto en una esquina del marco. No percibió otros cambios y, sin embargo, la habitación parecía transformada, liberada de la capa de tristeza, de abandono que la había cubierto con un velo gris durante los últimos años. No podía decir si eso le parecía bien o mal.

Ayala y su padre se abrazaron como si llevaran años sin verse, aunque hacía dos semanas que habían salido a tomar algo.

—¿Te estás dejando patillas? —le dijo su padre a Ayala.

—Cambio de *look* —respondió y evitó mirar a Amalia.

Reunión de trabajo. Reunión familiar.

Comidas de familia no había. Una vez muertos los abuelos maternos, que vivían también en la casa, sus padres mostraron poca querencia por ese tipo de encuentros. Era mejor así, su madre solía beber demasiado en tales ocasiones, y entonces los finales eran bastante nefastos.

Nora llegó unos minutos después.

—¿Mamá? —preguntó.

—Hoy solo los detectives con título y licencia —bromeó su padre.

La cafetera estaba lista, esperando. Su padre preparó cafés para todos sin preguntar; sabía cómo lo preferían. Cada taza humeante que entregaba era la invitación a tomar asiento en uno de los silloncitos azules, algo ajados. Antes se reunían en ese rincón del despacho para hablar del trabajo. También se sentaban allí los clientes cuando su padre les comunicaba los resultados de las investigaciones.

Formaron un círculo. Ahí estaban de nuevo. Fuera de ese pequeño territorio deambulaba el enfado de su madre invadiendo el resto de la casa. Pero Amalia lo olvidó en cuanto su padre empezó a resumirles el caso.

¿Eran otra vez los detectives Hernández?

—No sabemos todavía con certeza a cuántos ha embaucado con ese despropósito de proyecto. Cuántos más hay como Jofre Llosa. Inversores que todavía creen que el proyecto es real. Cuánta gente sabe y calla, sea porque lo que les propuso no es legal, porque temen perder prestigio empresarial, o por una vergüenza más personal.

—¿De verdad no lo ha denunciado nadie? —preguntó Nora.

—Parece que no.

—Por lo que se refiere a dónde se puede haber metido, o qué le puede haber pasado, estamos en el mismo punto que cuando tú empezaste, papá —dijo ella.

—Sí y no. Porque ahora tenemos mucha información, aunque tengamos que revisarla partiendo de la premisa de que buscamos a un estafador —respondió él, y añadió—:

¿Y si lo del proyecto de la Exposición Universal no era su primer negocio fraudulento? Es un gran golpe. Un engaño así se puede organizar porque has visto la oportunidad, pero también se requiere práctica.

—Y un modo de ser muy particular. No todo el mundo sirve. Puede que haya descubierto demasiado tarde que estafar no es lo suyo —dijo Nora—. También podría ser algo más personal.

Ayala se pasó la mano por las incipientes patillas y preguntó:

—¿Como qué?

—Dejarlo todo y marcharse con alguien...

—Pues tampoco me parece el tipo que se fuga con, digamos, un gran amor.

Su padre les contó que una de sus hipótesis había sido que la desaparición de Armand tuviera que ver con Susanna Sunyer. Parecía que no era así. De todos modos, iría a hablar con ella. Y añadió:

—Por lo que vamos sabiendo, mi impresión es que, aunque es un tipo listo, o quizás porque lo es, se ha dado cuenta de que todo el montaje se le estaba yendo de las manos, se ha puesto nervioso y ha decidido poner tierra de por medio. Como si no hubiera esperado que su engaño alcanzase las dimensiones que ha acabado teniendo.

—Y decide desaparecer un tiempo. Mientras piensa cómo salir de esta o espera a ver qué pasa. Quizás permanece oculto con ayuda de alguien, algún amigo —dijo Nora.

—O cogió la pasta y se largó. —Ayala se levantó para prepararse otro café.

—No sabemos si se llevó el dinero —siguió Nora—. Ni siquiera cuánto tiene. No tenemos acceso a sus cuentas.

—Pero ese dinero, que no debe de ser poco, puede ser la razón por la que está desaparecido —dijo Amalia—. Y en peligro. Aunque no haya salido a la luz, y no haya escándalo, podría ser que él se hubiera olido que algunos ya le habían visto el plumero. Suena a «esto lo arreglamos entre nosotros». De Gabriel Sabater, el gorila blanco, el que dijo que ni a él ni a sus amigos se les toma el pelo impunemente, yo también me escondería.

—Si quería conservar las piernas —citó su padre, y parodió la pose de los rapsodas escolares. Se le notaba la felicidad de estar allí reunido con ellos.

—Igual sí que le han hecho algo —apuntó Ayala mientras esperaba el café.

—Pero Armand pagó —respondió su padre.

—A Sabater, si es que este dijo la verdad, le devolvió el dinero porque se puso duro y lo acojonó. Pero ¿y los otros engañados? Yo creo que ha habido más amenazas —insistió Amalia—. Y Armand, que ya ha visto cómo se las gastan, teme por su vida. Pérez dice que sobre todo está dolido. ¿Cuánta gente hace daño precisamente por eso, por algo así como despecho?

—Y a la policía no pueden ir porque el negocio que han hecho con Armand es ilegal —añadió Ayala.

—Es la misma razón por la que el padre no acude a la policía, para que no se descubra el pastel —dijo Nora.

—Es lo que se teme, aunque él lo llama «error». Y la madre ha quedado, por lo visto, en una especie de estado de *shock* —dijo su padre—. Al principio lo negó todo. No lo puede admitir, por lo menos en esa dimensión. Con ella no contamos y no debemos hablar porque no sabe nada. Nuestro cliente es únicamente Rafel Rocamora.

—¿Cómo lo vamos a hacer? —preguntó Amalia.

—Para encontrar a Armand Rocamora, hay que conocer a Armand Rocamora —dijo su padre—. Sus amigos y sus enemigos. Nora, tú piensas que está escondido porque la situación lo supera y tal vez alguien lo está ayudando a ocultarse temporalmente. Tú te encargas de los amigos.

—Conoce a muchísima gente —dijo su hermana con entusiasmo.

—Habrá que ver quiénes lo siguen siendo, quiénes lo buscan y quiénes lo ayudan —comentó su padre—. Amalia...

—A por lo enemigos —dijo ella.

—Si se trata de una amenaza...

El tono de su padre denotaba que su teoría no lo convencía, que se inclinaba más bien por la tesis de Nora.

—Si se trata de una amenaza —insistió Amalia—, no podemos tomarlo a la ligera.

—No lo hacemos —respondió su padre.

Nora preguntó entonces:

—¿Y qué hacemos con el tipo que te sigue, papá?

Ayala se encargaría de seguirle a su vez los pasos y de averiguar más sobre él. Mientras tanto, su padre debía comportarse con normalidad. Sus movimientos no debían llamar la atención del inspector Marín sobre el caso de Armand Rocamora.

—¿Y mamá? —preguntó Amalia.

Un golpe seco retumbó sobre sus cabezas. Su madre había tirado algo al suelo en la que había sido la habitación de Marc. ¿Qué les quería decir? ¿Que no lo olvidasen? ¿Cómo podrían? En ese momento, su hermano ocupaba el hueco entre ella y Nora en el silloncito azul.

Sí. Eran de nuevo los detectives Hernández.

Pero solo provisionalmente.

Segunda parte

The things you don't know are very often the things you have chosen not to know.

JOHN LANCHESTER, *Family Romance*

1

Un chirrido y un golpe. La puerta de metal del jardín que rodeaba la Academia Las Torres se cerró tras ella. Expulsión.

Expulsión, el peor castigo que se podía imponer a los alumnos, a los díscolos entre los díscolos. ¡Hala! A casa, con tus padres, nene. Durante uno, tres o cinco días laborales eres otra vez su problema. Ella nunca había expulsado a nadie; estaba orgullosa de ello.

¡Hala! Nora, a la calle. ¿No querías irte? Pues vete.

La puerta, a pocos centímetros de su espalda, la separaba del runrún de las voces de los alumnos en el interior. Nora se quedó inmóvil, sobre el escaloncito de entrada, con los ojos cerrados, la barbilla baja, inspirando, espirando profundamente, una jugadora a punto de entrar en el terreno de juego. Abrió y cerró las manos varias veces y dio el primer paso.

Ahora sí, empezaba o volvía a empezar.

Y empezaba con un encuentro con otro director, el del Colegio Mcallister, donde Armand había cursado la enseñanza secundaria. Porque «para encontrar a Armand Rocamora, hay que conocer a Armand Rocamora». El primer paso era buscar a sus amigos. El colegio, el instituto son lugares en los que nacen grandes amistades y profundas enemistades. La vida se suele encargar de alejar a los enemigos de esa época, por más que a veces se empeñen en reaparecer en aniversarios escolares o en rencorosas búsquedas en las redes, en las que se contempla con placer calvicies, arrugas, indicadores de fracasos vitales y, el premio gordo, una esquela. Los amigos, los pocos que se conservan de esos tiempos son a veces tan pesados como indestructibles.

En el corto trayecto en moto desde Tres Torres hasta el Colegio Mcallister recordó los nombres de los amigos a los que había echado de su vida tras la muerte de su marido. ¿Serían también indestructibles aquellas amistades a pesar del abandono de años? Tal vez eran como aquellas esporas que pueden sobrevivir miles de años a la inanición. Tal vez. Aparcó la moto cerca de la puerta.

El Colegio Mcallister era un exclusivo centro bilingüe, ubicado en el Tibidabo en un edificio racionalista, que contrastaba vivamente en un entorno de torres modernistas.

Allí tenía también cita. A los directores siempre hay que pedirles cita, hay que mostrarles respeto. Aunque los padres de los chicos que estudian en esas escuelas carísimas y elitistas tengan mucho dinero, algunos incluso suficiente para comprar el centro si lo desearan, saben que el futuro de sus hijos está en manos de los directores. Por lo menos en los centros en los que el rendimiento sí que contaba, como había dicho orgullosa la madre de Armand. El Mcallister tenía fama de escuela exigente, aquí no se regalaban los títulos, había que ganárselos, merecerlos. Loable, pero no había que olvidar que los alumnos del centro no partían de la misma casilla de salida que la mayoría. Sus padres eran los dueños del tablero, de las fichas y de casi todos los dados.

El director del Mcallister la esperaba en su despacho, adonde la condujo su secretaria. Se llamaba Roberto Gómez, cincuenta y pocos, traje gris claro, camisa blanca y unas deportivas también blancas que debían de ser su pequeño manifiesto de libertad y rebeldía. Nora no le había dicho que Armand estaba desaparecido, no tenían todavía la autorización del padre para hacerlo, de modo que se hizo pasar por periodista.

—Estoy escribiendo un artículo sobre emprendedores jóvenes. —Le tendió una tarjeta de la sección de economía de *El País,* que su padre le había impreso en casa.

Gómez la cogió y exclamó:

—¡Ah! ¡Las páginas sepia!

—Buscamos a gente que se haya hecho, como se suele decir, a sí misma. No herederos de alguna dinastía empresarial.

—Entonces, él es un gran ejemplo, porque no provenía, como la mayoría de nuestros alumnos, de una familia de nombre.

Por el tono en que lo dijo, Nora creyó entender que también Roberto Gómez era un advenedizo. De ahí podía derivar o bien un gran rechazo a otros que lo fueran, porque hay poco espacio y hay que pelearlo a diario, o, como estaba sucediendo, una gran simpatía.

—Lo recuerdo bien. Yo fui su profesor de matemáticas. Sus padres le podían pagar esta escuela, pero no eran ricos. Eran de barrio, de... de...

—Sant Andreu.

—Eso. Periferia. Lo que entendemos por periferia, vaya. Porque a los chicos que estudian aquí y vienen, por ejemplo, de Vallcarca o de Valldoreix nadie les diría que son de la periferia o de un pueblo.

Ella asintió. Tenía razón. Provenir de la periferia era otra cosa, era un sentimiento difuso pero imborrable de venir de los márgenes, era el antónimo del cosmopolitismo, del estar bien en cualquier lugar, porque la gente de las periferias está siempre algo incómoda en todas partes.

—Aquí Armand aprendió que no solo se trataba de ser bueno, sino de conocer a la gente apropiada. Supongo que por eso sus padres hacían el esfuerzo de matricularlo en un centro como este. Y pagarlo. Nunca quisieron que lo becásemos.

—¿Hay becas?

—Una o dos por clase. Pero ellos nunca lo aceptaron. Creo que creían que los alumnos becados quedaban estigmatizados.

—¿Es así?

El director bajó los ojos. Nora retomó otro tema que Gómez había apuntado:

—¿Hizo muchos amigos aquí?

—Sí. Armand tenía don de gentes, caía bien. Era la persona que todo el mundo quiere en su fiesta. ¿Sabe a lo que me refiero?

—¿Quiénes eran sus mejores amigos?

Nora, que iba tomando notas, levantó la vista del papel. Gómez pensó un momento y dijo:

—No sabría decirlo.

—Entiendo. Y aprecio su discreción.

—No es por discreción. Es que realmente no lo sé. Se llevaba bien con casi todo el mundo, pero no había un mejor amigo. Era amigo de todos.

«Nadie es amigo de todos», pensó ella. Solo los sociópatas listos, que disfrazan de bonhomía su desprecio al prójimo. Recordó una frase de su madre al final de una de las historias morbosas que les había contado hacía años: «No te fíes de la gente que siempre sonríe. La alegre monjita con la guitarra es la que zurra a las niñas o la que acaba pegándose un tiro».

—Era, por decirlo en términos didácticos —seguía Gómez—, un superdotado de la competencia social y usaba bien su talento.

—¿De qué modo?

El director vacilaba.

Nora cerró el bloc de notas y puso las manos sobre él. Un truco aprendido de su padre que solía funcionar. El director pareció sentirse más libre para hablar.

—Armand no solo era un chico inteligente, era un chico espabilado, que es otra cosa. Espero que no se me entienda mal, pero no me pareció el clásico advenedizo que, disculpe la fealdad del término... —Gómez no se podía imaginar que esa misma palabra había sido la primera que le había venido a la mente al verlo. Tampoco se daba cuenta de que llamar «término» a las palabras que uno considera feas no las embellece—. El advenedizo que busca integrarse en un círculo superior. Era él quien escogía. Se los metía a todos en el bolsillo. Y les seguía el ritmo, lo que no debía de ser fácil para él: fiestas, salidas para ir a esquiar, ropa buena... Me imagino que trabajaba al salir de clase... Es duro, pero sus notas no se resintieron.

Gómez parecía más bien estar hablando de sí mismo.

Al salir del centro, Nora mandó una pregunta a los demás: «¿De dónde sacaba tanto dinero Armand Rocamora cuando estaba en el instituto?».

Por la noche, entró en el pequeño restaurante de Gràcia del que era socio Sergio. Saludó a los camareros y se acercó a la cocina. Se quedó en la puerta observando. Sergio y su compañero se desplazaban por el pequeño espacio con absoluta economía de movimientos, apenas se rozaban y nunca, a pesar de la estrechez, chocaban o se entorpecían el uno al otro. Al verla, Sergio se secó las manos con un paño y se acercó para besarla. Ella le habló al oído.

—¿Que has hecho qué?

—Me he despedido de la escuela.

Sergio salió de la cocina.

—Buenísimo todo —le dijeron entonces unos clientes cuando pasó al lado de una de las mesas.

Clientes inoportunos para Sergio, que tuvo que pararse a recibir los parabienes; muy oportunos para Nora, ya que aprovechó para sentarse a la mesa al fondo de la sala, reservada para ella. Solía hacerlo a principios de semana, cuando había menos clientela. Llegaba poco antes del cierre, leía mientras tomaba una cerveza y lo esperaba a él para cenar juntos.

Como apenas quedaban clientes en las mesas, Sergio le preguntó a su compañero si podía acabar solo el turno y se sentó con ella.

—A ver, cuéntame eso —le dijo, y entrelazó las manos sobre la mesa.

Cuando uno de los camareros les puso el primer plato, Nora estaba todavía con el largo preámbulo que había preparado. Sergio se volvió al camarero:

—Dile a Chimo que yo recogeré la cocina hoy. —La miró a ella—. Que nosotros recogeremos y cerraremos el local.

2

«¿De dónde sacaba tanto dinero Armand Rocamora cuando estaba en el instituto?», había preguntado Nora.

—El dinero se lo daba yo —confesó Rafel en cuanto Mateo llegó a la mesa con la bandeja de los cafés.

Se habían citado en una filial de una franquicia de cafeterías baratas. El suelo ajedrezado, los muebles de maderas claras y las camareras que llamaban «cariño» a todos los clientes no lograban disimular la frialdad clónica del local.

—Pero de eso hace ya muchos años. Desde que se ha independizado, nunca, te lo aseguro, nunca ha vuelto a pedirme ni un euro.

Les habían servido los cafés con un carquiñol envuelto en plástico transparente. Rafel sacó un bolígrafo del bolsillo de la chaqueta y trazó una raya muy fina en el paquete. No se podía apreciar si no se buscaba expresamente.

—¿Qué haces?

—Estoy convencido de que siempre son los mismos. Si no te los comes, los recogen y se los vuelven a servir a otro cliente. Pero nadie se los come. ¿Tú has visto a alguien comérselos? Yo no. Los carquiñoles son como las cigarras, pueden vivir dentro de esos paquetes más de diez años.

—¿Por eso los marcas?

—Si algún día me encuentro uno de estos carquiñoles marcados...

Era reconfortante observar que no solo los miembros de la propia familia estaban cargados de rarezas.

—Supongo, por cómo lo dices, que lo hacías a espaldas de su madre.

—Sí. Ella es muy estricta. Y dudo que entendiera que Armand tenía que estar también a la altura económica de sus compañeros, no solo la académica.

—¿No echó el dinero en falta?

—Las cuentas de la empresa las llevo yo. Bastaba con arreglar un par de números y no se notaba. Tampoco lo hizo tantas veces. Armand siempre controló muy bien estas cosas de la apariencia. Sabía que, si lo hacía demasiado, tendría fama de manirroto, que tampoco es conveniente en esos círculos. Excesos, pero con mesura.

Mateo trataba de imaginar la conversación entre padre e hijo. Le parecía que esas frases extraídas del manual del triunfador las había aprendido Rafel de su hijo y no al revés.

—¿Cómo está Marta?

Su mujer se había volcado en el trabajo, apenas comía y dormía gracias a pastillas. Se negaba a hablar del asunto, hasta el punto de que lo rehuía. En casa, por las noches, se sentaba frente al televisor con auriculares y miraba series antiguas durante un par de horas hasta que se acostaba. Si hablaban, era en la empresa y solo de asuntos de trabajo.

—Todo esto pasará en cuanto vea a Armand. Lo perdonará, de eso estoy convencido. Lo quiere con locura.

—¿No le has dicho nada de la investigación?

—No. Ni lo sospecha. Tampoco sospechó nunca que le pasaba dinero a Armand. —Hizo una pausa—. ¿Cómo lo habéis descubierto vosotros?

—No te lo puedo decir.

—Sois muy buenos —respondió con sincera admiración. Rafel miró a su alrededor antes de decirle—: Si habéis averiguado esto, me imagino que pronto sabréis muchas cosas sobre nosotros..., sobre mí...

Lo interrumpieron unos gritos destemplados. Ambos se volvieron hacia la barra, donde el encargado de la cafetería abroncaba a una de las camareras.

—Cariño, sigue así y no vas a acabar este mes aquí.

Bajó la voz al darse cuenta de que todos los clientes los estaban observando.

—«Cariño» debe de ser una de las palabras más desgastadas en este momento —comentó Rafel.

—Pero me querías decir otra cosa hace un instante.

—Sí.

El padre de Armand removió el azúcar que no se había echado en el café.

—¿Y?

—Sí. Veo que sois muy buenos investigando. —Hizo una pausa y Mateo le agradeció de nuevo el halago, pero solo con una sonrisa—. Así que, como sospecho que tarde o temprano lo acabaréis descubriendo..., pues quería decírtelo yo mismo: tengo una amante. Que engaño a Marta, vaya.

Entre bufidos, suspiros, y tras remover el café un par de veces más, le fue contando que a veces, cuando necesitaba un respiro de la oficina, y de Marta, hacía de conductor, cogía un camión y se iba a hacer kilómetros. Que en una de esas ocasiones había conocido a una mujer en un área de servicio cerca de la Seu d'Urgell.

—Trabaja en la cafetería.

El resto era una historia de viajes para verse, encuentros en la cabina del camión, algunas escapadas de ella a Barcelona.

—Ella también está casada. Para los dos es sobre todo diversión. Una aventura.

Lo escuchaba porque le pareció que Rafel lo necesitaba. Lo que no sabía era cómo absolverlo, si es que el otro lo esperaba.

—Se llama Raquel. Es un par de años más joven que yo y le gusta mucho lo de hacerlo en la cabina del camión, es como una especie de fantasía sexual que...

A Mateo todo eso le importaba más bien poco. Para entender mejor cómo funcionaba la familia, le bastaba con saber que aquello estaba sucediendo. No quería más detalles, que más bien lo incomodaban. Cambió de tema:

—Quería pedirte que nos autorices a explicar que buscamos a tu hijo porque está desaparecido.

—¿Es necesario?

—Sí. Es muy difícil hablar con según qué personas o conseguir según qué información si no dices de qué se trata. Seremos tan discretos como la búsqueda lo permita, de eso puedes estar seguro.

—Si tiene que ser, adelante.

3

—Una gran aliada, la vergüenza —le decía Lluís Cerón a Amalia, delante de dos delicadas tazas de té japonesas y una tetera de aspecto frágil y caro. Ella hizo todo lo posible para que no se le notara la repugnancia con cada sorbo de té verde.

Cerón le había tocado a ella en el reparto de empresarios porque era de su edad. Su padre se encargaba de señores —y alguna señora— maduros y Nora de las amistades y de la parte académica. Ayala, más en la sombra, trataba de averiguar a través de sus confidentes qué tenía Marín contra ellos.

Antes de encontrarse con Cerón, ya se había puesto en contacto con otros dos inversores del proyecto Expo 2029, usando todavía la socorrida máscara de la periodista.

El primero, al frente de una empresa de *software*, estaba de viaje y solo podía hablar con ella por teléfono. Por la manera de acceder a la conversación, entendió que era de los que no sabían de la estafa. Siguiendo el guion que había preparado, le había hecho algunas preguntas acerca de su participación en el proyecto. Ahí constató que realmente ni lo sabía ni lo sospechaba. Por eso, al pasar a la siguiente fase y contarle lo de la estafa, a Amalia casi le pareció oír el crujido del móvil estrujado por la mano de su interlocutor.

—¿Está usted segura de lo que me dice, señorita?

Era curioso que alguien de su misma edad la llamase «señorita». Quizás en esos momentos de extrema tensión se nos escapan los padres o los abuelos por la boca para ponerlos como un escudo protector frente al enemigo.

—Sí.

—Lo comprobaré, de todos modos.

A punto estuvo de soltarle alguna frase tan fuera de lugar como el «señorita», algo del estilo de «este es un país libre» o «está en su derecho», pero se limitó a un escueto y neutro:

—Por supuesto.

Antes de que pudiera hacerle más preguntas sobre Armand, el otro ya había colgado o había acabado de destruir el móvil.

El segundo al que llamó tal vez ya había sido avisado de que había gente haciendo preguntas sobre el proyecto y su promotor y se negó a hablar con ella.

Lluís Cerón, en cambio, accedió a hacerlo y la recibió en una oficina decorada en un estilo minimalista oriental, que sorprendía tras acceder al edificio afrancesado en la calle Ausiàs March. Amalia habría preferido que esa fuera la entrevista telefónica. Lluís Cerón tenía fama de violento. Había varias denuncias de paparazzis contra él por agresiones, a uno le había destrozado la cara, a otro la nariz. Era hijo de Mónica Badal, una actriz que había sido conocida en los setenta, y Ricardo Cerón, un turbio empresario venezolano cuyo nombre había sonado en diversos escándalos, a pesar de lo cual la pareja era habitual de las revistas de papel cuché, aunque no eran de los que ocupaban grandes reportajes, sino de los que aparecen en columnas laterales.

Lluís Cerón constaba como dueño de una consultoría, de la que no encontró registro de actividades, y también como único accionista de una empresa con nombre de restaurante chino del extrarradio, Great Dragon Trade Mark, que se dedicaba a intervenir en el comercio de productos asiáticos. Un comisionista. El comisionista que debió de reconocer en Armand al vendehúmos que él mismo era y por eso mismo lo descubrió.

—Parece ser que usted se dio cuenta a tiempo.

—No tan a tiempo. No he recuperado mi dinero. Se me cae la cara de vergüenza. Un don nadie como Armand engañándome de ese modo a mí. En el fondo, Armand ha modernizado el timo de la estampita.

—¿En qué sentido?

—Tratando conmigo, fingió ser el chico de barrio entusiasta con una buena idea, de cuyo enorme potencial no parece ser del todo consciente, aunque se manejase bien con lo de tener caja A y caja B, que por supuesto no formaba parte de la propuesta oficial.

—¿En serio?

—Así es. No se puede imaginar qué bien representó el papel de ambicioso arribista que sueña con ser un Pujol, un Millet, un Montull, para meter las manos donde otros llevaban metiéndolas desde siempre porque consideran que les corresponde, por ser quienes son, ¿sabe? Y, como en el timo de la estampita, conmigo fingió ser codicioso pero inocente, el tonto al que se podía dejar caer si hacía falta un chivo expiatorio. Y piqué como un pescadito. Un genio. ¡Bravo!

Cerón dio una palmada sorda y, tras ello, le mostró una gran sonrisa. Amalia entendió por qué en las revistas del corazón se hablaba de él como «el joven empresario más atractivo de España». Tomó otro trago de ese brebaje que sabía a pasto mohoso y evitó así corresponderle con una sonrisa de colegiala.

—Pero, además de la vergüenza, hay un motivo de peso para no denunciar: pagar por concesiones es ilegal.

—Cierto —admitió Lluís Cerón.

—¿Por qué me cuenta esto? Es delito y no ha prescrito.

—Porque he hecho mis averiguaciones y sé que usted no es periodista, sino detective, y que está buscando a ese sinvergüenza de Armand Rocamora, como yo mismo, que ando tras él hace ya algunos días.

Esta vez, Amalia no ocultó su expresión de sorpresa, a la que siguió la admiración.

—No suele pasar. La gente es bastante crédula.

—Por eso a la gente la engañan. Pero me gustó su voz al teléfono y es agradable poder charlar con alguien del asunto y tomar un buen té. Me lo traen directamente de Japón. ¿Quiere un poco más?

Ella dijo que sí. Era un peaje bajo por seguir conversando con él.

Cerón tomó un sorbo de té y le dirigió una mirada de depredador.

—Usted no sabrá por dónde anda Armand, ¿verdad?

—Si lo supiera, señor Cerón, no andaría por ahí haciendo preguntas.

—¿Quién le paga?

—Vamos, por favor. Sabe que eso no se puede ni preguntar.

—Podría contratarla. Para que lo busque para mí. Le pagaría el triple de lo que esté usted cobrando.

—¿Tiene un motivo urgente para encontrarlo?

—No. Lo que quiero es contratarla a usted.

—Tengo una agencia, seguro que ya lo sabe. Cuando nos necesite, para otro asunto, ahí nos encontrará. Hoy no llevo la tarjeta.

—No le quepa duda de que recurriré a usted en algún momento. Volviendo a nuestro querido amigo Armand, ¿algo más?

—De momento, es todo.

—Manténgame al corriente de sus pesquisas, por favor.

—Sabe que no debo.

—Tenía que intentarlo. ¿Se le ofrece algo más?

Le habría pedido un café para enjuagarse la boca, pero lo que más le urgía era salir del despacho de Cerón y dejar de sentir su mirada escrutadora, preguntándose cuál era su precio.

A Sabater, el viejo gorila blanco, Armand le había devuelto el dinero.

—A Cerón, no —le contaba a su padre por teléfono—. Y este tipo me da muy mala espina.

Había vuelto a su agencia tras entrevistarse con Cerón. Mientras hablaba, Amalia dibujaba caritas sobre una hoja del calendario de mesa.

—Con Cerón no querría enemistarme. Y está muy interesado en dar con él. Hasta quería contratarme. ¿A cuánta gente peligrosa le debe dinero?

De pronto, le llegó una voz airada de mujer desde la entrada de la agencia. Alguien discutía con Rodrigo.

—Un momento, papá. Oigo gritos. Te llamo después.

Salió y casi se dio de bruces con su clienta, la madre de Miqui Adell.

—¡Lo han detenido! ¿Y dónde estaban ustedes?

La mujer se coló en su despacho sin que ella pudiera detenerla.

—¡Aquí estaba usted! Pintando monigotes.

Señalaba con un dedo acusador las caritas que Amalia acababa de dibujar. Amalia contuvo las ganas de echarla a patadas, descargó la violencia empujándola con las manos sobre los hombros para sentarla y pidiendo a Rodrigo con un gesto imperativo que cerrase la puerta. Respiró hondo y se volvió hacia la mujer.

—Tranquilícese y cuénteme.

—No quiero tranquilizarme.

—Pero contar, sí que me quiere contar algo, ¿verdad?

Amalia se sentó tras su escritorio, hizo una bola con el papel y lo tiró a la papelera sin dejar de mirarla a los ojos.

El relato fue atropellado pero simple. Su hijo se había escabullido del instituto tras la pausa, se había juntado con otros en un parque cercano y después, por algún motivo, se habían peleado, alguien había llamado a la policía y a él, solo a él, lo habían detenido.

Amalia puso en orden el relato y le ofreció a la madre una interpretación:

—Su hijo no se encontró con unos desconocidos, ya le di los nombres de todos ellos en mi último informe y le comuniqué que esos chicos son clientes de su hijo, que se dedica a trapichear con drogas. Ese es el motivo de que, tras la pelea, que supongo que fue por desavenencias en el pago, lo detuvieran solo a él, ya que debieron de pillarlo con la mercancía encima.

La madre bajó la cabeza.

—¿Por qué no hicieron ustedes nada?

—¿Qué quería que hiciéramos?

—¿No lo estaban vigilando?

—Señora, nosotros lo vigilamos cuando nos avisan del instituto porque ha desaparecido. Así lo convinimos.

—¿Y esta vez?

—No nos han avisado.

—¿Por qué?

«Pues porque se habrán hartado de la perla de su criatura, ¿por qué, si no?», pensó Amalia, pero le dijo:

—No pueden estar todo el tiempo pendientes de él. Ni

usted ni nosotros. Ya le dijimos cuál era la situación. Lo que ha pasado hoy podría haber pasado en una semana o en un mes. No está en nuestras manos, solo en las suyas.

Se arrepintió al instante de su última frase. Ellos no estaban allí para decirle a la gente lo que tenía que hacer. Ellos informaban, las decisiones eran de los clientes.

Poco después, la madre de Miqui Adell se marchó tras rescindirles el contrato, pero no porque hubieran fallado.

—Es que ahora nos toca hacer algo a nosotros, tiene usted razón.

La factura le llegaría por correo, de ello se encargaría Rodrigo. Amalia despidió a la madre en la puerta de la agencia.

—¿Ha vuelto Ayala?

Había salido por la mañana a ver a un amigo que podría darle más información sobre el hombre que seguía a su padre.

—Entró hace diez minutos, mientras tú estabas con la señora. —Rodrigo seguía algo consternado. A veces Amalia se preguntaba si ese muchacho estaba preparado para trabajar en la agencia. En realidad, si estaba preparado para vivir en este mundo.

Fue al despacho de Ayala.

—Daniel, tenemos que hablar.

—Algo gordo será si me llamas «Daniel».

Le contó lo sucedido con Miqui Adell.

—Todavía teníamos el encargo.

—Bueno, si no nos llamaron del instituto... —repuso Ayala.

—Pero deberíamos haberlo chequeado. Lo hicimos todos los días porque no nos fiábamos del papel de nene bueno que nos estaba representando. Deberíamos haberlo hecho también hoy, pero estamos distraídos con lo de mi padre.

—Bueno, nos afecta a todos.

—Lo de Marín, sí. Pero lo de buscar a Armand Rocamora no tiene nada que ver con eso.

—No te parece bien.

—No es nuestro trabajo.

Ayala echó un vistazo alrededor, como si buscara la respuesta en la ventana, en los archivadores, en las fotos de Canadá, su viaje soñado, que decoraban una de las paredes. Como la respuesta no llegaba, Amalia siguió:

—Estáis todos tan encantados de volver a trabajar juntos, todos a las órdenes de mi padre. Y lo nuestro, ¿qué? Nos ha costado mucho abrirnos camino. Hemos currado mucho para tener nuestra propia empresa y viene mi padre, chasca los dedos y todos a correr en la dirección que él diga.

—¿Tú no querías?

—No.

—Entonces, ¿por qué lo haces?

Porque no quería ser la única que se quedara fuera. Decirlo le daba vergüenza.

—Por solidaridad. Y porque, como has dicho, lo de Marín es peligroso. Pero cuando resolvamos esto, no quiero renunciar a nuestra agencia y volver a Detectives Hernández. Sería un paso atrás. ¿Entiendes?

Ayala asintió. Amalia supo que lo entendía, pero que no lo compartía.

4

Nora sacó el móvil del bolso. Había varias llamadas y mensajes de Sergio. Sería algo urgente, pero antes tenía que llamar a su padre.

Acababa de salir de un encuentro con el decano de la Facultad de Economía y Empresa, en la zona universitaria. No había sido fácil concertar una cita con él. Chocaba siempre con una férrea secretaria. Falló la vía de hacerse pasar por una alumna que quería hablar con él. Falló el disfraz de periodista. Funcionó, para su sorpresa, la verdad, decir que era detective, una detective que, por encargo de la familia, buscaba a un antiguo alumno desaparecido. El decano la había recibido a la una en su despacho.

—Me han dicho que se trata de un exalumno desaparecido. ¿Quién es?

—Armand Rocamora.

—Rocamora, lo recuerdo. Fue alumno mío en Administración de la Empresa. ¡Qué gran muchacho!

—Veo que Armand es de esas personas que quedan en la memoria.

—Imposible olvidarlo. Era muy brillante y lo que se dice «echao pa'lante» en el sentido más positivo.

—Querría contactar con compañeros suyos, quizás puedan darme alguna pista sobre su paradero.

—No podemos hacerlo. Es por la protección de datos. La ley es muy estricta.

—Saber quiénes eran sus mejores amigos sería de gran ayuda. La familia está muy angustiada.

—Igual hay alguien que puede ayudarnos. Pero, a partir de aquí, todo es extraoficial.

—Por supuesto.

El decano consultó en el ordenador y localizó a Gemma Badía, la profesora de Estadística que había sido tutora de Armand. Hubo suerte. Estaba en el edificio. Apareció poco después.

Igual que el decano, le ofreció el retrato de un estudiante muy apreciado.

—Tenía grandes planes, bueno, como muchos de los que vienen aquí, que se quieren comer el mundo. —Era una mujer en los cincuenta, con una indulgencia casi maternal, derivada tal vez de impartir una de las asignaturas más temidas de la carrera—. Armand tenía don de gentes. Yo lo veía como director de *marketing* o jefe de comunicación en alguna gran empresa.

—¿No como empresario o directivo? —preguntó ella, sorprendida por ese perfil.

—Para eso le faltaban la constancia, la perseverancia. También la capacidad de pensar a largo plazo. Era más un velocista que un corredor de fondo.

—¿Recuerda quiénes eran sus mejores amigos en la facultad?

—Es que siempre estaba rodeado de mucha gente. No sabría decirle un nombre. Además, como tuvo que abandonar los estudios antes de hora, me imagino que perdió de vista a sus compañeros —dijo la profesora Badía.

Nora escondió tras una tos fingida la exclamación que estuvo a punto de escapársele. ¡Armand no había terminado los estudios!

El decano formuló la pregunta que Nora no podía hacer sin demostrar su desconocimiento de ese hecho crucial.

—¿Qué le pasó?

—Su padre enfermó gravemente y tuvo que ponerse al frente de la empresa familiar —le explicó la profesora.

Ella asintió e imitó el gesto compungido de su interlocutora, mientras pensaba que Armand se había apropiado de la historia de su madre, fiel a la regla de oro de los buenos mentirosos: las mejores mentiras son las que están construidas con parte de verdad.

—Se notaba que era una decisión difícil para él y me pidió que no se lo contase a sus compañeros porque quería seguir asistiendo a las clases de vez en cuando como oyente, para seguir aprendiendo, pero no quería conmiseración o favoritismo alguno.

«Ejemplar», pensó y tal vez dijo en voz alta Nora.

De ese modo, nadie se extrañó ni de verlo ni de no verlo.

El título debió de proporcionárselo una impresora. La buena historia y la excelente interpretación de su papel de hijo abnegado le procuraron que la profesora le escribiera varias cartas de recomendación que, debidamente manipuladas, le sirvieron para apuntarse a másteres, cursos de formación de grandes empresas y para ponerse en contacto con cazatalentos.

—La verdad es que cada vez tengo más ganas de conocer a Armand —le dijo a su padre al abandonar el edificio de la facultad, una declaración de amor al hormigón muy propia de los años sesenta.

—Voy a pedir a Constantin que se meta en la página de la Universidad, a ver qué encuentra de Armand. Y también que trate de averiguar si cursó esos másteres.

—¿A Constantin?

Recordaba que lo había mencionado en la reunión, pero

no lo había entendido como una reminiscencia de los tiempos pasados.

—Está pasando un mal momento porque es ruso, aunque no sabemos si lo es de verdad.

No lo sabía nadie en el barrio, pero todos lo conocían como «el ruso de los ordenadores», ya que tenía un negocio de venta y reparación de ordenadores en Fabra i Puig, con más reparación que venta. Otro viejo colaborador de la agencia, de la vieja agencia, que se subía al barco reflotado.

A su padre se le notaba el entusiasmo, a pesar de que hablaba en voz baja. Lo imaginó muy pegado al móvil, que cubría con la mano. Ese viernes le tocaba trabajar en la agencia WHO. Era una curiosa coincidencia que, mientras hablaban, ambos estuvieran en la Diagonal; ella hacia el final, él, en el centro, en la parte más noble.

Solo tras colgar prestó atención a los mensajes de Sergio. Eran las tres y habían quedado a las dos para comer. Él tenía el día libre y le quería preparar en primicia su nuevo tartar de atún.

—¡Mierda!

Se subió a la moto, bajó por la Diagonal y después por la calle Joan Güell, como si descendiera por un tobogán. Entró corriendo en casa.

—No podía interrumpir la conversación, no sabes lo que me costó que me recibiera a tan corto plazo.

—Y tú no sabes lo difícil que es conseguir esta variedad de atún rojo.

—¡Hombre! No compares.

—¿Por qué no? ¿Porque lo que haces tú es más valioso que lo que hago yo?

—No pienso responder a esta pregunta.

—No hace falta. Solo te digo una cosa: lo que yo hago por lo menos hace feliz a la gente.

—Pero no a los atunes.

A él se le escapó la risa.

Nora tenía hambre, pero no sabía si quería comerse lo que veía sobre la mesa.

—¿Por qué no fríes unos huevos fritos?

—¿Y el atún? ¿Qué hago con el puto atún?

—Pues haz croquetas para la noche. O buñuelos. ¿Qué es lo que se hace con el pescado?

—Comerlo puntual.

Pero ya se estaba frotando las manos, el gesto que hacía siempre cuando se disponía a empezar a cocinar. Ella lo siguió a la cocina, sacó la sartén, el aceite, los huevos, mientras él se ataba el delantal.

—¿De verdad no tienes ni idea de qué hacer con el pescado que sobra?

—No.

—¿De dónde te habré sacado yo a ti?

De un pozo, la había sacado de un pozo, oscuro y hondo. Pero Nora, poco dada a sentimentalismos, le respondió:

—Tú me cuentas lo del pescado y yo te cuento lo que he averiguado sobre Armand Rocamora.

—Te hace feliz volver a este trabajo, ¿verdad?

5

—Adelante, señora Hernández.

Amalia entró en el despacho de Jofre Llosa, que se levantó del escritorio para recibirla con un fuerte apretón de manos y la mirada de curiosidad con que se recibe a los detectives que dicen necesitar «solo» algo de información. La invitó a sentarse frente a él en su escritorio y pidió que les trajeran un café. Amalia aceptó; su padre le había dicho que era excelente.

—¿Por qué quiere hablar conmigo de Armand?

—Sus padres están preocupados, hace días que no saben nada de él.

—Entonces, ¿no está en Japón?

—Parece ser que no.

Llosa parecía algo sorprendido, pero enseguida dijo con un gesto displicente de la mano:

—No creo que pase nada. No sería la primera vez.

—¿Ya ha desaparecido en otras ocasiones?

—Alguna. La última vez hace poco más de un año.

—¿Sabe por qué lo hace?

Una mujer joven, silenciosa como una geisha, entró con los cafés. Llosa no cambió de tema ni dejó de hablar ante su presencia. Las ausencias de Armand no le parecían, pues, un tema delicado.

—Me lo explicó una vez como que se recogía en sus «cuarteles de invierno» para hacer una «toma de tierra» y prepararse para el «próximo asalto».

Armand parecía aficionado a las imágenes resultonas pero manidas.

—Nunca eran muchos días, quizás una semanita, y regresaba regenerado —siguió Llosa.

—¿Sabe adónde iba?

—No. Si él no lo decía, yo no se lo iba a preguntar. Lo que contaba era que siempre volvía cargado de energía. Y eso que de energía por lo general no anda corto.

Tomaron ambos un poco de café. Su padre tenía razón, era muy bueno.

—Usted lo conoce desde hace mucho tiempo, ¿verdad?

—Estudiamos la carrera juntos.

—¿Buen estudiante?

—Brillante. Siempre sacaba las mejores notas. Además, era el tipo más cachondo que uno se pudiera imaginar. Era el más popular de la facultad. Con él estaba la diversión asegurada. Y eso que algunos no se lo pusieron fácil.

—¿Por qué?

—Porque esa facultad está llena de niñatos... —empezó a decir, pero se interrumpió al ver la media sonrisa que se le había escapado a Amalia. Tal vez porque tenían más o menos la misma edad, él le dijo, no sin coquetería—: Entre los que me incluyo yo mismo. Pero creo que me he reformado.

Ella le sonrió antes de preguntar:

—Entonces, ¿Armand sufrió rechazo?

—En primero uno de los chicos, Pere Sunyer, que presumía mucho del título nobiliario de su familia...

El hermano de Susanna Sunyer, por lo que sabía Amalia.

—Es barón de Valldor, ¿verdad?

—Sí. Son nobles, pero no desde la Edad Media. La baronía de Valldor se la concedió Alfonso XIII a un tatarabuelo o algo así, cuando a los reyes les dio por dar títulos a los empresarios catalanes. De modo que tendrán un siglo justito de nobleza. Aunque en su casa había armaduras y escudos decorando el salón. Pere se lo tenía bastante creído, quizás porque era el mayor, *l'hereu,* y formó un grupo muy exclusivo en la facultad. Pero todo lo que tenía de exclusivo lo tenía de impopular. El popular era Armand. Por eso, Pere empezó a llamarlo en público, a veces a gritos en medio del campus, el «camionero», por la empresa de transportes de los padres de Armand.

—¿Cómo se lo tomó él?

—Con clase y con humor. Montó una fiesta en un hotel de lujo junto a la playa a la que invitó a todo el curso. La única condición para asistir era que todos tenían que ir vestidos de camioneros.

—¿Cómo se viste uno de camionero?

—Tejanos azules, camisa a cuadros y gorra de béisbol. Camioneros de películas americanas.

—Había música country, bailes en línea, karaoke... De vez en cuando, Armand cogía el micro y decía quiénes tenían que subir al escenario a cantar la canción de Loquillo —empezó a canturrearla—: «Yo para ser feliz quiero un camión...».

Hablaba con tal arrobo y nostalgia que parecía que en vez de treinta y pocos años tuviera ochenta y estuviera recordando los mejores años de su vida. Tal vez lo habían sido.

—En un momento de la fiesta, por una especie de pistas de Scalextric sobre la barra de bar empezaron a circular unos camioncitos de juguete que llevaban los volquetes llenos de...

Amalia ya se imaginaba de qué.

—Ha prescrito.

—Pues de coca, de maría, de éxtasis... Cuando todo el mundo ya estaba muy borracho y muy puesto, se subió al escenario y gritó: «¿Qué somos?». Y todos respondimos: «¡Camioneros!». Y así se ganó hasta al más reticente, porque, me acuerdo, uno de los que gritaba más fuerte lo de «camioneros» era Pere Sunyer, el barón.

Armand había dejado los estudios en tercero. ¿Cómo lo habría hecho para engañar a su compañero de estudios? Jofre Llosa le estaba dando una de las claves: lo había deslumbrado. La admiración que sentía por Armand rayaba en la devoción. Alguien como Llosa, de vieja estirpe industrial, habría sido como un caballo de Troya de Armand en determinados círculos. Nada de lo que hacía era fruto de la casualidad.

Llosa ya le había contado muchas cosas, ahora tocaba darle el golpe.

—Quizás la ausencia de Armand tenga que ver con que el proyecto de la Exposición Universal 2029 no existe.

—¿Qué dice?

—En el Ayuntamiento no hay constancia de ningún proyecto de Barcelona Exposición Universal 2029.

Él la miró parpadeando como si quisiera borrar lo que veía.

—¿Qué? —Sonó como el crujido seco de un resquebrajamiento.

—Hemos hablado con varios de los inversores, el señor Noguera y el señor Pérez, sin ir más lejos, y nos lo han confirmado.

—Pero ¿por qué no han dicho nada?

—Vergüenza, supongo.

La grieta se ensanchaba.

—¿Está usted segura?

—Por completo. Pero usted mismo podrá comprobarlo si habla con ellos.

Él boqueó un «Lo haré».

—Por eso lo estamos buscando. —Amalia se mantenía distantemente profesional.

No le correspondía a ella consolarlo, sino sacarle más información. En ese momento en el que Llosa sentía el primer golpe del dolor de haber sido traicionado, ella esperaba improperios de los que extraer datos, esperaba los «ya me lo tendría que haber imaginado cuando...», «era de esperar porque...». Pero Llosa seguía atónito, mirándola sin verla.

El hombre que hacía unos minutos le había cantado alegremente la canción del camión solo pudo emitir un graznido:

—Entiendo. Por favor, váyase.

—Solo una última pregunta: ¿tiene usted alguna idea de dónde podría encontrarse? ¿Amigos comunes...?

—¿Y cómo coño lo voy a saber? —Dio un puñetazo en la mesa. Las tazas, las cucharillas, la pluma saltaron sobresaltadas—. ¡Si no sabía ni que me estaba engañando, cómo voy a saber dónde se ha metido!

A pesar de su propósito de no perder la formalidad, ante el dolor de ese hombre no pudo reprimir una disculpa al levantarse.

—No, perdone usted —dijo Llosa—. ¿Le importaría marcharse?

Llosa apoyó la cabeza en las manos. Amalia se apresuró a salir para dejarlo en paz.

En la calle resumió su entrevista en un mensaje de voz que grabó para el grupo de WhatsApp que su padre había creado para el caso. Le había dado el nombre «Familia», por si alguien le curioseaba en el móvil. Como el grupo «Familia» no tenía foto de perfil, Amalia le puso una en blanco y negro de la antigua serie de la familia Addams.

Al pasar por delante del Depósito Municipal de Vehículos, echó un vistazo al interior para ver cuánta gente había delante de los mostradores. Ella había tenido que pasar por allí en tres ocasiones. Solo los detectives de película encuentran siempre aparcamiento y encima legal. Todavía sonreía cuando le pareció apreciar un movimiento extraño reflejado en los cristales. Alguien en la acera de enfrente había cambiado bruscamente de dirección y se alejaba con la cabeza gacha. ¿La estaban vigilando también a ella? Había varios candidatos. Tanto podía tratarse de alguien puesto por Marín, como —y eso le parecía más plausible— que alguno de los hombres con los que había hablado tratara de encontrar a Armand siguiéndole los pasos a ella. ¿Debería haber aceptado la oferta de Cerón y por lo menos cobrar por el trabajo de llevarlo hasta él?, se preguntó para quitarse la inquietud que eso le causaba. Antes de decir nada a los demás, estaría atenta. No quería sonar alarmista.

6

Su padre le había dejado la mesa despejada. Pasó a despedirse antes de ir a WHO y se marchó silbando.

¿Cuánto tiempo hacía que no oía silbar a alguien? Nadie silbaba ya mientras caminaba por la calle, era un sonido antiguo, de cuando los hombres llevaban pantalones altos y anchos y podían caminar silbando con las manos en los enormes bolsillos.

Nora empezó a silbar mientras se preparaba el café. Lo primero que le salió. El fragmento de Peer Gynt que silbaba el asesino de niñas de *M, el vampiro de Düsseldorf*. La melodía de su padre era una rumbita de Peret.

Le resultaba extraño estar sentada en el escritorio de su padre esa mañana. No recordaba haberlo hecho desde que era pequeña y su padre les dejaba jugar a detectives. En algún lugar de la casa, escondidos de los ataques de furor destructor que su madre podía sufrir durante sus crisis, estaban las fotos que él les había tomado. Los tres habían posado casi igual: tres mini Bogarts con una mirada que quería ser cínica e inquisitiva, medio oculta por un sombrero gris que les quedaba grande, ladeado, como la sonrisa, sosteniendo el lápiz que hacía de cigarrillo.

Pasó las manos varias veces por el tablero de la mesa como si la acariciara, y empezó a trabajar. Había anotado los nombres que aparecían en las fotos del salón de la casa de Armand, pero era un listado sin jerarquizar, no se podía saber si se trataba de conocidos, socios, amigos. ¿Tendría un mejor amigo? Todo el mundo lo tiene. O casi. Ella misma, sin ir más lejos, no. Pero la gente normal tiene amigos. Buenos, antiguos, examigos y mejores amigos.

Cuando llamaba, hablaba abiertamente de la desaparición de Armand.

—¿Desde cuándo dice que falta? —preguntó la mujer que aparecía en la foto con él en un palco del Liceo—. Pues yo creo que lo vi esa misma semana; coincidimos en una recepción. No, no le noté nada en particular. Estaba como siempre, entusiasmado con algún proyecto. Me dijo que tenía algo muy grande entre manos.

No sabía dónde podía estar Armand, pero tampoco lo conocía tanto. Solía verlo en eventos sociales.

—Ya me extrañó que no me dijera nada. Todos los jueves por la tarde jugamos a pádel y no se presentó —le explicaba otro—. Pensé que estaría de viaje y se le había olvidado avisarme. A veces le pasaba. Así que llamé a otro de los del grupo... Sí, me extrañó un poco que no apareciera el siguiente jueves, pero no le di importancia. Todos estamos muy liados.

No tenía la menor idea de dónde podía estar. No eran propiamente amigos, más bien compañeros de deportes y de negocios.

—Hace siglos que no lo veo, pero, por favor, avíseme cuando sepan algo de él. Espero que esté bien —dijo un antiguo compañero de la facultad.

Nora constató que no tenía ni idea de que Armand no hubiera acabado los estudios. Y ella no se lo dijo.

Tras una larga sesión de conversaciones telefónicas, había confeccionado tres listas, una con gente que había notado su ausencia, sin darle mucha importancia, pues Armand tenía «horarios complicados», iba y venía; otra, con aquellos que se mostraban sorprendidos y se preocupaban; y otra con los que ni siquiera lo habían echado de menos. Nadie tenía idea de dónde podía estar, aunque algunos, más por necesidad de ayudar que por conocimiento, supusieron que tal vez se había marchado de viaje. Nadie podía darle el nombre de una persona que fuera algo parecido a un mejor amigo, pero, como en una red sin fin, aparecían más nombres de conocidos comunes.

Si, como había pensado al inicio de esa jornada maratoniana de conversaciones, la gente normal tiene amigos, Armand no parecía entrar en esa categoría. Tenía muchos conocidos, pero no amigos.

—Pareces uno de los nuestros.

7

La hipótesis de Mateo, que compartía con Nora, era que algún amigo estaba ayudando a Armand a ocultarse. Pero para eso era necesario tener amigos.

Según sus docentes, era un tipo extremadamente sociable, pero habían sido incapaces de darles el nombre de algún amigo concreto. Era amigo de todos, es decir, de nadie.

Mateo había llamado a Rafel.

—Nunca trajo amigos a casa. Pero debía de tenerlos, por supuesto. Siempre estaba yendo y viniendo con sus amigos.

—¿Recuerdas algún nombre?

Rafel le dio un par de nombres. Coincidían con los de gente que aparecía en las fotos que colgaban del salón de Armand. Nora ya había hablado con todos ellos.

Tal vez su exnovia, Susanna Sunyer, pudiera darle alguna información. Tras haberse hecho pasar por Cristina Abreu para comunicarse con ella, Mateo le dijo que venía de parte de ella para comprar alguna de sus pinturas.

—La señora Abreu está sobre todo interesada en la serie de acuarelas en las que ironiza sobre el turismo en Barcelona.

Se citaron en el estudio de la pintora.

Salió de la agencia cuando estaba empezando a llover. Buscó un taxi antes de que los barceloneses los ocuparan todos huyendo de la lluvia. Era una lástima que los habitantes de esa ciudad no apreciaran lo bien que le sentaba la lluvia. En cuanto caían las primeras gotas, como buenos mediterráneos, salían despavoridos con la mirada clavada en el suelo. Por eso no veían cómo las fachadas cambiaban de color, cómo los árboles, limpios de la capa de polvo habitual, relucían con un verde nuevo, cómo brillaba todo, hasta el amarillo de los taxis. Pero los barceloneses inclinan la cabeza bajo la lluvia y solo ven lo único que se afea, las aceras. Con las primeras gotas, se ponen aceitosas; después, todos los papeles, envoltorios, restos de comida, plásticos, se pegan al suelo, lo ensucian, lo embarran. En cambio, unos metros más arriba...

Paró un taxi y le dio la dirección de la calle de l'Or, cerca de la mítica y decepcionante plaza del Diamant.

Durante el trayecto, los acompañó una lluvia breve pero intensa, con gotas duras como perdigones golpeando el techo del taxi. La radio no estaba puesta. De buen grado, Mateo le hubiera pedido al taxista que diera vueltas por la ciudad mientras durase la lluvia, pero el navegador los condujo por el mejor camino hasta la casa de Susanna Sunyer. Justo hasta la puerta, porque estaba lloviendo.

Subió la escalera estrecha y algo maloliente del bloque de cinco pisos hasta la buhardilla en la que ella tenía su taller.

Susanna Sunyer, que esperaba un comprador de arte, se había despeinado lo justo la corta cabellera rubia y se había vestido para la ocasión. Una camisa blanca de hombre que le llegaba hasta la mitad de los muslos, corbata negra, muy fina, con el nudo aflojado y unos pantalones negros de pitillo. Mateo se preguntó cómo habría conseguido meter los pies, grandes y anchos, por esos tubos. Lo hizo pasar a un amplio espacio en el que el olor a pintura y disolvente se imponía al tufo a humedad y a comida de la escalera.

—He hecho café —dijo ella. Tenía la voz grave, pero con el leve deje nasal de la clase alta barcelonesa.

Lo invitó a sentarse a una mesita en la que ya había dispuesto tazas, azúcar, leche. Todo el perímetro de la habitación estaba lleno de cuadros apoyados en el suelo, expuestos como señoritas casaderas en un baile antiguo. «Mírame, mírame», parecían decir, ansiosos de ser comprados. Había varias acuarelas con motivos turísticos poblados por animales exóticos, y óleos con retratos de esos mismos animales vestidos de turistas. Susanna Sunyer tenía sentido del humor y una fijación.

Durante el trayecto en taxi, Mateo había decidido que, una vez frente a ella, le hablaría a cara descubierta, de modo que le dijo que era detective privado y que estaba buscando a Armand. A Susanna Sunyer la cara de decepción le duró poco, como si estuviera más que acostumbrada.

—Tómese el café de todos modos. —Le sirvió una taza de la cafetera de metal y añadió—: Y cuando lo encuentre, recuérdele que me debe tres mensualidades.

—¿Mensualidades?

—Me dijo que seguiríamos por lo menos hasta mayo, y, de repente, en marzo va y me dice que no, que rompemos antes.

Susanna Sunyer se sirvió el café en un gran bol, que llenó después de leche hasta los bordes. Lo levantó con las dos manos y tomó un largo trago.

—Rompemos, dijo el muy capullo. —Se limpió la boca con el dorso de la mano.

Descruzó sus piernas largas de diva barcelonesa de la *gauche divine* escapada de una foto, se levantó y le señaló cinco cajas de cartón que quedaban escondidas detrás de los caballetes que sostenían el gran lienzo que parecía estar pintando en ese momento.

—¿Ve esto? Son «mis» cosas. Las que él había distribuido por su piso. Hay de todo: ropa, cosméticos, objetos de decoración, libros, pinceles... Me lo devolvió todo perfectamente embalado. Pero ¿cómo me puede devolver algo que no es mío?

Mateo se acercó a las cajas. Estaban todavía precintadas. Ella casi se pegó a su espalda. El olor a hierba que la envolvía se mezclaba con su aliento de café con leche. Si él se daba la vuelta, quedarían cara a cara. No lo hizo porque se dio cuenta de que le apetecía. Fingió acercarse para mirar algo más de cerca las cajas y preguntó:

—Entonces, ¿esto no es suyo?

—Nada. Lo compró todo él, como un atrecista que decora un escenario. Todo para que sus padres se creyeran que yo era su novia. Y yo cumplí, hice mi papel a la perfección, comí un par de veces con ellos, me hice la novia enamorada, les hablé de nuestros planes, de mi familia, que era de lo que, por supuesto, se trataba. No me acosté con él, no soy una puta.

Se apartó, y así Mateo pudo darse por fin la vuelta.

—¿Salía con alguien?

—No lo sé. Igual sí, pero tampoco me lo contó. Solo hablábamos de lo que era necesario para mi rol. Y de verdad que lo hice bien. Y ahora ese cabrón me queda a deber tres meses. ¿Cómo voy a pagar el alquiler del estudio?

—¿Y su familia?

Los Sunyer, marqueses y principales accionistas en varias empresas de artículos de lujo.

—Mis padres no aceptan mi modo de vida, no me quieren apoyar.

La familia, pues, le había cerrado el grifo. Por eso, Armand había podido contratarla para que hiciera de novia artista de buena familia.

—Me pagan las desintoxicaciones, eso sí, religiosamente.

De ahí que la familia se negase a hablar con él. Debieron de tomarlo por un periodista de la prensa rosa o de algún programa de televisión de cotilleos.

—¿Quiere un cuadro? Se lo regalo.

—Es que...

—Insisto.

Mientras ella le envolvía una acuarela de un koala abrazado a la pierna de Colón, él echó un último vistazo a los cartones. Atrezo. Todo era atrezo, también ella.

Se despidió poco después de Susanna Sunyer, de sus lienzos, de su camisa de pintora, de los ventanales de Gràcia fingiéndose buhardilla parisina. Bajó casi a ciegas la escalera, llevando el cuadro envuelto en plástico de burbujas.

Armand Rocamora, el Armand Rocamora que le habían descrito sus padres, había dejado de existir. No era ni siquiera un fantasma: era una ilusión.

8

Después de recibir el mensaje de su padre convocándolos a otra reunión en la antigua agencia, Amalia ya no pudo concentrarse en el trabajo. No le gustaba. Nada. El caso que estaban investigando juntos era un despropósito, más aún hacerlo bajo la amenazadora sombra del inspector Marín. Y de un posible estafado por Armand siguiéndoles los pasos. ¿O no?

Se levantó y se quedó de pie frente a la ventana mirando a la calle. Empezó a contar, bicis contra patinetes. Poner a dos equipos a competir durante unos minutos solía tranquilizarla. ¿Pasarían más hombres o mujeres? ¿Perros hacia la derecha o hacia la izquierda? ¿Coches rojos o grises?

Los patinetes iban ganando sin que la ansiedad de Amalia remitiera lo suficiente porque, en realidad, sus ojos buscaban a alguien que estuviera vigilando la entrada del edificio. Se sobresaltó cuando Ayala entró en su despacho llevando en la mano las solicitudes de nuevos candidatos a guardias de seguridad en estadios. El desgaste del personal era bastante alto. La gente suele sobrevalorar su resistencia al agravio.

—Aquí tenemos diez más —le dijo mientras extendía los papeles sobre la mesa—. Por cierto, acaba de llamarme mi amigo, el de los *mossos*...

¿Por cierto? Las prioridades de Ayala eran, cuando menos, sorprendentes.

—¿Y?

—Marín no tiene nada nuevo. A Rosario Pelegrín siguen buscándola como prófuga y no como desaparecida. Está en ello incluso la Interpol, aunque por lo visto con poco empeño.

—¿No te ha preguntado por qué querías saberlo? —le dijo Amalia, que temía que ese interés pudiera despertar también el de su amigo.

—Sí. Y le he dicho la verdad.

Ella se inquietó, como cada vez que alguien de su familia pronunciaba esa palabra.

—¿Cuál?

—Que su colega el inspector Marín parece tener cierta fijación con nosotros y nos sentimos acosados. Y tengo la impresión de que es así, de que también sus compañeros lo ven como una obsesión.

—Pero tener no tiene nada nuevo.

—Nada. Después de tanto tiempo, la búsqueda de Rosario Pelegrín se ha estancado.

—Entonces, ¿por qué ha vuelto él? Tiene que haber un detonante.

—No en la investigación. —Ayala volvió a las solicitudes—. Creo que llamaré a estos seis. ¿Te parece?

Le dijo que sí sin apenas haber mirado los currículos, por lo general breves, ni las fotos de los candidatos. Ayala salió.

La investigación estaba parada, pero algo tenía que haber reavivado la obsesión de Marín.

Empezó a revisar el material sobre el caso Rosario Pelegrín. Tenía una copia de la versión «oficial», la que había entregado también a la policía. Nombres, fechas, lugares. Casi todo anotado y redactado por Marc con su estilo meticuloso, a veces pedante. En ningún lugar había documentación sobre sus otras actividades durante el caso. La mejor manera de que nadie lea un documento es que este no exista. Otra lección paterna. La información delicada se guardaba en la cabeza.

Amalia releyó lo que había aparecido en la prensa. Escribió nombres en buscadores y por fin encontró qué había despertado el instinto cazador de Marín. Ciertamente, la investigación podía haberse estancado, como había dicho el informante de Ayala. Pero no la vida. Y mucho menos la muerte. Amalia descubrió que uno de los «clientes» de la red de pederastia de Rosario Pelegrín había muerto hacía dos semanas. Por «motivos humanitarios», ya que se encontraba gravemente enfermo, lo habían dejado salir de la cárcel tras cumplir cuatro de los cinco años de condena por abusos sexuales a menores.

La noticia de su muerte se les había escapado porque en las búsquedas que tenían programadas en Google no habían incluido los nombres de esos tipos. De haberlo hecho, les habría llegado una notificación de la esquela que la familia publicó en *La Vanguardia,* según la cual había muerto cristianamente.

El otro detector, su madre, tan aficionada antes a las esquelas en la prensa, al cálculo de años vividos, a la lectura entre líneas, se había pasado a la fotografía mortuoria y las biografías de vidas malogradas, que, desde el prisma de su madre, eran casi todas.

Amalia estaba convencida de que la muerte de ese hombre era lo que había vuelto a despertar al inspector Joan Marín. Aunque los demás lo tomaban en serio, no parecían percibir hasta qué punto la obcecada persecución de ese hombre suponía un peligro para ellos.

Lo mejor sería dejar la búsqueda de Armand Rocamora. No exponerse, no moverse demasiado, que cada uno de ellos siguiera con la vida que llevaba antes de embarcarse en una empresa que parecía la reunión de una vieja banda de rock que se resiste a aceptar su muerte natural.

Salió del despacho. Oyó que Ayala estaba hablando por teléfono con algunos de los candidatos; ya verían cuántos pasaban la criba. Fue al otro despacho.

—Rodrigo, salgo un momento.

—¿Adónde le digo a Ayala que has ido si pregunta por ti?

—Al juzgado, por un peritaje.

—No me consta en la agenda. Tienes una vista por la falsa baja laboral, pero es pasado mañana y...

—Pero se lo vas a decir igual, ¿verdad?

—Bueno —dijo en el tono del hijo obediente al que mamá le pide que no le hable a papá de las frecuentes visitas del vecino.

Estuvo atenta mientras conducía. No parecía que nadie la siguiera. Tal vez habían sido imaginaciones suyas. Pero se mantuvo alerta.

Al llegar al barrio, dio una vuelta a la manzana con el coche, esta vez para asegurarse de que su padre no estuviera en casa, y aparcó en una calle lateral.

Iba a hablar con su madre, aunque ella estuviera enfadada por lo del caso. Delante de la casa, sintió un momento de flaqueza. Entró por la agencia y se quedó en el pasillo oscuro el tiempo necesario para tomar fuerzas y enfrentarse a lo que pudiera encontrarse al otro lado de la puerta.

Cuando por fin llegó al salón, no vio a su madre allí, pero el rastro de su presencia la inquietó. El televisor estaba encendido, tan abandonado como las latas de cerveza vacías sobre la mesita baja y una sucesión de fotos de actores y actrices que habían muerto prematuramente de modo violento. Los reconocía a todos de los relatos que su madre les había contado cuando eran pequeños. Historias de muertes terribles que sustituían a los cuentos tradicionales a la hora de advertir a los niños de los peligros del mundo. Así, y a pesar de que provenían de alguien que no ocultaba su alcoholismo, la muerte de William Holden, que se mató al golpearse la cabeza con una mesa tras tropezar con una alfombra porque iba demasiado borracho, ilustraba los peligros de la bebida; las de Jayne Mansfield o James Dean, los del exceso de velocidad conduciendo, y Judy Garland servía para ilustrar el peligro de las pastillas o el alcohol o el alcohol y las pastillas. La muerte de Carole Lombard, en accidente de aviación, o el suicidio de Montgomery Clift respondían más al puro placer por las historias morbosas, porque, por más que lo buscara, no veía la moraleja. Ahora aparecían imágenes de George Sanders.

—Se suicidó casi aquí mismo —dijo la voz de su madre a su espalda. Venía de la cocina.

—Lo sé. En Castelldefels.

También se sabía la nota de suicidio de memoria y la moraleja de que era posible largarse de este mundo cuando uno quisiera.

Se volvió. Su madre regresaba con una cerveza y un sándwich. Bueno, por lo menos también comía.

—¿Qué quieres?

Su madre se acercó al sofá. Intentaba colocar la lata y el plato con el sándwich sobre la mesita, pero la estorbaban las latas vacían. Los gestos aprendidos en la infancia se ejecutan de modo instintivo. Sin pensarlo siquiera, Amalia llevó las latas a la basura. Después, lo sensato era huir a la habitación, pero eran otros tiempos. Amalia tenía treinta y un años y estaba preocupada. Solo su madre, bebida o no, podía ayudarla.

—Gracias. Y ahora dime, ¿qué quieres?

Se sentó en un sillón, frente a su madre, dando la espalda a las fotos. Aún le dio tiempo de ver de reojo a otro ilustre muerto por sobredosis, Philip Seymour Hoffman, que no formaba parte de los relatos infantiles. Por lo visto, su madre había ampliado la nómina con actores más recientes.

—Quiero que hablemos del caso de Armand Rocamora.

—¡Vaya! —Su madre la miró con fingida sorpresa—. Primero os da igual lo que yo opine sobre este asunto y ahora quieres hablar.

—Pero no lo estamos haciendo a tus espaldas, como al principio. Es una mejoría, ¿no crees?

Su madre desvió la mirada hacia la tele.

—¡Pobre, la Whitney!

—Si no la aguantabas.

—Tampoco le deseaba la muerte. Solo, que no pegara esos gritos al cantar.

—¿Qué piensas de este caso?

—Ya te puedes imaginar lo que pienso. Armand. El típico pícaro.

Amalia no quería escuchar su repetida perorata sobre la mala influencia de la literatura picaresca en la idiosincrasia nacional, ni su contraposición de los valores de Lázaro de Tormes y don Quijote. Si quería sentar cátedra, que volviera a la universidad. ¡Ah, no! Que la echaron, se dijo malévolamente antes de responder con la mayor tranquilidad que pudo reunir:

—Por supuesto, mamá. Pero no se trata de eso.

—¿No? Entonces, ¿por qué quieres que hablemos de ese tipo?

La voz de su madre sonaba demasiado aguda, lo que mezclado con la pastosidad que le otorgaba el alcohol no presagiaba una conversación agradable. Si algo había aprendido

Amalia, además de tirar las latas de cerveza vacías de su madre a la basura si la mesita rebosaba, era que, cuando ella se encontraba en ese estado, las conversaciones debían durar lo menos posible, porque dentro de su madre se removía cada vez a mayor velocidad una espiral lodosa y oscura que en algún momento le llegaría a la boca. Entonces era mejor estar lejos o huir tapándose los oídos.

—No quiero hablar de Armand. La verdad es que me interesa más bien poco.

—¿Y de qué quieres hablar? —Su madre le dio un largo trago a la cerveza.

—No me parece bien que estemos investigando este caso...

Su madre dejó la lata en la mesita y la miró fijamente. ¿Era sorpresa o sorna? Le hizo un gesto con una mano para que siguiera, mientras con la otra cogía el sándwich.

—Sé por qué ha reaparecido Marín y creo que debemos ser muy precavidos. Y no hacer cosas que se salgan de la normalidad. Este tío nos buscará las cosquillas por donde sea. El caso de Armand no es oficial. No es de WHO, no es de mi agencia...

Su madre no la miraba. Toda su atención estaba concentrada en ese momento en el pan. Amalia entendió que era mejor que llegase al *quid* del asunto.

—Quería pedirte que hables con papá y lo convenzas de que lo deje, de que lo dejemos.

Su madre bajó lo que tenía en la boca con otro largo trago de cerveza antes de hablar.

—Yo tampoco estoy de acuerdo. Pero creo entender sus motivos, sus verdaderos motivos.

—¿Quieres decir que hay un motivo «profundo» y no solo que se aburre en WHO?

—Claro.

Amalia se quedó esperando a que su madre se acabase la cerveza y se limpiara los labios con la manga del jersey.

—Claro —dijo por fin—. Está buscando a un hijo desaparecido.

—Un trabajo habitual para un detective.

—Por encargo de un padre.

—También suele ser así.

Su madre le lanzó la mirada que se le solía escapar cuando pensaba que su interlocutor era algo lento. Casi con desgana, le dijo.

—Armand tiene treinta y tres años.

La edad que tendría su hermano si estuviera vivo.

—Entiendo.

El resto quedó implícito. Ninguna de las dos usaría este tipo de palabras en una conversación. Pero ambas sabían que su padre estaba tratando de expiar la culpa que no lo abandonaba tras la muerte de Marc. Salvar al hijo de otros, ya que no había podido salvar al suyo.

Amalia no creía que su padre fuera tan iluso como para creer que la redención llegaría por esa vía. El trueque no tendría efecto. Pero mientras lo intentaba, se sentía algo confortado, se liberaba de la impotencia de las culpas sin solución, las culpas con los muertos.

Pero ella estaba allí por otros motivos, más urgentes, más concretos.

—Entiendo —repitió, para poder repetir también su petición—. Pero esto nos puede llevar a todos a una situación muy difícil, Marín...

—Lo sé, lo sé. Pero él lo necesita.

—¿Así que ahora esto te parece bien?

—No. Pero no se puede evitar. Así que es mejor que tú y tu hermana lo acompañéis. Cuando se obceca tanto, a veces deja de pensar.

Amalia asintió desconcertada.

—Además —dijo su madre, después de darle un trago a la cerveza—, creo que no hay nada en el mundo que pudiera hacerlo más feliz que volver a trabajar con vosotras.

¡Cuánta consideración! Una vez más, su madre la sorprendía. Esperaba una explosión furiosa porque estaban haciendo algo que ella siempre había detestado y se encontraba con una declaración de amor a su padre. ¿Y ellas? ¿Y ella? Una vez más al servicio de los asuntos familiares. Iba a replicar, cuando su madre le tendió la lata de cerveza vacía.

—Toma, tírala.

—¿No quieres otra? —preguntó, maldiciendo a la vez los viejos hábitos.

—No. Vete.

Fue a la cocina y tiró la lata, que se reunió con un sonido hueco con sus compañeras. Después salió al jardín. La tía Claudia estaba cortando hojas secas. El calor de los últimos días había castigado a las plantas a pesar de los riegos. El gato salió a saludarla y la escoltó hasta la casita. El cono de plástico seguía al lado de la puerta.

—¿Cómo te va con las hormigas?

—Creo que voy ganando.

Ella no sabía si acababa de perder o de ganar. Perder, seguramente.

9

Mateo aparcó la moto cerca del edificio de la Fabra i Coats. Se movía con tranquilidad, a pesar de que notaba los ojos del perseguidor a sus espaldas. El tipo era rematadamente torpe. Un detective de baratillo. Por lo visto, ya que no había investigación oficial, el inspector Marín tenía que pagarle de su bolsillo.

Le dio un paseo por el barrio. Compró en el supermercado, fue a la panadería, recogió unos zapatos del zapatero a los que había hecho poner suelas nuevas, pasó por la papelería de Violeta, compró un bloc de notas, un par de bolis y se llevó una buena colección de chismes del barrio. Era un señor haciendo recados. Cuéntaselo así a tu jefe, imbécil, que te estoy viendo detrás de la furgoneta.

Mientras tanto, Nora, Amalia y Ayala se dirigían a la agencia.

Cuando sonó el móvil, se detuvo en una esquina. Era Nora.

—Ya estoy en camino.

—Mareo un poco más al chaval este hasta que estéis todos en casa.

Le recordó a su hija, aunque no hacía falta, que debía aparcar lejos de la casa, para que el tipo no supiera que estaban reunidos. La voz de Nora al despedirse sonaba alegre.

Mateo estaba convencido de que era porque volvía a trabajar como detective, aunque fuera de manera clandestina. No podía ser de otra manera. Quizás él no sabía expresarlo, los padres no saben por lo general hablar con las hijas, pero, si no sufriera esa incapacidad, le habría dicho que estaba condenada a fracasar una y otra vez en su incesante búsqueda de llevar una vida tranquila. Que ni siquiera ese trabajo anodino al que se había entregado para adormecer a los demonios le había servido. Que sabía bien que era mejor cabalgar con los demonios y no contra ellos. También le habría dicho cuánto se alegraba de tenerla otra vez de vuelta.

¿Qué sabían?

Sabían que no había terminado la carrera, que lo había dejado en tercero, pero había seguido dejándose ver por la facultad, como si fuera un estudiante más.

Gracias a las averiguaciones de Constantin, sabían que no había cursado ninguno de los tres másteres que decía tener. Ni los dos a distancia en Deusto y el Instituto Tecnológico de Massachusetts, ni el presencial que se suponía que había cursado en la Pompeu Fabra de Barcelona.

Sabían por Llosa que ya había desaparecido en otras ocasiones. ¿Dónde se había metido durante esas ausencias? Nadie lo sabía. El que menos, su padre, a quien se lo había preguntado hacía un par de días.

—¿Adónde iba cuando desaparecía?

Rafel no tenía ni idea de que Armand lo hubiera hecho otras veces.

Sabían que su glamurosa novia, la joven pintora, baronesa y drogodependiente, estaba contratada.

Que había tipos peligrosos que andaban buscándolo y, por

eso mismo, podía ser que también los estuvieran vigilando a ellos.

Que el proyecto Barcelona Exposición Universal 2029 era una gran estafa.

Todo era una estafa.

Pero Armand era mucho más que un estafador. Armand era un impostor.

Un personaje inventado.

Su casa, sus fotos, le ayudaban cada mañana a meterse en el personaje.

Todo era falso en Armand. Cuanto más sabían, menos iba quedando.

Quitaban una capa tras otra y no encontraban nada sólido. Quizás, cuando llegasen a la última, verían que no había nada, que Armand no existía, que ya había sido fagocitado por el personaje.

La impostura de Armand era tan completa que no habían logrado encontrar una pista consistente a la que asirse, un hilo del que tirar que no estuviera roto.

—¿Cuándo se lo diremos a los padres? —preguntó Amalia.

Su hija tal vez pensaba que él no se había dado cuenta, pero Mateo percibía su desapego por el caso, su fingimiento, por más que ella hubiera aportado su parte de la investigación.

Al llegar a casa le había sorprendido encontrarla en el jardín conversando con Claudia. Lola estaba viendo *El crepúsculo de los dioses* y le contó lo de la muerte de William Holden. Una vez más. La historia de una muerte absurda que despertaba en él todos los miedos en una casa llena de muebles picudos y escaleras. Fingió no haber visto las latas en el cubo de basura, y comentó:

—¿Hace mucho que llegó Amalia?

—Un rato.

Por la absoluta indiferencia que mostraba Lola, supo que Amalia y ella habían hablado y que no le iba a decir sobre qué, porque seguramente tenía que ver con él. Otra fingidora.

—¿Me traes una cerveza?

—No.

Su único acto verdadero.

—¿Cuándo vamos a decírselo al padre? —Amalia volvía a la carga.

—Cuando podamos ayudarle a encontrarlo.

—Si es que quiere.

—¿Cómo no va a querer? Será un impostor, pero no deja de ser su hijo.

Aunque Armand, el verdadero, sería un desconocido para sus padres.

—Deberíamos hacerlo ya. Y que el padre decida si quiere que sigamos o no —dijo Amalia.

—¿A qué viene tanta insistencia?

—En primer lugar, porque de las dos hipótesis que teníamos, que se esconda porque todo le queda grande o que se esconda porque está amenazado, se está imponiendo la segunda. La búsqueda entre sus amigos está resultando infructuosa.

—Es cierto —admitió Nora—. Se le aprecia mucho socialmente. Tiene conocidos, colegas, compañeros de estudios, de deporte, pero no he encontrado a nadie que se considere o se crea amigo de él. Un amigo que te esconde cuando estás en apuros.

Con lo cual, se debilitaba la hipótesis algo más optimista de que alguien lo cobijara y ganaba fuerza la otra.

—La gente de la que creo que se está escondiendo Armand es gente peligrosa, como Cerón. Aunque él afirme lo contrario, este tipo no ha digerido que alguien como Armand le haya engañado de ese modo. Se le notan las ganas de darle una lección. ¡Si hasta quiso contratarme! Además, en un par de ocasiones tuve la impresión de que alguien me seguía, pero después me pareció que no.

—¿Por qué no has dicho nada? —preguntó Ayala.

—Porque seguramente no era más que una manía persecutoria. Nos sigue el tipo ese de Marín, nos hemos estado siguiendo unos a otros... Además —insistió Amalia—, Cerón sabe que estamos buscando a Armand. Y eso puede ser peligroso para él. Rafel Rocamora debe saber que su hijo se encuentra en peligro.

—Bueno, eso es lo que tú conjeturas —replicó Mateo.

—Aunque fuera así, la mera posibilidad justificaría hablar con él. Y preguntarle si quiere que sigamos o prefiere ir a la policía.

—Hay algo más, ¿verdad? —quiso saber Ayala, que no le había quitado el ojo de encima a Amalia.

—Esta investigación nos está exponiendo demasiado.

—¡Pero si el tío que me sigue es un torpe! —dijo Mateo en tono burlón.

—Pero te sigue, papá. Y Marín seguramente le paga de su bolsillo. Aunque sea un detective *low cost,* es una prueba de que Marín está obsesionado.

Amalia tenía razón. Mucha razón. Demasiada.

Mateo veía la duda en los ojos de Nora y Ayala. A la desesperada, antes de que calara más hondo, hizo algo que jamás, en todos los años al frente de Detectives Hernández, había hecho.

—Está bien. Votemos. ¿Quién está a favor de seguir con el caso?

Levantó la mano esperando que un hilo invisible alzase las de los demás. La mano de su hija mayor lo siguió al momento. Ayala vaciló, pero también levantó la mano, después se volvió hacia Amalia:

—No nos dejes —le pidió—. Te necesitamos en esto.

—Está bien. Pero con una condición, que informemos al padre de lo que sabemos hasta ahora. Y que él decida si quiere que sigamos adelante o prefiere ir a la policía, que sería lo más aconsejable.

Su hija jugaba fuerte. Y a Mateo, su incursión en la democracia le jugaba una mala pasada, porque, mientras él dudaba y ponderaba si podía y quería seguir sin Amalia, se le adelantó Nora, que dijo:

—De acuerdo. Lo haremos así.

Y ya no hubo vuelta atrás.

—Bien. Mañana hablaré con él —tuvo que decir.

10

—¡Muévete, retrasado!

Antes de arrancar, Mateo le hizo la peineta al tipo que le había gritado porque el semáforo se había puesto en verde, y, de rebote, al tipo que lo seguía. El resto de los insultos no los entendió gracias al bocinazo de un autobús a otro motorista. Un día más cruzando Barcelona. Pitidos, gritos, frenazos, roces, golpes y mucha mala leche. Todo bajo el cielo azul que los turistas miraban extasiados. El cielo azul estaba francamente sobrevalorado.

Antes de salir de casa, Mateo le había subido el café y las pastillas de la mañana a Lola. Desde que volvía a beber tanto, le había ajustado la medicación, no quería que sufriera alguna crisis. Ella se lo tomaba todo con la fe que le habían otorgado los años que Mateo llevaba poniéndole inyecciones y suministrándole pastillas. Él era el camello que hacía posible que ella siguiera en casa.

Pero ahí estaba el sonido sordo, a metal innoble, de las latas de aluminio vacías, que salía de la bolsa que había tirado esa mañana al contenedor amarillo antes de marcharse. Sin embargo, era más discreto que los escandalosos botellines, que había que tirar uno a uno. No le costó imaginarse a alguno de los vecinos llevando la cuenta y los comentarios en el mercado y en las tiendas del barrio:

«Parece que la Lola, la nieta del indiano, vuelve a las andadas».

Aparcó la moto en su lugar habitual. Al levantarla sobre el caballete, sintió un dolor agudo en el hombro derecho. Otra vez. Le pasaba de vez en cuando. Era una vieja lesión, uno más de los dolores, no muy graves pero insidiosos, que le recordaban la edad. Ni siquiera era una lesión con una buena historia detrás; no se la había hecho en una pelea callejera, tampoco practicando deporte. Había sido, por llamarlo de algún modo, un accidente laboral: había intentado coger en el aire un boli que se había puesto a rodar sobre la mesa. Y ni siquiera había logrado frenar la caída. Patético. Levantó el brazo derecho, como si saludara a alguien; en realidad, solo al dolor, *hello, my old friend*. Tocaba llamar al fisio. Y resistir. Moverse como si no sintiera el pinchazo cada vez que movía el brazo. No por espíritu de mortificación cristiana, sino porque sabía que hacía ya unos años que había rebasado la línea en la que toda merma física puede ser irrecuperable.

Así que saludó al portero de la finca con un jovial gesto de la mano, esperando que el crujido del hombro no se hubiera oído desde la mesita del guatemalteco, y subió como siempre por las escaleras hasta las oficinas de WHO.

Esta semana cerraba el seguimiento de Cristina Abreu. No había amante, solo un marido paranoico. O un marido que estaba pensando en la posibilidad de ser infiel y necesitaba una excusa moral. No sería la primera vez.

Hoy prepararía el resumen de las observaciones.

Unos golpecitos en la puerta de su despacho anunciaron la aparición de Olesa. ¿Qué querría ahora? Si era por el novato, le diría que le faltaba paciencia, pero que era algo que se podía acabar adquiriendo, que se lo quedaran o que lo echaran. A él, sinceramente, le daba bastante igual, ya que no le correspondía tomar tales decisiones; y eso también empezaba a resultarle indiferente. Estaba pensando, no, era mentira, había sido justo al ver entrar a Olesa cuando decidió que volvería a abrir Detectives Hernández. Con quien quisiera unírsele. Nora, estaba casi seguro de que sí. A Ayala también parecía apetecerle. ¿Amalia? Sin ella no sería Detectives Hernández. ¿Querría? Como socia, hija. Seríamos todos socios. Sin jerarquías. ¿O llego demasiado tarde?

—Mateo, ¿me estás escuchando? —Olesa le impidió responder a esa pregunta.

—Sí, sí. Perdona, Marcelo. Estaba acabando una frase. Estoy preparando los papeles para Sempere.

—Estupendo. Pero ¿lo puedes dejar para más tarde? Santi y yo querríamos hablar un momento contigo.

—¿Ahora?

—Si pudieras. Santi nos espera en su despacho.

Se levantó y siguió a Olesa hasta el despacho de Walker.

—Aquí lo tenemos —anunció Olesa.

Santiago Walker no se levantó, sino que le señaló una de las dos sillas frente a su escritorio.

—Siéntate, por favor.

Olesa se sentó al lado de Mateo.

—Mira, Mateo. Voy a ir directamente al grano, sin preámbulos —dijo Walker, y miró a Olesa, quien asintió con la cabeza.

—Tú dirás. —Mateo se echó hacia atrás y puso las manos sobre el regazo. Estaba tranquilo, preparado para lo que tuvieran que decirle.

—El caso es que vamos a reestructurar WHO. Queremos mejorar las cooperaciones con agencias de otros países. El crimen moderno no conoce fronteras, por eso las agencias no deberían verse limitadas a sus jurisdicciones nacionales.

Alguien a quien todo le resultase menos indiferente habría hecho tal vez un comentario impaciente o jocoso sobre el hecho de que Walker hubiera prometido que no habría preámbulos. Mateo se limitó a apoyarse mejor en el respaldo para aliviar la tensión en el hombro y a soltar un condescendiente:

—Muy acertada observación.

—Por eso, Marcelo va a emprender una serie de cooperaciones con agencias en Francia, Alemania, Italia y, si no nos ponen demasiadas trabas esos chiflados del Brexit, también en Gran Bretaña.

—Ya veremos, ya veremos —dijo Olesa.

—Y por eso, y porque no se nos ocurre que haya nadie más indicado para esta tarea, queríamos preguntarte si te gustaría ser socio de la empresa.

—La hache de WHO, Mateo.

—Walker, Hernández y Olesa.

Mateo se llevó la mano a la boca. El hombro protestó un poco, pero no había lugar para el dolor en ese momento.

—La verdad es que..., es que nunca se me había pasado por la cabeza tal posibilidad. No sé qué decir.

Los otros dos se miraron y se sonrieron como dos Reyes Magos que acabasen de ennoblecer a un plebeyo Papá Noel, aunque fuera para ser el de en medio, Gaspar, el que menos gracia tiene de los tres. Confundían su desconcierto con alegría. ¿Por qué ahora? También ellos llegaban tarde. ¿O no? Resucitar su propia agencia era una quimera, el efecto de la emoción de volver a trabajar con sus hijas y Ayala.

—Es que...

—No tienes que responder de inmediato. Háblalo en casa. Piénsalo —dijo Walker, complacido por el efecto de la noticia.

—Pero tampoco demasiado.

11

Amalia encendió el ordenador en la agencia. Esa mañana, Rodrigo le había organizado un par de citas con posibles clientes. Ojalá alguno de los casos fuera algo más lucrativo. Los números de la agencia seguían sin ser boyantes. Cubrían sus sueldos y el alquiler de los despachos, pero no todos los meses y no tenían grandes ahorros de los que tirar. Entendía que en el pasado su padre cogiera casos en negro para sacar el negocio adelante. Pero eran casos que le ofrecían porque se movía en ambientes más bien turbios. Ella no tenía los contactos; Ayala seguramente sí, pero Amalia no quería repetir en su propia agencia los tics de Detectives Hernández, a cuyo frente había solo un jefe, Mateo Hernández.

Su padre, patriarca, padre *padrone,* se había vuelto un demócrata. Él, que siempre repetía que la familia es jerarquía. ¡Cuánto había cambiado!

Y encima ella había podido imponer una condición. Por la tarde, su padre hablaría con Rafel Rocamora. Iba a ser duro. No habían encontrado a su hijo, pero le entregaban jirones de lo que pensaban que era.

Abrió el bolso, pero el bloc de notas no estaba allí. No podía haberlo olvidado en casa, pues desde ayer, después de salir de la reunión en la antigua agencia, no había vuelto a escribir nada. Lo habría olvidado precisamente allí. Se acercaría después de hablar con los posibles clientes.

Uno anuló la cita poco antes de la hora convenida. La segunda se marchó indecisa. Era una mujer que sospechaba de su marido, pero no estaba segura de querer saber. Se llevó la tarjeta, en un gesto inútil de cortesía; si los había llamado, ya sabía dónde estaban.

Al mediodía, en cuanto entró en el despacho de Detectives Hernández y vio allí a Nora, sentada al escritorio de su padre, aún se acrecentó más su malhumor. La causa: la cara de satisfacción de su hermana.

Era algo molesto, casi obsceno, el gozo con que trabajaba, el empuje con que se colgaba del teléfono para llamar a posibles amigos de Armand, el detalle con que resumía las conversaciones, organizaba la información, buscaba, encontraba. Lo hacía con la mezcla de ligereza y aplomo de quien ha nacido para algo. Como si no le costara. Porque no le costaba, como no te cuesta la lengua materna, pero sí la que aprendes después, de adulta. Nora era una detective nata. Ella, en cambio, siempre sentía que tenía que esforzarse.

Desde siempre, Amalia había necesitado competir con su hermana. Sospechaba que Nora, en cambio, no necesitaba competir con ella.

De modo que una vez más se esforzó; esta vez por no dejarse arrastrar por su malestar. Se sentó frente a ella, repasó la lista de personas que había elaborado a partir de las fotos del salón, las redes sociales, algunos papeles que Armand tenía en casa. Escuchó el relato de algunas conversaciones y la tabla con la que Nora le demostraba la imposibilidad de encontrar a amigos. En eso, Armand se les parecía. Cuando el trabajo la hubo serenado un poco, Amalia le dijo a su hermana:

—Ya sé que voté a favor de continuar con el caso, pero sigo sin verlo claro. Me preocupa mucho.

—Si tenemos cuidado, no tiene por qué pasar nada.

—Lo digo también por mamá.

—Está enfadada. Ya se le pasará. Esta vez no podrá decir que le hemos escondido nada.

—No es que esté enfadada, está mal. ¿No lo ves?

—¿Qué es lo que tendría que ver?

—Las cervezas, las fotos de muertos...

—Nada nuevo.

Amalia negaba con la cabeza. No podía creer que su hermana estuviera tan ciega. Y no aguantaba el tono despreocupado de sus respuestas.

—No lo quieres ver. Tú has estado todo el tiempo tranquila en tu escuela de niños pijos, con tu cocinero que te guisa cada noche y...

—¿Y qué?

—Que ahora te largas alegremente de la escuela y te vienes un rato a jugar a detectives, y cuando te hartes, pues nada, a ver qué te sale.

Nora se echó hacia atrás y cruzó los brazos sobre el pecho.

—A ti lo que te jode es que mamá me llamara a mí para que vigilase a papá. Es eso, ¿verdad?

No lo podía negar.

—¿Por qué te molesta tanto?

—Porque...

Las razones más profundas suenan ridículas cuando se dicen en voz alta. Todo lo que le venía a la boca era cierto y era doloroso, pero en cuanto lo verbalizara sería pueril y estúpido.

—¿No te habrías cabreado tú si hubiera sido al revés?

—¡Pues claro! Y mucho. ¿Qué te...?

Nora se llevó el índice a los labios y señaló la puerta del pasillo. Después cogió un papel de la mesa y escribió: «Mamá está espiando».

Amalia dio un respingo.

Su hermana se tocó la oreja. Nora tenía un oído extraordinario.

—Y ahora igual sospecha que la hemos descubierto, porque se está yendo —le dijo en un susurro.

La idea de entrar en el pasillo, su pequeño santuario, y toparse con su madre agazapada en la oscuridad, reavivó por unos instantes los miedos infantiles.

—Pues se habrá marchado encantada de saber que nos estábamos peleando —respondió Amalia también en voz baja. Y con esto zanjó la discusión. Le quedaba, eso sí, una pregunta pendiente—: Dime una cosa, ¿qué opina Sergio de que hayas dejado la academia?

—No está muy de acuerdo, pero está contento de que no le oculte nada.

—¿No le ocultas nada? —El corazón le dio un vuelco.

—Del presente. Del pasado no sabe ni sabrá nada.

Su hermana mayor debía de estar hecha por dentro de cajitas estancas y perfectamente etiquetadas para saber qué guardaba en cada una de ellas y con quién las compartía. Así debía de funcionar también la mente de ese impostor, Armand, un banco de datos bien organizado donde siempre encontraba la información que necesitaba.

Volvieron al trabajo.

—No tiene amigos, no tiene novia. ¿Dónde puede estar escondido nuestro impostor?

A Amalia le pareció percibir una risita malvada que provenía del pasillo. ¿Estaba su madre otra vez detrás de la puerta?

—¿Tú también lo has oído? —le preguntó Nora.

12

Poco después, Amalia metió en el bolso la libreta que había olvidado el día anterior en el despacho y se marchó a su agencia. No le había dicho nada, pero Nora sospechaba que el negocio no marchaba bien. Recapituló lo que sí le había dicho su hermana; tal vez Amalia tenía razón. Embriagada por el burbujeo de volver a ser los Detectives Hernández, Nora no había estado atenta a nada más.

Salió del despacho, recorrió el pasillo sin luz y entró en la casa buscando a su madre.

No estaba ni en el salón ni en la cocina. La vio bajo el emparrado que daba sombra a la galería de la casa. Leía recostada en uno de los silloncitos blancos de enea cubierto de cojines. El otro silloncito estaba ocupado por una pila de libros. El emparrado era ya muy denso, el sol se colaba por los escasos huecos que dejaban las hojas. El gato estaba tumbado en una de las manchas de luz. La tía Claudia le había puesto el absurdo nombre de *Tulipán* a ese girasol con patas. Dos grandes macetas de terracota con margaritas marcaban el inicio del camino central del jardín, al final de cual estaba la casita de la tía Claudia. La explosión de flores no permitía ver ni los tallos ni las hojas.

Una postal de primavera.

Hasta que la vista llegaba a la mesita baja con un vaso en el que ya se habían vaciado seis latas de cerveza esa mañana. La mezcla de alcohol y psicofármacos que regaba el cerebro de su madre lo hacía impredecible. Aun así, lo iba a intentar.

Abrió la puerta de la cocina y salió al jardín. El gato la miró con los ojos entrecerrados por el sol; su madre, con los ojos entrecerrados por el enojo.

—¡Vaya! La otra —dijo su madre entre dientes.

Nora no hizo caso ni quiso saber a quién se refería. Se acercó a la silla libre y levantó la pila de libros.

—¡Ni se te ocurra dejarlos en el suelo! Hay hormigas.

Se sentó y se los puso en el regazo. Miró los títulos: eran todos de Stephen King. También el que su madre sostenía en alto para darle a entender que iba a seguir leyendo a pesar de su aparición.

—*Dolores Claiborne* —dijo Nora—. El del eclipse, ¿verdad? Desde que lo leí, tiendo las sábanas con cinco pinzas.

Su madre seguía mirándola con enfado, pero no pudo reprimir una sonrisa. Sabía de qué escena le estaba hablando.

—¿Qué quieres? ¿No tienes nada que hacer?

El tono era agresivo, pero había bajado y cerrado el libro, aunque con el índice metido entre las páginas a modo de punto de lectura.

—Marta Peiró —se le ocurrió decir. Se había fijado en que era más fácil hablar con ella de temas del pasado, sobre el que tanto tendía a fantasear.

—¿Sí?

—La conoces hace tiempo, ¿verdad?

Su madre dirigió la mirada al jardín, atraída tal vez por el zumbido de los insectos. Nora no se movía, no quería provocar un inoportuno crujido de la enea.

—¡Pobre! Menudo disgusto se habrá llevado al saber que el niño es un estafador.

O su padre la mantenía informada o ella, como hacía un

rato con Amalia, espiaba lo que estaban haciendo. Mejor no preguntar.

—Sí, será duro para ellos.

—Sobre todo para ella —dijo su madre. Sacó el dedo del libro y se volvió hacia Nora—. Siempre fue muy ambiciosa y no lo escondía. Algo que requiere valor, porque en esa época, como ahora, la ambición no estaba bien vista en las mujeres. En el instituto era de las mejores, aunque no tan buena como yo. Creo que me tenía un poco de manía por eso.

Nora no quiso replicar que iban a cursos diferentes y, por lo tanto, era improbable que Marta Peiró se midiera con ella. A esas edades el horizonte acaba en el aula. Tampoco mostró fastidio porque su madre le repitiera lo que ya sabía:

—Quería estudiar, hacer carrera. Empezó Económicas, pero su padre murió repentinamente y ella prefirió ponerse al frente de la empresa. Economía aplicada, vaya. Lo quería todo: una empresa exitosa, hijos...

—Y lo consiguió, ¿no?

—Sí. Convirtió la pequeña empresa familiar de furgonetas en una empresa de transportes internacional. Pero lo de los hijos... El mayor, Rafelet, nació con el síndrome de Down.

—Lo llevó mal, ¿verdad?

—Más que mal. Se enfureció con su marido porque se empeñó en ponerle Rafel, como pedía la tradición familiar de dar el mismo nombre que el padre al primogénito. Pero al final le dio igual, porque nada más ver al niño dejó de interesarle. Y, en cuanto pudo, se lo quitó de encima.

Rafelet Rocamora tenía ya cuarenta y tres años y vivía desde hacía mucho tiempo en un piso tutelado en Mataró.

—Después de tener a Rafelet, pareció que abandonaba la idea de tener hijos. No quería arriesgarse a que volviera a salirle mal. El segundo embarazo la pilló por sorpresa, por eso los hermanos se llevan diez años. Era un embarazo de riesgo, por la edad, y le aconsejaron no hacerse la prueba para saber si el feto venía bien o no. Si hubiera sido otro bebé con Down, habría abortado, pero le tocó esperar hasta el parto. Fueron unos meses espantosos para ella. Me acuerdo de que decía que si ese también le salía mal, lo ahogaría nada más nacer en una palangana.

Tras escuchar algo así, era reconfortante observar los dos pasos perezosos con los que el gato se desplazó hacia la nueva posición de la mancha de sol.

—Pero después, cuando tuvo a Armand, se convirtió en una *mater* amantísima.

No le quedaba claro si eso era bueno o malo.

—Hablar con ella de hijos era aguantar una sarta de panegíricos: que si Armand había empezado a hablar con claridad antes del año, que si había aprendido a leer antes de ir al cole, que si solo sacaba sobresalientes, que si nunca faltaba a clase porque era un niño que no enfermaba, que si era bueno en absolutamente todas las asignaturas...

—¿Tú hablabas de tus hijos?

—¡Claro! Como todas las madres. ¿Por qué te extraña tanto?

—No, nada.

Solo que prefería no saber qué contaba su madre de ellos por ahí. Porque del mismo modo que en sus fases afectuosas los llamaba de príncipes para arriba, en sus fases negativas les había dirigido calificativos tan hirientes, tan denigrantes que aún hoy le dolía repetirlos. Nora sentía una vergüenza retroactiva al pensar que esas palabras pudieran haber salido de su casa, que otras personas hubieran escuchado a su madre diciendo tales cosas de sus hijos. Aunque todo el mundo supiera que ella, como dice el eufemismo, «no estaba bien», se imaginaba que los insultos maternos se les habían adherido, que la gente los recordaba cuando los veían pasar. «Mira, esa es la mayor, la...»

Cortó a tiempo. Volvió a su madre de ahora.

—Según ella, si su hijo no llegaba a presidente de la Generalitat, sería porque encontraba algo más importante que hacer —siguió contándole su madre en tono burlón, que remató con una risa malévola cuando dijo—: Lo que, visto lo visto, no debe de ser tan difícil.

—Y se ha quedado en estafador de medio pelo.

—Ya ves. Igual es que saliendo de Sant Andreu no da para más, pobre. —Su conmiseración no podía ser más falsa, más gozosa—. No da para más para nadie. Aquí estamos también nosotros, anclados. Aquí estáis otra vez vosotros, que parece que no sabéis encontrar la puerta de salida.

Justo entonces la luz que se colaba entre las hojas hizo brillar el metal rojo de una de las latas de cerveza. Huye. Era el momento de levantarse de la silla de enea y marcharse. ¡Huye!

—Tengo que irme.

—Por supuesto —respondió su madre sonriendo con sarcasmo, y empezó a silbar la melodía de Peer Gynt, mientras abría el libro.

Le dejaba claro que había estado merodeando cerca del despacho de la agencia, que los observaba.

13

Mateo llamó a Rafel Rocamora desde su despacho en WHO, con el contrato de asociación sobre la mesa. Rafel le respondió desde un manos libres, con el sonido de motor y carretera de fondo.

—Me has pillado en el camión.

—¿Estás solo?

—Claro. —Rafel hizo una pausa—. ¡Oh! Entiendo. No, no he ido a la Seu, si es eso lo que querías decir. Solo necesitaba salir, echar unos kilómetros, y he llevado una carga a Olot.

—No tienes que darme explicaciones. Te llamo porque quería ponerte al corriente de la investigación. Pero en persona. ¿A qué hora llegas a Barcelona?

—Estoy pasando Granollers. ¿Qué novedades hay?

—Es solo un resumen.

Nunca se le dan noticias importantes, sean buenas o malas, a alguien que va conduciendo.

—Dejo el camión en la empresa y me acerco a donde me digas.

Mateo no se atrevió a pedirle que pasara por el despacho. Temía una posible irrupción de Lola.

—Quedamos en la cafetería de la otra vez.

Se citaron una hora más tarde.

Él llegó, como siempre, antes de la hora. Su padre decía que llegar antes tampoco era ser puntual, pero su padre no era detective y no tenía que inspeccionar el terreno antes o, como en este caso, buscar la mesa más apartada, que tal vez por esa misma razón estaba libre. Los clientes se arremolinaban bulliciosos en el extremo de la barra, pegados a donde trajinaba el camarero. Mateo se sentó de cara a la puerta.

Rafel apareció puntual, con expresión expectante. Debía de haber caminado rápido, porque respiraba agitadamente y tenía la frente sudorosa.

Con las prisas, no había tomado precauciones y no se había dado cuenta de que alguien lo había seguido desde la empresa hasta allí, y justo cuando Rafel acababa de acomodarse en la silla frente a Mateo, Marta entraba en la cafetería.

Una risotada en el grupo impidió que el resto de los clientes la oyeran.

—¿Qué es esto? ¿Qué coño está pasando?

Mateo y Rafel se levantaron de un salto. Rafel volcó la silla, pero Marta la atrapó por el respaldo y la puso en su lugar con un golpe.

—¿Qué haces aquí? —preguntó Rafel—. ¿Me has seguido?

—Vamos a ver: llegas acelerado, aparcas mal el camión y te vas sin decirme nada y sin anotar el kilometraje. Y sé que hoy has ido a Olot, así que no has ido a ver a tu fulana.

—Pero ¿cómo?

Marta le dio entonces una fuerte bofetada. Esta vez, todo el bar se quedó en silencio.

—¿Por tan tonta me tienes? ¿De verdad crees que no sabía lo de la tipa esa?

Ella había dejado caer los brazos a los lados, pero contrayendo y relajando los puños como si llevase un corazón agitado en cada uno de ellos.

—Mejor salimos —dijo Mateo poniendo una mano sobre el hombro de Marta—. No necesitamos público.

Ella aceptó al volverse y ver todas las caras atentas.

Mateo salió entre ellos y le hizo un gesto al camarero para decirle que pasaría más tarde a pagarle la consumición. El grupito en el extremo de la barra no se molestó en esconder la curiosidad.

—¡Menudo hostión le ha pegada la tía! —Se oyó cuando casi estaban en la calle.

Marta se revolvió.

—¿Qué? ¿Quieres uno tú también?

Mateo tuvo que sujetarla por el brazo.

Los condujo a los dos hasta una placita cercana. Ella rugía; él caminaba cabizbajo. Todavía no sabían lo que les iba a decir. Les pidió que se sentaran juntos en un banco libre para tenerlos a los dos de cara. El otro banco ya estaba ocupado por un sintecho que se disponía a pasar la noche allí y colocaba unos cartones sobre el asiento. Los padres de Armand lo tenían a sus espaldas, aunque parecía que ni siquiera lo habían visto al llegar.

—Lo que os tengo que decir no es fácil...

—¿Le ha pasado algo? —Marta cogió la mano de Rafel. A pesar de lo dura que se mostraba, ya no podía ocultar cuánto le pesaba la ausencia de su hijo. El peinado y el maquillaje la ayudaban a mantener la fachada, pero tenía los ojos enrojecidos, toda la piel del rostro parecía haberse ablandado y las uñas se veían mordidas.

—No. No hay indicios de que le haya pasado nada malo. Estamos bastante seguros de que se trata de una marcha voluntaria.

—¿Estamos? —preguntó Rafel.

—¿Voluntaria? —dijo ella.

Aunque responder a la primera pregunta le habría permitido demorar unos segundos la parte más desagradable, respondió a la segunda.

—Sí. Se esconde porque se le está yendo de las manos.

—¿Lo de la Expo? —dijo Marta.

—No. Toda su vida. Hemos investigado a fondo y hemos averiguado muchas cosas... Hemos averiguado que no acabó los estudios. Dejó la carrera en tercero, el título es una falsificación.

—Pero la orla... —dijo Rafel.

—También falsa. Por eso no cursó ninguno de los másteres que dijo haber hecho.

—Pero si pagamos las matrículas.

—No. Le disteis el dinero. Sí que trabajó en algunas de las empresas donde dijo, pero porque nadie se molestó en comprobar si estaba graduado. El trabajo le sirvió, sobre todo, para ampliar su red de contactos. Porque lo que también es cierto es que conocía a toda la gente que decía conocer, aunque no son, digamos, sus amigos. Algunos de ellos han sido víctimas de sus negocios engañosos...

—¿Hubo otros antes de la Expo? —preguntó la madre mientras trataba de impedir con los dedos que las lágrimas le bajasen por las mejillas.

Mateo les dio algunos detalles. Cuando acabó, Marta, con voz temblorosa, dijo:

—Y parece, por la cara que pones, que eso no es todo.

—También nos hemos enterado de que Susanna Sunyer se hacía pasar por su novia a cambio de un sueldo...

Ella empezó a negar con la cabeza:

—Una novia de alquiler, estafas, sin estudios, sin oficio ni beneficio..., nos ha estado engañando todo este tiempo...

Rafel abría la boca como si quisiera contradecirla, pero fue incapaz. Trató de cogerle la mano, pero ella le apartó con violencia.

—Nos ha estado mintiendo a la cara. Nos ha estafado también a nosotros. Ese pedazo de farsante. Otro inútil, como su hermano. Pero el otro, pobrecillo, no tiene la culpa de ser como es. Son los putos cromosomas.

—¡No digas esas cosas, Marta!

—¿Qué quieres que diga? ¿Que nos felicite por el éxito con los hijos? Un tarado y un mentiroso. Eso es lo que hemos criado. —Se levantó como si fuera a salir corriendo.

—¡Basta, Marta! —le gritó Rafel, la agarró de la mano, la hizo sentarse de nuevo y la abrazó.

Marta se echó entonces a llorar. Era un llanto desgarrador, mientras repetía «no, no, no». Rafel le pasaba la mano por el pelo. Miró a Mateo.

—Déjanos solos, por favor.

—De acuerdo. —Se levantó.

—Pero sigue buscándolo.

—Lo haré. Lo siento mucho.

—¿Por qué? No es culpa tuya.

Se despidió de él con un gesto de la mano.

El sintecho, que los había mirado todo el tiempo tumbado en su banco, cerró los ojos en señal de discreción.

Mateo se alejó. Dejaba atrás a unos padres rotos, en un banco de una plaza que era más bien un islote de tierra, con cuatro árboles, alcorques pelones, unos bancos necesitados de pintura, entre una calle de cuatro carriles y varias bocacalles inquietas, aunque tampoco habría cambiado nada si hubieran estado en el jardín más bello de la ciudad.

14

Al día siguiente, sábado, fue por la mañana al cementerio. Le refirió las novedades a su padre. Como había hecho con Amalia, Ayala y Nora, le habló del encuentro con los padres de Armand la tarde anterior, la súbita aparición de Marta, el dolor al escucharlo. Pero solo a él le confesó lo tocado que lo había dejado ese encuentro, que sentía una enorme congoja, incluso culpa por el dolor causado, por más que supiera que no lo había causado él. ¿O sí?

Todos habían preguntado si de verdad los padres querían que siguieran con la investigación. Él les había dicho que no lo sabía todavía, que ya volvería a hablar con ellos el lunes.

—Estaban deshechos.

Hoy también le ocultaría algo a Marc. No le habló de la oferta de WHO. Era un mecanismo de relojería que en algún momento le explotaría en el pecho y abriría la peor duda que acosaba a Mateo, la que reprimía no bien asomaba en su cabeza. ¿Habría llegado Marc tan lejos en la investigación que le había costado la vida si no hubiera estado empeñado en demostrarle que era merecedor de ser su socio?

Salió del cementerio entristecido. Al llegar a casa de su madre, también se la encontró apesadumbrada. Estaba en la galería, sentada con la radio al lado de la jaula de los periquitos. Dos, como desde que él tenía memoria. Y se llamaban

Tito, aunque había olvidado si eran VII y VIII o tenían otra numeración.

—¿Qué tiene, madre?

Mateo se preparó para una nueva petición de que averiguase la identidad de la madre de Silvia, la hija de Basilio. Pero se equivocó.

—Tito séptimo no está bien.

Él se inclinó sobre la jaula.

—¿Cuál de los dos es?

—El azulado.

—Yo lo veo bien.

—Ha perdido peso.

—¿Cómo lo sabe?

—Pues porque lo he pesado, hijo. Ha perdido tres gramos.

—¿Tres gramos?

—Es mucho para un periquito. Y lo he pesado con precisión, en la Thermomix que me regaló tu hermano.

Mateo se volvió hacia el voluminoso aparato que ocupaba casi por completo una de las encimeras de la cocina. Una Thermomix. Sería una devolución.

—Tendríamos que llevarlo al veterinario —dijo a su madre, mientras escrutaba al periquito azul buscando la diferencia de tres gramos respecto al verde.

—¿Y si me dice que está enfermo?

—Bueno, para eso se va al veterinario. Y si está enfermo, pues lo cuidaremos.

Recordó que cuando eran pequeños, su padre, a base de pan y leche, salvó a un periquito que se habían encontrado en la calle, tal vez el primigenio de la saga de *Titos* en la casa de sus padres.

Llamó a una clínica veterinaria del barrio, donde dejó muy clara la urgencia del caso, hasta que le dieron hora. Después acompañó a su madre a la consulta, y luego de nuevo a su casa. Cuando se marchó, ella estaba echando gotas con vitaminas en el comedero de la jaula.

Volvió reconfortado por haber podido hacer algo bueno ese día.

Encontró a Lola en el jardín, sentada en una de las sillas de enea debajo del emparrado al que daba la galería de la casa. A sus pies, el gato rubio de Claudia, que lo saludó levantando la cabezota. Mateo se sentó al lado de Lola y la besó en la mejilla, ya que ella no se volvió para que pudiera besarla en los labios. Tic, tac. Tic, tac. Sostenía la tableta en las manos, la maldita fuente de historias tremebundas en las que, yonqui de las desgracias, se perdía durante horas.

Se la enseñó, tenía abierta la página de Wikipedia sobre un tal Jackie Coogan. Mateo no sabía quién era, pero no le cupo la menor duda de que su historia iba a ser triste.

—¿Qué hace la vida con nosotros, Mateo? Hace que el adorable niño de gorra ladeada de *El chico* de Chaplin acabe siendo el tío Fétido de la familia Addams. Mira. Parece mentira que sea la misma persona —dijo ella compungida.

Mateo no pudo contener la risa.

—Pero aquí dice que se casó cuatro veces.

—¿Te gustaría volver a verla?

—¿La peli?

—No. A Sonia.

—¿Qué Sonia?

—Peiró.

—¿Sonia Peiró? ¿La hermana de Marta?

—Tu exnovia del insti.

—¿Por qué querría verla?

—Para saber qué aspecto tiene.

—Tendrá el aspecto que tenemos todos, de cincuentona aproximándose a los sesenta. Y no, no me interesa.

—¿Y Marta?

—Marta, ¿qué?

—Que qué pinta tiene.

Era mejor no responder a esas preguntas trampa. Ya había picado hacía un par de meses después de darle recuerdos de una amiga que se había interesado por Lola y le había preguntado si, ya que no salía de casa, podría visitarla. Lola se había negado rotundamente.

—¿Por qué no? Erais muy buenas amigas.

—La vi hace dos años. ¿Tú te has fijado en cómo está, Mateo? Gorda, arrugada, pesada, aburrida. La miro y recuerdo cómo era cuando la conocí. Y ella vería en lo que me he convertido yo.

De modo que Mateo no le dijo cómo estaba Marta Peiró, sino que sacó el móvil y le enseñó la foto que había hecho de la que estaba en el dormitorio de su hijo, aquella en la que aparecían también Rafel y Armand.

—¿Es este al que buscáis? ¿El farsante?

Mateo asintió y se inclinó hacia delante para rascarle el lomo al gato. Lola esperó a que volviera a mirarla antes de decirle:

—Tiene la misma edad que tendría Marc —le dijo ella.

La frase se le clavó en medio del corazón.

—Y quieres devolvérselo a sus padres.

El gato también lo miraba. Esperaba más mimos. Mateo le dijo a él que sí, que eso era lo que quería.

—¿Y si no lo quieren de vuelta?

—Su padre, sí.

—¿Y Marta?

—No lo sé.

—No me puedo creer que no quiera que vuelva su hijo.

Aunque me imagino que le está costando muchísimo aceptar otro fracaso.

—¿Otro?

—Rafelet, el mayor, el que tiene síndrome de Down.

Cierto, se había olvidado por completo del hermano mayor de Armand.

La mirada de Lola se había desviado hacia la ventana de la casita del fondo del jardín. Claudia debía de estar preparando algo, su silueta aparecía y desaparecía detrás de los cristales.

—Doce años son muchos entre dos hermanas —dijo Lola—. Un salto demasiado grande, un agujero, en realidad.

Mateo supuso que Lola se refería a su otra hermana, Elena, la que había muerto de pequeña. Elena era seis años más joven que Claudia. Tras su muerte, sus padres habían tenido a Lola, a quien en realidad habían llamado también Elena. Ella siempre había pensado que si la primera Elena no hubiera muerto de niña, ella no habría nacido. Por eso se negaba a que la llamaran así. Se negaba a ser el reemplazo, el sucedáneo de nadie. Se empeñó con tal vehemencia, con rabia incluso, a que no la llamasen Elena, que sus padres acabaron rindiéndose y empezaron a llamarla Lola, el nombre que ella había escogido.

—Los hermanos vivos nunca pueden ganar a los hermanos muertos.

Mateo deseaba que sus hijas no se estuvieran sintiendo así. Pero los pensamientos de Lola se movían en otra dirección.

—Nunca habría que tener hijos para reemplazar a los hijos muertos. Tampoco para mejorarlos.

—En las fotos que he visto, Armand siempre se muestra muy cariñoso con su hermano.

—Quizás sea el único ante el que no tiene que ser perfecto.

—Tal vez. Hoy tenemos reunión. ¿Por qué no te vienes?

—Os arregláis bien sin mí.

Mateo se levantó y la besó en la cabeza. Esa cabeza tan brillante como oscura. Tan delicada y frágil. Tan terrible.

Respiró hondo el aire renovado del despacho, lanzó un beso con la mano al diploma de Marc. Sobre la mesa tenía los papeles para darse de nuevo de alta como agencia, aunque tuviera que llevarla él solo. Los había dejado a la vista y sabía que Lola los habría visto en sus recorridos diarios por la casa. No le había dicho nada al respecto. En realidad, todavía no había reaccionado al hecho de que todos estuvieran trabajando juntos de nuevo, pluriempleados, robando horas a sus otras empresas. Mateo esperaba la explosión de Lola; casi la deseaba, ya que era peor esa espera tensa, sabiendo que la bomba estaba activada. Pero de momento ella solo se había sumergido aún más en las oscuras aguas de las muertes ajenas.

No se quitaba de encima la sensación de que acababa de pasar algo importante, pero que él no se había enterado.

Cogió el móvil. Abrió WhatsApp por si había algún mensaje en el grupo «Familia». Se quedó con la mirada clavada en el icono del grupo, la foto de la familia Addams que había puesto Amalia.

Los Addams. Gómez, Morticia, Miércoles, el tío Fétido. La alusión a Jackie Coogan. ¡Maldita sea! Lola había estado curioseando en su móvil, estaba al tanto de su investigación, sabía todo lo que habían averiguado y...

Recapituló su conversación anterior. ¿De qué le había estado hablando realmente Lola? Del caso, por supuesto. No de ella y sus hermanas, de la hermana muerta. No, hablaba de Armand, hablaba de...

¡No podía ser!

Salió corriendo del despacho, recorrió el pasillo oscuro y buscó a Lola en el jardín.

—¿Desde cuándo lo sabes, Lola?

—¿Saber? ¿Yo? ¿Qué?

—No te hagas la ingenua —replicó Mateo, pero si quería continuar, debía corregir la formulación—. Todos esos comentarios sobre los hermanos sustitutos..., la diferencia de años... ¿Desde cuándo te imaginabas que Armand está con su hermano?

15

Se habían olvidado por completo de su hermano.

¿Dónde estaba? Rebuscó en sus notas.

Había vuelto al despacho, donde tenían los papeles del caso.

En Mataró. En un piso tutelado.

Llamó a los otros, ninguno de ellos tenía la dirección.

—Ha sido nuestro punto ciego —les dijo a cada uno de ellos.

Rafelet había estado presente durante todos esos días de búsqueda, pero nadie le había prestado atención. Estaba en las fotos de Armand, estaba en el relato de la vida familiar, pero nadie lo había visto, no habían hablado con él, no lo habían considerado importante. Y en cambio, de pronto, como sucede con las revelaciones, su figura era el foco de luz de toda la historia. Solo había que mirar bien las fotos de los dos hermanos. Cómo se miraban, cómo se abrazaban. Solo había que pensar en un lugar donde nadie le pedía explicaciones a Armand, donde no tenía que cumplir con las expectativas de nadie porque valía tal como era, donde no había preguntas ni exámenes.

A Mateo se le planteó un dilema: ¿pedir la dirección a los padres y crear falsas esperanzas o patearse todos los pisos tutelados de Mataró?

Mateo llamó a Rafel.

—¿La dirección de la residencia de Rafelet?

—Eso mismo. ¿Lo habéis visitado últimamente?

—No. —Una sílaba no podía contener más bochorno—. Hace un par de meses que no paso a verlo. ¿Tú crees que...?

—No te quiero crear falsas expectativas. Iré ahora, y si hay algo...

—Me pongo en camino de inmediato.

—¡Espera!

Pero Rafel ya había colgado.

16

Lo había vuelto a hacer. Su madre lo había vuelto a hacer.

Nora estaba atónita.

Ella, Amalia y Ayala se encontraban en la casa esperando noticias de su padre. Los tres habían corrido a la agencia tras recibir la llamada.

Mientras ellos investigaban, hablaban con unos y otros, formulaban y descartaban hipótesis..., habían creído que ella se hallaba inmersa en uno de sus delirios morbosos de fotos funerarias y actores muertos. Pero ella los había estado espiando, había registrado toda la información en su cabeza y, tras dejarla macerar en un baño de pastillas, alcohol y genio, había encontrado lo que ellos buscaban.

Y ahora, mientras su padre se dirigía con la moto a casa de Rafelet, su madre los miraba con la sonrisa triunfal de la niña a la que no invitaron a la fiesta de cumpleaños y acabó robando el pastel.

—¿Por qué no nos lo has dicho, mamá? —le preguntó Nora.

Su madre se encogió de hombros y dejó escapar la misma risita malvada que ella y Amalia habían oído el día anterior a través de la puerta del pasillo.

17

La moto le permitió esquivar el atasco incipiente de la salida de Barcelona.

Quería llegar antes que Rafel y Marta para poder hablar con Rafelet sin la presencia de los padres. Si Lola se había equivocado y Armand no estaba allí, era probable que el hermano pudiera darle alguna pista relevante. Pero Lola no se equivocaba nunca.

Armand estaría allí, escondido en el piso de su hermano.

Rafelet trabajaba en una empresa de mensajería de Mataró, donde tenía un piso para él solo dentro del complejo de pisos tutelados. Sus padres pagaban mucho dinero «para que sea independiente», recordaba que le había dicho Rafel en algún momento. Tanto que no lo había visitado en los dos últimos meses.

El navegador lo condujo hasta un edificio moderno de seis plantas a pocas calles de la playa. Dejó la moto y aprovechó que alguien salía del bloque para entrar.

Subió hasta la cuarta planta. Tocó al timbre.

Un ruido en el interior le advirtió de que había alguien dentro, pero no le abrieron la puerta.

Volvió a tocar.

Esta vez silencio.

Golpeó con los nudillos.

—Hola. ¿Rafelet? Ábreme, por favor. Soy un amigo de tu hermano.

Pasos sigilosos que se acercaban a la puerta. Tal vez del mismo Armand.

Golpeó nuevamente.

—¡Vete!

—Hola, Rafel. Es que tengo que ver a Armand.

—¡No!

—Por favor —insistió—. Solo será un momento. No os molestaré.

—Es que no puede ser —dijo la voz. Rafelet hablaba a trompicones.

La luz de la escalera se apagó.

—No me dejes así a oscuras, hombre. Déjame entrar un momento.

Rafelet descorrió la cadena y le abrió la puerta. Tenía cuarenta y tres años, no era muy alto y mostraba una calvicie incipiente. Mateo esperaba que lo recibiera con escepticismo o con miedo, pero había algo parecido al alivio en la expresión del hermano de Armand.

—Muchas gracias. ¿Está Armand contigo?

Rafelet asintió y le dejó pasar a un salón comedor. Mateo vio una estantería llena de juegos de mesa. Seguramente los hermanos pasaban horas jugando. Al dar un paso, pisó algo que crujió bajo sus pies. Lo levantó. Era un trozo de cristal. Vio entonces que, entre los dos sofás enfrentados, había cuatro patas metálicas de una mesa baja a la que le faltaba la parte superior de vidrio.

—¿Se rompió?

—Sí. Lo rompió Armand.

—¿Puedo hablar con él?

—No.

—¿Por qué?

Rafelet se echó a llorar.

—Se ha muerto.

Lo tomó de la mano y lo condujo hasta un dormitorio.

El cuerpo de Armand yacía arropado en la cama rodeado de peluches. Tenía los ojos abiertos y el cabello ensangrentado.

—¿Qué pasó?

—No lo sé.

Rafelet le contó entre lágrimas que se lo había encontrado en el suelo en un charco de sangre, que se había caído y había roto la mesa con la cabeza, que lo había metido en la cama, porque estaba muy frío, y que había limpiado todo porque hay que tener la casa limpia.

—¿Por qué no llamaste a tus padres?

—Él nunca quería llamar a papá y mamá cuando se quedaba aquí.

—Pero ahora tenemos que llamar a la policía. Lo entiendes, ¿verdad?

Lo hizo pocos minutos antes de que Rafel Rocamora entrase en tromba.

Después todo fue caos.

Tercera parte

Wo gehen wir denn hin?
Immer nach Hause.

NOVALIS

1

A ese entierro tenía que asistir.

Aunque se suponía, una vez más, que estaba trabajando en casa para WHO.

Aunque esa mañana de primavera hubiera preferido cualquier lugar del barrio antes que el interior oscuro de la iglesia de Sant Andreu.

Aunque no supiera muy bien qué esperaba ver.

Por precaución, llegó mucho antes y se metió en un bar de la plaza Orfila. Desde el ventanal observó y fotografió la llegada del coche fúnebre y de los asistentes. Reconoció entre ellos a mucha gente del barrio. Había una cantidad inusual de hombres que llegaban en pequeños grupos; debían de ser los chóferes de la empresa. No vio entrar a ninguno de los socios o clientes de Armand, como si se hubieran puesto de acuerdo para no asistir.

No podrían decir que no se habían enterado. El funeral se celebraba tres días después del hallazgo del cuerpo de Armand, el tiempo que lo habían retenido en la morgue. La esquela había aparecido en todos los periódicos que todavía tenían sección de necrológicas. Y, fieles a la tradición del barrio, la familia había encargado también la impresión de las esquelas en el taller de Laieta. Mateo tenía la suya sobre la mesa del despacho. Armand Rocamora Peiró (15-5-1989 / 8-4-2022).

Por la mañana, Lola ya había calculado que le habían faltado veintidós días para cumplir los treinta y cuatro. Lo que era como decirle que él no había logrado que superase el listón de los treinta y tres.

Siguió fotografiando. Usó la cámara del móvil para ampliar la imagen de la plaza. No vio ningún coche de la policía. Tampoco parecía que hubiera periodistas, lo cual era extraño, ya que el asesinato de Armand era noticia. Tal vez los padres habían conseguido una orden judicial.

Esperó a que todos estuvieran dentro de la iglesia. Dio tiempo también a los rezagados. No convenía que nadie lo viera. Salió rápido del bar y se metió en la iglesia por la puerta más próxima, la de la derecha. La acompañó para que no golpeara al cerrarse. Como la ceremonia ya había comenzado, solo dos personas se giraron a mirar quién llegaba tarde; no parecieron reconocerlo, porque volvieron la cabeza de nuevo al frente, hacia el féretro de madera rojiza que parecía arder entre la ropa de luto. Todos los bancos estaban ocupados, había mucha gente de pie en los laterales, cubriendo el acceso de las capillas; también cerca de la entrada, aunque no parecía el habitual público que se marcha en cuanto ha sido visto. Se quedó de pie en una zona oscura.

No vio un solo hueco en el primer banco, sin embargo, se sentía la ausencia de Marta, ingresada en el hospital tras la crisis nerviosa que había sufrido. Al lado de su padre, Rafelet sollozaba e hipaba, pero rechazaba su abrazo cada vez que este intentaba consolarlo.

Llevaba poco más de un cuarto de hora allí cuando notó una ligera corriente en el aire cargado de olor a flores, velas e incienso. Alguien entraba en la iglesia por la puerta de la izquierda. En esta ocasión nadie se dio la vuelta porque el bramido del órgano cubrió el golpe de la puerta. Mateo se pegó aún más a la pared para ocultarse tras la sombra de una de las columnas. Entonces aventuró una mirada al recién llegado.

¡Lola! ¿Qué hacía Lola allí?

Se había puesto unos pantalones oscuros y un jersey de cuello alto negro, como recién escapada de un concierto de jazz de los sesenta para colarse en un entierro. ¿Sabía ella que él también estaba ahí? La cabeza de Lola se movía escudriñando a los presentes. Mateo, desde el otro lado, seguía la dirección de su mirada. ¿Qué buscaba? ¿Qué estaría viendo? Lola debió de notar los ojos de Mateo, porque se giró de golpe hacia él. Abrió la boca sorprendida. Se dio la vuelta y se marchó de la iglesia.

Mateo quiso seguirla. Pero al salir, la luz del exterior lo deslumbró y le impidió ver un cuerpo que se interpuso en su camino.

—Hay que tenerlos cuadrados, Hernández —dijo una voz con olor a nicotina.

El inspector Joan Marín le puso la mano en el pecho, una mano grande y peluda, con los dedos crispados, como si quisiera arrancarle el corazón. Mateo llegó a ver de reojo que Lola cruzaba la calle y atravesaba rauda la plaza Orfila. «¡Corre, corre! ¡Vuelve a casa! ¡Que no te vea este animal!», tuvo ganas de gritarle. El policía no parecía haber reparado en ella.

—Cuadrados los tienes. ¡Presentarte en el entierro! Aunque, bien pensado, ya se sabe que a los asesinos les gusta asistir al entierro de sus víctimas.

Mateo le apartó la mano de un golpe.

Mientras del interior de la iglesia llegaban las voces de un cántico, en la cabeza de Mateo resonaba la de Rafel Rocamora.

—¡Ha sido tu culpa! ¡Tú has matado a mi hijo!

Las imágenes del momento en que Rafel apareció en el piso de Rafelet en Mataró eran confusas. Durante los días transcurridos desde entonces no había conseguido poner orden en el caos que se produjo a continuación. El padre aullaba de dolor abrazando el cuerpo de Armand, su otro hijo se le echaba encima porque lo destapaba.

—¡Tiene frío! ¡Tiene frío! —le gritaba Rafelet, y trataba de cubrir a su hermano.

Rafel lo apartaba cada vez con mayor violencia. Su hijo empezó a lanzarle todo lo que encontraba a mano, peluches, juguetes, papeles. Hasta que el padre se levantó y le dio una bofetada. Rafelet se quedó primero paralizado, se tocó la cara y después se abalanzó sobre él. No era muy alto, pero era un hombre de cuarenta y tres años rabioso. Mateo se recordaba en medio de una confusión de brazos y golpes, tratando de separarlos. Todo su cuerpo se estremecía con el rugido de Rafelet, con los gritos de «¡No lo toques!». Hasta que, no sabría decir cuántos minutos llevaban enzarzados en esa pelea, aparecieron los policías y los separaron.

—¡Ha sido tu culpa! ¡Tú has matado a mi hijo! Si no te hubiera llamado, Armand estaría vivo. Seguiríamos engañados, pero tendríamos a nuestro hijo.

El dolor se había apoderado de él, no pensaba, solo sentía. Sentía y reaccionaba. Tenía que golpear a alguien y ese alguien era él. Pero las palabras habían llegado al inspector Joan Marín.

—¿Sabe la familia que merodeas por aquí? —le decía ahora con la boca torcida con tanto asco como regocijo.

Mateo se hizo a un lado para marcharse. No vio más policías. Por lo visto, Marín iba solo. Visita privada.

—Recuerda que mañana tenemos una cita. —Le cogió el brazo, aunque se lo soltó enseguida al ver la mirada de Mateo—. Vamos a tener otra charlita tú y yo, Hernández.

Estas últimas palabras ya se las dijo a la espalda. Con fingida tranquilidad, Mateo esperaba a que el semáforo se pusiera en verde.

2

Durante todo el camino resistió el impulso de mirar atrás para ver si alguien lo estaba siguiendo. Se sentía expuesto, vigilado. Agradecía notar en la espalda el peso de la chaqueta oscura que se había puesto para el entierro. Resistió también la necesidad de caminar más rápido para meterse en casa. Más aún, paró en la panadería a comprar, charló con la dependienta, ralentizó el paso al salir, como la mayoría de la gente cuando lleva una barra de pan en la mano.

Mateo se preguntaba si el inspector Marín lo había seguido hasta la iglesia de Sant Andreu o lo había esperado allí, sabiendo que acudiría. ¿Se había vuelto predecible?

Llegó por fin a casa.

Encontró a Lola en la cocina. Pasaba el café hirviendo de un vaso a otro.

—¿Qué hacías en el entierro de Armand Rocamora?

—Nada. Mirar. —Echó el café del vaso de la derecha al de la izquierda y dejó ambos sobre la mesa.

—Lola, por favor, que llevas un año sin salir de casa. ¿Por qué has tenido que salir justo para ir a ese entierro?

—Tenía que verlo.

—¿Por qué?

—No lo sé. Pero hay algo...

—¿Tienes alguna idea? Si sabes algo, por favor, no juegues al oráculo. Nos va mucho en esto.

—No. De verdad que no sé nada. Pero hay algo... No sé qué es. —Volvió a sus vasos—. Todo esto no habría pasado si no me hubieras engañado.

—No es el momento, ¿no te parece?

Ella dio un sorbo con los ojos cerrados.

—Mateo ha sido un chico malo y lo han castigado —dijo imitando una voz infantil.

Él sintió cómo se le erizaba toda la piel.

—Muy muy malo —siguió ella en el mismo tono aniñado.

Entonces, él reparó en los botellines de ron puestos como soldaditos desafiantes sobre la encimera.

—No, Lola. Habíamos dicho solo cerveza.

—Y tú habías dicho que no volverías a tomar casos bajo mano. —Ella abrió los ojos y recuperó su voz normal.

—¿De dónde los has sacado?

—En el badulaque, camino de la iglesia, para animarme. No me gusta salir a la calle. Pero no te preocupes, no me ha visto nadie.

—¡Me importa una mierda si te ven beber! Todo el mundo sabe que bebes, Lola, todo el mundo. Es por los medicamentos. ¿Quieres que te pase algo? ¿Quieres que te dé un brote? ¿Quieres que te ingresen otra vez?

Ella negó con la cabeza.

—¿Tienes más?

—No, eran solo para el camino, ya te lo he dicho.

La creyó.

Salió de la cocina. No sabía qué deriva podía tomar la conversación si se quedaba. Porque, por más que le ardiera en la boca, no quería decírselo, no quería gritarle que, si ella le hubiera dicho antes lo del hermano de Armand, este tal vez seguiría vivo. Le costaba reprimirse; pensar en ello lo enfurecía tanto que temía perder el control sobre sí mismo si lo dejaba escapar. Y encima tenía que contener a sus hijas, sobre todo a Nora, a la que había prohibido pisar la casa hasta que pudiera reprimir el impulso de arrojarse sobre su madre con ese reproche.

—Caerá en ello, tarde o temprano —le había dicho a su hija mayor.

Y ya verían qué sucedería entonces.

También ellos eran responsables, por su lentitud, por haber olvidado por completo la existencia de Rafelet. ¿Por haber guiado al asesino hasta Armand?

Habían hecho una buena investigación. Habían descubierto primero su estafa y después habían desenmascarado, capa a capa, a un impostor.

Pero parecía que alguien se había aprovechado de su trabajo. Esa era, formulada de otra manera, la acusación de Rafel. Alguien los había usado a ellos para encontrar a Armand y matarlo. Si era así, eran culpables.

No, no podía ser. Por más que recapitulaba una y otra vez los pasos dados, no descubría el error. Amalia creía que la habían estado siguiendo, y sospechaba de Cerón, pero, aunque eso fuera verdad, los movimientos de su hija no los podían haber llevado a la casa en Mataró.

¿Dónde estaba el fallo? Hasta que no lo aclarasen, tendrían al inspector Marín dando círculos sobre ellos como una rapaz.

En ese momento, lo mejor era no hacer nada. Los vigilaban, el encontronazo de hacía un momento lo demostraba. Iba a por ellos, ya que no había podido involucrarlos en la desaparición de Rosario Pelegrín, buscaba cómo complicarles la vida ahora. Habían decidido que serían precavidos, lo que Amalia llamaba «mantener un perfil bajo» y a Mateo le sugería que era como ir agachados por el mundo. No harían un solo movimiento más en el asunto Rocamora, no se reunirían más en la agencia, tendrían cuidado con las llamadas telefónicas por si, algo improbable pero no imposible, les pinchaban los móviles. Perfil bajo. Él había sido el primero en quebrar la consigna yendo al entierro. «Chico malo.» Había cometido un error. Lola también había ido. Sin embargo, esta vez no sabía qué buscaba. ¿Pensaba, como había dicho Marín, que el asesino estaría ahí? Tal vez entre la masa humana que oscurecía el interior de la iglesia habían coincidido el asesino real y el cómplice involuntario.

—No, no, no y no. No hemos sido nosotros.

Se sentó y encendió el ordenador no sin antes lanzarle una mirada rencorosa al teléfono de la agencia.

Se puso a trabajar. Ya habían cerrado el caso de la mujer del presentador de televisión.

Sempere había llegado muy nervioso a WHO, dispuesto a afrontar la confirmación de sus temores. Se habían sentado en el mismo lugar y en el mismo orden que en su primer encuentro, con la diferencia de que en esta ocasión no había traído el maletín.

—¿Y bien? —preguntó frotándose las manos en las perneras.

Mateo le resumió su trabajo. Vio aparecer alivio en la cara de Sempere.

—Como ve, sus sospechas eran del todo infundadas —dijo a modo de conclusión.

Una capa de bochorno se extendió como un barniz sobre el rostro del presentador.

Vergüenza retroactiva. Sempere les dio las gracias y se marchó. Mateo se lo imaginó quemando el maletín.

Walker lo había felicitado con expresión interrogante. ¿Firmarás? La sonrisa de Mateo insinuó un sí.

—Mientras piensas...

Le dio un asunto cómodo, unos informes laborales encargados por una gran empresa de ocio. Trabajo de ordenador que podía hacer desde casa.

Después, el que tal vez fuera su futuro socio se metió de nuevo en el despacho, tenía que escribir la factura del caso y decirle al novato que ya lo llamarían.

El contrato de WHO estaba en el cajón. El lunes de la próxima semana, cuando Olesa volviera de un viaje al extranjero, debía dar una respuesta. También guardaba la solicitud para volver a inscribir Detectives Hernández en el registro mercantil. Ambos documentos estaban firmados y cambiaban de orden en el cajón. Hoy ganaba el contrato de WHO. Pero lo puso debajo después de recibir una breve llamada de Nora.

—Papá, salimos en la prensa.

Nunca es bueno que los detectives salgan en la prensa.

3

«No es bueno que los detectives aparezcan en las noticias», pensó Nora, y apagó el ordenador. Acababa de leer otra información sobre la muerte de Armand Rocamora. El «joven empresario barcelonés hallado muerto en extrañas circunstancias». Según el artículo, no habían trascendido todavía muchas informaciones concretas, pero se sabía que una «agencia de detectives de la ciudad estaba involucrada en el asunto». No indicaba si los detectives investigaban o si colaboraban en una investigación, sino que estaban involucrados. El diccionario no dice que estar involucrado en algo sea malo; el uso, sí. Y es el que manda.

En la noticia no se daba el nombre de la agencia, si se referían a la agencia WHO o a Detectives Hernández. En la primera no tenían ni idea de que se trataba de su padre; la segunda no existía. Si salía a la luz cualquiera de los dos nombres, su padre tendría problemas.

No tardarían en aparecer otros nombres y fotos en la prensa. Los periodistas empezarían a tirar del hilo y, también para el público, Armand pasaría de prometedor empresario a estafador. ¿Cómo reaccionarían aquellos que se habían tragado sus mentiras durante años?

Tanto si era un chico encantador como un estafador, estaba muerto, lo habían matado.

¿Y si su madre no les hubiera ocultado su conjetura?

No le habían sonsacado desde cuándo pensaba que Armand podía estar escondido en casa de su hermano. Pero ahora se conocían los resultados de la autopsia y sabían que había muerto un día antes del hallazgo. Un día. Habría bastado con que su madre hubiera abierto la boca un día antes, en lugar de comportarse como una niña ofendida porque no la han invitado a la fiesta de cumpleaños.

Nora estaba furiosa con su madre.

Sí, su madre se merecía todo su enfado, pero los demás también habían fallado. Cada vez que se había mencionado a Rafelet lo habían ignorado, habían fallado.

Esa tarde Amalia estaba citada para declarar otra vez. Al día siguiente querían ver de nuevo a su padre. Ni a ella ni a Ayala, en cambio, los habían vuelto a convocar.

Amalia, Ayala y ella habían declarado el día después de que Armand hubiera aparecido muerto. Contar la verdad era la consigna. Una verdad relativa, como siempre, pues en ningún caso se mencionaría la actividad de Ayala. La información que le pudieran proporcionar algunos amigos en los *mossos*, de los que ni ellas sabían los nombres, era una de sus escasas bazas frente a Marín.

Durante las declaraciones los habían tratado como testigos y Marín había ido haciendo sus preguntas con rutinaria profesionalidad, cosa que a Nora la había inquietado más que la agresividad que le conocía. Al salir de la comisaría todo su cuerpo estaba tenso.

En cambio, a su padre lo había interrogado con dureza.

Ahora querían «revisar» solo las declaraciones de Amalia y de su padre. Era extraño. No entendía qué pretendía el inspector con esa maniobra. Quizás que se confiaran, pero sería muy ingenuo creerlos tan inocentes. Ninguno había bajado la guardia ni lo iba a hacer; ninguno había olvidado los interrogatorios de Marín durante su investigación del caso de Rosario Pelegrín. Todos sabían muy bien lo que significa enfrentarse a alguien con una fijación.

Se hundió un poco más en el sofá. Las once de la mañana y no se había duchado ni había desayunado. Era una detective en paro. Sergio se había marchado a las nueve y media. No le había hecho ningún comentario sobre el hecho de que llevara desde las seis de la mañana tirada allí. Se movía a su alrededor como de puntillas desde que habían tenido una agria discusión.

Todo había empezado con una pregunta el domingo anterior:

—¿Qué harás ahora?

Una pregunta que debía de haber estado rumiando mientras trabajaba, entre fogones, cuchillos y pedidos, en la actividad frenética de un domingo al mediodía y que se le escapó al volver a casa y encontrarla como la había dejado, en pijama tirada sobre el sofá. Como hoy. Una pregunta hecha con expresión preocupada, a la que ella había respondido:

—No lo sé.

—Pero algún plan tendrás, ¿no?

—No lo sé.

—Pero...

—No lo sé significa no lo sé, no tengo ni idea, no tengo ningún plan, no tengo un proyecto, no sé qué voy a hacer, no se me ocurre nada. ¿Te lo digo de más formas?

—¿Por qué te pones así? Me preocupo por ti.

—Pues no te preocupes. Sé cuidar de mí misma. Siempre lo he hecho. No necesito que nadie se preocupe por mí. ¿Entiendes?

Sergio dijo que sí, pero no podía entender que ella no necesitara que él, con ese accionismo tan masculino, se empeñara en buscar una solución, un «hacer algo». Que ella solo necesitaba que le dijera algo inútil e idiota como «Tranquila. Todo saldrá bien». Y no que le preguntara cuál era el plan.

La vibración del móvil en el bolsillo del pijama la avisó de que acababa de llegar un mensaje. Era de su padre. Se imaginaba que había leído la noticia en la prensa. Así era y, además:

«He ido al entierro de Armand».

¿Por qué no la sorprendía semejante imprudencia?

«Tu madre también. Por su cuenta.»

Se incorporó de un salto y lo llamó por WhatsApp. Escuchó el relato afligido y nervioso de su padre sobre los botellines de ron, antes de preguntar:

—¿Ha visto algo?

—No. Pero algo nota, no sabe qué, pero algo no le encaja.

—Bueno, hasta ahí llegamos todos —dijo enfadada—. ¿Qué puede haber visto?

—Creo que nada, porque, en cuanto me vio allí, salió corriendo.

—Bueno, por lo menos le habrá dado el aire —dijo con sorna—. No más imprudencias, papá.

—¿Qué estás haciendo tú?

—Nada. Literalmente nada.

Se despidieron. Por alguna oscura razón, la conversación con su padre fue un revulsivo.

Se duchó y desayunó. Después llamó a Sergio.

—Solo quiero que me digas una cosa, Sergio: que todo saldrá bien.

—Todo saldrá bien.

—¿De verdad?

—Por supuesto.

Era lo que le faltaba para poder «hacer algo». Cogió papel y bolígrafo y empezó a anotar lo que tenían del caso. Tal vez mientras intentaba armar el relato, encontraba la pieza que no encajaba.

4

—Pase, señora Hernández.

Amalia esperaba encontrarse otra vez cara a cara con el inspector Joan Marín, pero quien la recibió fue el subinspector Alejandro Baroja, un hombre de su edad con una espesa barba negra y una mirada mucho más cordial que la de Marín, lo que todavía la hizo desconfiar más. Desde que había pisado la comisaría, estaba en guardia.

Baroja y Marín eran los dos principales encargados del asesinato de Rocamora.

Le ofreció asiento y se sentó frente a ella. Cuando Baroja iba a encender la cámara de vídeo, ella le preguntó:

—¿No esperamos a su compañero? Al inspector Marín.

—Está ocupado.

Esperaba que el policía no hubiera advertido su alivio.

—¿Por qué quieren hablar otra vez conmigo? ¿Qué más quieren saber?

Baroja encendió la cámara, dio los datos protocolarios y le dijo:

—Por lo que manifestaron en las conversaciones anteriores, ustedes opinan que el asesino del señor Rocamora podría encontrarse entre las personas estafadas por él.

—Sí.

—Ustedes, es decir, usted, el señor Mateo Hernández, el

señor Daniel Ayala y su hermana, la señora Nora Hernández, nos han proporcionado una lista de nombres que estamos revisando, pero usted es quien, en el curso de su propia investigación, tuvo contacto directo con una de las personas que han señalado como principal sospechoso, el empresario Lluís Cerón. Me gustaría revisar este punto con usted.

—Bien.

—¿Cuántas veces habló usted con él?

—Una.

Baroja leyó los datos que constaban en el protocolo de la conversación anterior.

—La conversación fue en persona, en las oficinas que el señor Cerón tiene en la calle Ausiàs March.

—Sí.

—Vuelva a contarme de qué hablaron.

Amalia repitió lo que ya había dicho en su primera declaración, que se había acercado a él como periodista, pero que Cerón había descubierto que era detective, que el comisionista estaba al tanto de que había sido estafado por Armand, que manifestó un gran interés por su paradero...

—¿Qué le dijo usted exactamente al respecto?

—¿Respecto a qué?

—A sus conjeturas sobre el paradero de Rocamora.

—Nada. ¿Por qué tendría que haberle dado información a Cerón?

—Quizás para sacarle otra información.

—No hago esas cosas. Menos con alguien que, por su perfil, me parece una persona peligrosa. ¿Es uno de sus sospechosos?

—No se lo puedo decir.

—¿Lo ve? —sonrió Amalia—. Usted me quiere sacar información y tampoco me da otra a cambio.

Como Baroja bajó la cabeza, no vio si su respuesta le divertía o lo enfadaba. En cualquier caso, lo que le quedaba claro era que los policías estaban investigando en esa dirección. Para lo bueno y también para lo malo, ya que también ellos habían llegado a la conclusión de que quien había matado a Armand podía haber dado con él gracias a sus pesquisas.

—¿Mencionó en algún momento al hermano de Armand Rocamora?

—No.

—¿Está segura?

—Sí. Ya se lo he dicho —respondió con más agresividad de la pertinente.

—No la culpo de nada. Pero es que necesito saber si hubo tal vez alguna indiscreción.

—Cada vez que me lo pregunta, me está culpando.

—¿Se siente usted culpable?

—¿Qué pregunta es esa?

—Bien, cabe la posibilidad de que el asesino llegara a Rocamora siguiendo sus pasos.

—¿Qué pasos? Nunca estuvimos cerca de ese lugar y, como mis compañeros —desempolvó esta palabra para referirse a su familia— le han dicho, cuando se nos ocurrió la posibilidad de que se encontrara en Mataró con su hermano, mi padre se dirigió de inmediato hacia allí. Bueno, antes llamó al padre de Armand, pero mi padre fue el primero en llegar al lugar.

—Tengo que insistir, ¿nunca mencionaron el nombre del hermano en presencia de otros?

«No lo pudimos mencionar a nadie porque lo ignoramos sistemáticamente, porque estaba ahí y no lo vimos, porque su nombre sonó varias veces y no hicimos caso. Porque fuimos ciegos, sordos y estúpidos. Y eso nos persigue, nos tortura, nos obsesiona. Porque eso hace que en estos momentos odiemos a nuestra madre porque ella sí que lo vio y lo oyó y no nos dijo nada», pensó Amalia antes de responder con sequedad:

—Y yo tengo que insistir en decir que no.

La mirada de Baroja era suspicaz. No la creía.

—Le conviene ser cooperativa. Es por su bien.

Una amenaza amable. Las peores.

5

Otra vez.

Ayer Amalia. Hoy él.

Entrar otra vez en la comisaría, decir que estaba citado con el inspector Joan Marín, aguantar la mirada maliciosa del policía en la recepción, que, por supuesto, sabía quién era él, esperar en un banco. En esta ocasión, ya sin la urgencia del delito recién descubierto, lo haría esperar. Marín era de viejos trucos, como hay gente que es de desayuno de cuchara.

Las largas esperas pueden volver porosas, más frágiles a las personas, sobre todo cuando no se sabe cuánto tiempo falta para que terminen. Lo que Marín no había tenido en cuenta era que la sala en la que lo tuvo esperándole más de una hora era un parque de atracciones para alguien que está acostumbrado a pasar mucho tiempo apostado en un mismo lugar sin permitirse distracciones. Allí, en cambio, Mateo se entretuvo tanto con aquel sinfín de entradas, salidas, conversaciones, llamadas de móvil, quejas, paseos de un lado a otro de felinos enjaulados, caras tensas, asustadas, enfadadas, ausentes, movimientos de manos, diferentes posturas al sentarse, que se levantó remoloneando cuando lo llamaron para que pasara al despacho del inspector.

Otra vez lo acompañaba Baroja, el mismo compañero que ya había visto en el interrogatorio anterior, un subinspector más joven, con una espesa barba negra que se fingía barbilla. Mateo se sentó en la misma silla, oyó el mismo sonido de la cámara al ponerse en marcha y respondió a las mismas preguntas que le habían hecho el día en que encontraron el cuerpo de Armand: cuál era su relación con la familia Rocamora, cómo había entrado en la investigación, por qué lo había hecho, durante cuántos días, qué pasos había dado, con quién había hablado, qué había averiguado.

Marín se lo preguntó varias veces y en distinto orden. Mateo lo respondió siempre de forma veraz. No ganaba nada mintiendo, él mismo estaba interesado en que se resolviera cuanto antes ese crimen y les había facilitado cuanto sabía, incluso sus sospechas, quiénes eran los que consideraba enemigos de Armand: una larga lista de nombres encabezada por Lluís Cerón y Gabriel Sabater, los dos empresarios más peligrosos. Les había detallado de qué modo Armand había engañado a Efrén Noguera, José Pérez, Jofre Llosa, Carmelo Montalbán, Mariola Arteaga, Umberto Morandi...

Pero Marín seguía sin quedar satisfecho.

—Recapitulemos una vez más —dijo.

Baroja, que llevaba el protocolo, puso los ojos en blanco, los codos sobre la mesa y apoyó la cabeza en las manos.

Mateo lo liberó del sopor al decir:

—A ver, todos mis movimientos los conoce muy bien, inspector, porque usted mismo contrató a alguien para que me siguiera como una sombra. Un aspirante a policía, según tengo entendido. —Marín miró a su compañero, súbitamente erguido, mientras Mateo añadía—: Lo hizo sin motivo alguno, y que yo sepa eso no es legal. Se llama acoso policial.

—¿Es verdad, Joan? —preguntó Baroja.

—Apaga la cámara.

Baroja no lo hizo, sino que se quedó esperando la respuesta. Marín se levantó de la silla y apagó la cámara. Después se volvió hacia él.

—Largo, Hernández.

Mateo se levantó con lentitud.

—He dicho que largo.

—No me dé prisa, que uno ya tiene sus años.

Marín no lo sacó a empujones porque su compañero estaba presente y lo miraba con expresión reprobatoria. Los dos policías tendrían una conversación difícil en cuanto él saliera.

—¿Sabe lo que se me ha ocurrido, inspector? —dijo él en el quicio de la puerta, lo bastante alto para que lo oyera Baroja—. Que igual fue su hombre quien llevó a los asesinos de Armand hasta su escondite. Era bastante torpe, ¿sabe? Eso pasa cuando no se trabaja con profesionales.

Lo que decía era absurdo, pero sacó a Marín de sus casillas. Esta vez sí que le dio el empujón.

—No os dejaré respirar, Hernández. Ni a ti ni a tus hijas ni al matón que vive con tu hija pequeña. A ellas les voy a joder la vida. Solo me queda decidir por cuál empiezo. ¿La mayor? Aunque será aburrido vigilarla, ahora que se ha quedado en el paro. Quizás por la pequeña, la que tiene esa mierda de agencia por la Sagrada Familia. Otra mierda de agencia Hernández en el mundo. ¡Como si no hubiera bastante con una! Os voy a joder vivos.

Mateo miró alrededor. Había varios testigos.

—Con todo el respeto, inspector Marín, me temo que para usted esto es un asunto demasiado personal.

6

Las consecuencias de lo sucedido durante el interrogatorio de su padre las estaba pagando ella. El nombre de su agencia volvía a salir «por error» en la prensa, donde a diario aparecían informaciones sobre el asesinato de Rocamora.

—Lo ha filtrado él, estoy segura.

Amalia caminaba junto a su padre por Gran de Sant Andreu. Él quería invitarla a un café en el Versalles. Quizás su madre se había levantado esa mañana con mal pie y era mejor poner tierra de por medio.

—¿Por qué tenías que provocarlo así, papá?

—No lo sé. Me tenía tan harto...

—¿Y no pensaste en las consecuencias? Ese tío está loco. Lleva años detrás de nosotros, lo sabemos. Lo dije cuando mamá te pilló llevando el caso. Dijiste que lo dejabas, pero seguiste y acabamos todos metidos en esto. Matan a Rocamora. Marín ve la ocasión de meternos un puro... Y tú vas y lo retas delante de sus compañeros.

—Todo lo que le dije es verdad.

No la miraba al hablar, no porque se sintiera mal por lo sucedido, sino porque iba saludando a vecinos con los que se cruzaban por la calle.

Antes de entrar en el Versalles, donde Amalia sabía que la atención de su padre se dispersaría aún más, le dijo:

—La empresa que nos contrató para la formación de personal de seguridad no nos va a renovar el contrato. ¿Sabes por qué? Porque ellos buscan «ejemplaridad» y de pronto ya no la tenemos. Nos llamaron ayer, pocas horas después de que saliera nuestro nombre en la prensa. Sospecho que el propio Marín les llamó la atención al respecto. El propietario es un *exmosso*. Esto nos hunde. Sin ese contrato, no podemos salir adelante.

—No pensé que...

—No se trata solo de ti. Marín está buscando cómo jodernos a cada uno de nosotros. Nos ha estudiado bien y nos da donde sabe que nos duele.

Pareció entender por fin lo que ella le quería decir, pero no llegó a responderle, pues en el momento en que abrió la puerta del café, una voz gritó desde el interior:

—Este local apesta.

Era Rafel Rocamora, que se levantó del taburete en el que estaba sentado a la barra y avanzó hacia él como un rinoceronte furioso. Su padre hizo un gesto con las manos para apaciguarlo. En vano. Rocamora le cerró el paso y dijo aún más alto:

—Si le servís un café a gentuza como este tipo, no volveréis a verme por aquí.

Detrás de Rocamora el local había quedado mudo y petrificado.

Su padre dio un paso atrás, lo que envalentonó a Rocamora.

—Ya puedes ir escondiéndote, Mateo, aunque no te servirá de nada. Esta misma tarde voy a dar una rueda de prensa junto con la policía y todo el mundo sabrá lo que has hecho. Quiero que se enteren de quién es el responsable de que mi hijo esté muerto. Estás acabado, Mateo.

—Hazlo si quieres. Y que todo el mundo sepa también los chanchullos que organizó tu hijo.

—¿Me amenazas?

—Tú me estás amenazando a mí, me acusas de algo que es falso. Pero lo de tu hijo es verdad. Y saldrá a la luz. Piénsalo bien. De momento la prensa está siendo benevolente. Piénsalo.

En los medios la noticia del «asesinato del joven empresario catalán» se trataba con relativa discreción. El secreto de sumario solo permitía mencionar que su muerte tenía relación con negocios «poco claros», pero hasta el momento no se había hecho público el asunto de Barcelona Exposición Universal 2029. Acabaría pasando, lo sabía hasta el mismo Rafel Rocamora.

Amalia le dio dos tirones del brazo a su padre, como cuando era pequeña y durante un paseo por el barrio él se quedaba demasiado tiempo conversando con algún vecino. Pero él se encaró a Rocamora.

—Seguro que te lo ha propuesto el inspector Marín.

—Sí. ¿Y qué? —Levantó la barbilla al responder, el pecho echado hacia delante.

Su padre no se dejó arredrar.

—¿No entiendes lo que significa? Te está utilizando.

—¿Sabes lo que te digo, Mateo? Pues que me parece cojonudo. Que me utilice como quiera si con eso te jode a ti.

Tras decir esto, Rocamora pareció darse cuenta de la presencia de Amalia y la señaló.

—¿Tu hija? ¿La que también es detective?

—Las dos lo somos —respondió ella.

—Pues sois tan responsables de la muerte de mi hijo como el cabronazo de vuestro padre. —El dedo de Rocamora apuntaba hacia ella como el cañón de una pistola.

Amalia agradecía haber sido alumna oyente de las lecciones que Ayala les daba a los candidatos a guardias de seguridad en estadios. «Buscan dónde te puede doler, apuntan y disparan.» Sobre todo cuando Rocamora, cada vez más fuera de sí, añadió:

—Y no creáis que me vais a dar pena porque matasen a uno de los vuestros. Algo haría.

«Buscan dónde te puede doler, apuntan y disparan. Vosotros, impasibles.»

Así fue como se mantuvo ella, aunque sintió que el golpe repercutía en su cuerpo como si fuera una barra de metal y la vibración subiera y bajara dolorosamente desde los dedos de los pies hasta la coronilla. Toda esa energía, todas las ganas de aplastarle la cabeza a Rocamora las necesitó para evitar que su padre lo hiciera. Se interpuso entre él y Rocamora. Amalia nunca había tenido que medirse con su padre. A pesar de que ella tenía un cuerpo atlético y estaba entrenada, a duras penas pudo contener la embestida.

—Déjalo, papá. Vámonos.

Por suerte, Rocamora se marchó sin decir una palabra más. Se había formado un corrillo de curiosos. Rocamora se alejaba a buen paso, mientras que su padre le arrancaba solo unos centímetros al muro en que ella se había convertido.

—Así no lo vamos a resolver. Vamos.

Su padre aflojó. Amalia lo soltó. Él miró a su alrededor mientras se alisaba la camisa. Tal vez para ver cuántos de los mirones eran gente del barrio, conocidos. ¡Qué más daba! En un par de días todos creerían saberlo todo y hablarían. Por eso, ella siempre había querido marcharse de allí, vivir en otro barrio, más urbano, más anónimo, donde la gente también habla y murmura, pero, como no saben tu nombre, se les acaba olvidando. Por eso también había querido fundar su propia empresa fuera. Y precisamente el barrio, en venganza por su deserción, venía a quitársela.

7

—¿Qué está pasando, hijo? —le preguntó su madre el sábado—. En el mercado me han dicho que en las noticias han hablado mal de vosotros. Se lo he preguntado a tu hermano, pero me dice que es algo pasajero, que no tengo que preocuparme. Pero me preocupa mucho.

Por una vez, él y Basilio estaban de acuerdo en algo, no querían que su madre estuviera al tanto de lo que se contaba de su participación en el caso Armand Rocamora.

—Ya sabe cómo son estas cosas, madre. La prensa necesita carnaza y nos han elegido a nosotros, pero pronto se olvidarán de nosotros.

Mateo fingió despreocupación apilando bien las naranjas en el frutero y cambiando de tema.

—¿Cómo es que compra todavía naranjas? No es temporada.

—Para el zumo del desayuno de Basilio. Por las vitaminas. Los de bote no tienen. Y si tienen, es porque se las ponen después.

Reconfortaba escucharla hablar de alguna de las teorías absurdas que sacaba de las revistas y las conversaciones en el mercado. Pero su madre no se iba a dejar despistar fácilmente.

—No estáis en peligro, ¿verdad?

—No. No se inquiete.

—¿Cómo no me voy a inquietar después de lo que pasó? —Bajó la voz—. De lo de Marc.

Su madre era incapaz de pronunciar la palabra «asesinato».

—Algo así no volverá a pasar nunca más.

—Es que esta profesión que tenéis tú y las niñas... Y la Norita, va y deja la escuela esa tan buena en la que trabajaba.

Mateo no quiso comentar nada. Su madre había entrado en fase monólogo y había que dejar que siguiera con él. Por muy absurdos que le parecieran algunos de sus comentarios, su madre los había ido guardando durante toda la semana para él.

—Cuando fui a que me echara las cartas, se lo conté a Olga.

—¿Qué le contó usted a Olga? —se alarmó Mateo.

—Que la familia estaba pasando por un momento complicado. Y ella me ha dicho que igual es porque Mercurio está retrocediendo. ¡Ay! Casi lo olvido. Tengo unas toallas de hilo con unas vainicas preciosas para que se las des a las niñas. Apiladas en el armario no sirven para nada. Ahora te las saco.

Su madre fue al dormitorio a buscarlas.

Mateo salió a la galería, se acercó a la jaula de los periquitos y les dijo en un susurro:

—¿Sabéis qué le diría yo a Olga Sants? Que, para poder retroceder, primero hay que avanzar. Y Mercurio, como el resto de los planetas, lo único que hace es dar vueltas, estúpidas elipses alrededor de una estúpida estrella atrapado por la estúpida gravitación. Dando vueltas y vueltas, como nosotros en esta investigación, hasta que nos golpeó el meteorito.

—¿A que tiene mejor aspecto?

Su madre no parecía haberlo oído, las toallas que llevaba en los brazos debían de haber absorbido sus palabras.

—¿Quién?

—*Tito* séptimo.

—¿Qué dice la Thermomix?

—Que ha cogido cuatro gramos —dijo ella triunfal.

Le costó abandonar el refugio de la casa materna y volver a la calle, donde lo esperaba la persecución de Marín. Pero bueno, se dijo al salir, siempre le podía atizar con una de las dos bolsas con toallas de hilo que su madre había repartido equitativamente entre las dos nietas.

8

Esta vez los periódicos habían escrito el nombre de la otra agencia. La agencia de detectives de la familia Hernández. Así los llamaban, como si tuvieran una fábrica de turrones o de embutidos. Los Hernández. Esos Hernández, los de toda la vida. Más allá de que sonara entre cutre y tierno, la aparición continua de su nombre en la prensa entrañaba un peligro, pues podía sugerir a los implicados en el caso de Rosario Pelegrín que ahora ellos se encontraban en una posición de debilidad.

—¿Y si se les ocurre contar cómo los coaccionamos? —le preguntó Amalia a Ayala.

Desde hacía varios días le volvían a la mente las escenas de cómo coaccionaron a los cómplices de Rosario Pelegrín para que confesaran quién había ordenado matar a Marc. Cómo los amenazaron y golpearon. Cómo amenazó y golpeó ella. Volvería a hacerlo. Lo haría a diario si pudiera. Y cuánto habría deseado estar con su padre cuando apalizó al asesino. Golpear juntos, golpear a la vez a Raúl Ramis. Hasta... ¿Hasta matarlo? Apretó los puños.

—No se atreverán —dijo Ayala, pero Amalia no le notó el aplomo habitual. Tenía la mirada perdida en uno de los dos veleros que parecían inmóviles en la lejanía.

Se habían sentado en la arena de la playa del Somorrostro. Las cabezas de un par de bañistas asomaban del agua. A varios metros de ellos, les llegaba la cháchara de un grupo de jubiladas con las pieles cuarteadas y doradas de quienes viven todo el año al lado del mar. Gente del barrio, de los de toda la vida. Como los Hernández, se le pasó por la cabeza.

—Y si eso ocurriera —siguió Ayala—, nos caería un buen puro, seguro. Pero ya está. No saben nada.

—Pero sospechan, y si los cómplices de Rosario Pelegrín hablan...

—Nos quedaríamos como ahora, bajo sospecha. Y sin licencias.

—¿Pretendes animarme?

—No pretendo nada —sonaba irritado—. Solo te digo que, aunque hablen y cuenten lo que les hicimos, Rosario Pelegrín sigue siendo una fugitiva de la justicia. No hay nada que apunte a que le haya pasado algo. No hay cuerpo.

—Ni lo habrá, ¿verdad?

—No. —Se quitó la camiseta y los pantalones—. Me voy a nadar. ¿Te vienes?

—No. Mejor me quedo guardando las cosas.

Ayala se levantó. Antes de que diera un primer paso hacia el agua, Amalia le cogió una mano.

—Ya sé que no debo, pero quería preguntarte una cosa. —Señaló hacia el mar con la mano libre—. ¿Está allí?

Él negó con la cabeza, pero Amalia no podía saber si le decía que el cuerpo de Rosario no había acabado en el mar o que no debía hacerle esa pregunta. Ayala se soltó y caminó sin prisas hacia el agua.

El parloteo de las señoras cesó un momento. Amalia no se volvió a mirarlas, pero sabía que también ellas lo estaban contemplando y no le quitaron el ojo de encima cuando empezó a nadar con energía a lo largo de la línea de la playa.

Mientras seguía el ritmo de los brazos de Ayala en el agua, las imágenes que la atormentaban se fueron difuminando.

En cambio, volvía a su mente la historia de los salmonetes que Nora les había contado a ella y a Marc cuando eran pequeños. Llevaba años sin recordarla, pero, si era cierto lo de que los salmonetes se alimentaban de marineros muertos, como les había dicho Nora, y si a Rosario Pelegrín la habían hundido por ahí, esperaba que esos peces hubieran dado buena cuenta de ella.

Tras nadar tres veces de un extremo a otro de la playa, Ayala salió del agua y se sentó a su lado en la toalla. Ella le echó otra sobre los hombros.

—Si te quedas más tranquila, Amalia, mañana me encargaré de que les llegue un recordatorio de que no les conviene hablar.

—Gracias.

Mientras él se secaba el pelo, ella le preguntó:

—¿Tú sabes si hay salmonetes en la costa de Barcelona?

9

—No podemos llevarte en este viaje, Mateo.

—No podemos asumir el lastre.

—Por eso, nos vemos obligados a retirar nuestra oferta de que entres como socio de la agencia WHO.

—En este momento no podemos permitirnos mala prensa.

—Por suerte, el nombre de la agencia no se ha visto manchado.

—Pero podría pasar en cualquier momento si te mantenemos en la plantilla.

—Por lo que, lamentándolo mucho, también tenemos que despedirte.

—Con efecto inmediato.

—Te agradeceríamos que dejases esta misma mañana el despacho.

—Por el modo en que has traicionado nuestra confianza, consideramos necesario que un guardia de seguridad esté contigo mientras recoges tus efectos personales.

—Y a pesar de que por esa misma pérdida de confianza podríamos denegártelo, percibirás un generoso finiquito por nuestra parte.

—En los próximos días te llegará un correo del gestor.

—Puedes irte.

Así acabó el partido de tenis entre Walker y Olesa en el

que Mateo fue la resignada pelota. No tenía nada que invocar en su defensa. Se despidieron sin apretón de manos.

Ante la puerta del despacho de Walker lo esperaba un guardia de seguridad que lo escoltó hasta el suyo. Los compañeros, que sabían lo que estaba pasando y esperaban expectantes en el pasillo, bajaron la vista a su paso. *Dead man walking*. Pero con finiquito.

Entró en su despacho.

Mientras hablaba con Walker y Olesa, alguien se había encargado de llevarse el ordenador, abrir todos los cajones y no dejar ni un *pendrive* en el que pudiera haber información de la agencia. También había dejado una caja de cartón para que metiera sus objetos personales.

—No puede usted llevarse ni papeles ni archivadores —dijo el guardia tras carraspear. Estaba incómodo. Más que él.

Mateo le hizo el trabajo fácil. En ningún momento le dio la espalda mientras metía en la caja las cosas que había traído en esos años. Eran muy pocas, como si hubiera estado allí de paso: un calendario de mesa, una bandejita en la que dejaba los bolígrafos, un reloj, unas gafas de repuesto, una copia de su título de detective. Los cuadros en las paredes eran de la agencia, las plantas también. No tuvo que imitar el gesto visto en tantas películas americanas de doblar el soporte de un marco, indefectiblemente plateado, con fotos de la familia, porque no había puesto ninguna foto ni de Lola ni de sus hijos sobre la mesa.

Levantó la caja, en la que se pusieron a bailar los escasos objetos recogidos.

—¿No se lleva nada más? —preguntó el guardia.

—Es que no hay nada más mío.

—Lo acompaño hasta la puerta.

No salió nadie a despedirse de él, aunque después se encontraría el móvil repleto de mensajes de sus compañeros mostrándole su pena por que se marchara. El miedo a perder el trabajo si se acercaban al apestado era evidente, pero los podía entender.

El guardia cerró la puerta tras él.

Bajó por última vez las escaleras de WHO.

El portero guatemalteco lo saludó:

—¡Sabía que era usted, don Mateo! Le reconozco el paso.

Dejó un momento la caja sobre la mesa y se despidió del portero, quien le dio un abrazo.

—Lástima. ¿Y adónde va, don?

—A casa.

10

Abrió el cajón del escritorio y sacó los dos papeles que guardaba allí: el contrato de WHO y la solicitud de renovación de Detectives Hernández. Acarició el segundo para alisar un pequeño doblez en una esquina y volvió a guardarlo. Después rompió el contrato de asociación de WHO por la mitad. El sonido despertó al fantasma de Marc. «¿Por qué no nos haces socios, papá?» Rasgó el papel otra vez. La voz de Marc sonó con más fuerza. Volvió a romper el papel. Y otra vez. Pero Marc insistía. «¿Por qué no nos haces socios, papá?»

No podía compartir con nadie su pensamiento más oscuro, la certeza de que también él era en parte responsable de la muerte de su hijo. Había sido el afán de Marc por ganarse su respeto lo que lo había empujado a arriesgarse tanto.

Por favor, hijo, déjalo ya.

Es irreparable.

La muerte también es eso, la imposibilidad de reparar los errores.

A veces encontraba consuelo recordando los momentos en los que fue un buen padre, los estiraba en el relato, se recreaba en ellos. Probablemente los falseaba también, como se adulteran todos los recuerdos.

¿Con qué versión se quedarían los padres de Armand? En el entierro habían mantenido la versión del relato de la vida de su hijo que Armand les había hecho creer; la que ellos habían querido oír. En realidad, les había contado a sus padres la historia que ellos le habían pedido: la del hijo modélico, el hijo que cumple todas las expectativas con creces, el hijo que va a realizar aquello que los padres no pudieron lograr, pero que vivirán vicariamente, porque es «su» hijo.

Sí, en todos los entierros se cuenta la historia embellecida. La parte fea tomaría el poder en cuanto se quedaran solos, ganaría terreno día a día, llena de incógnitas que nunca se resolverían porque Armand ya no podía darles respuesta.

Se levantó y se acercó a la pared en la que estaban los títulos de detective.

¿Y si lo que les estaba pasando era una especie de castigo por lo que habían hecho? Nunca habían sido muy ortodoxos en sus métodos. Sobre todo él, que se movía con frecuencia al otro lado de la línea de la legalidad. También de la moralidad. Había hecho cosas terribles. Eran, a decir verdad, criminales. Tanto una familia de criminales como una familia de detectives. ¿Estaban, pues, recibiendo el merecido castigo? Recorrió con la vista los nombres que aparecían en los títulos. ¿Eran Mateo Hernández, Daniel Ayala, Nora Hernández y Amalia Hernández los villanos de la historia? Siempre hay alguien para el que se es el antagonista.

¡Qué imbecilidad! Se habría abofeteado por ese momento de debilidad, por pensar que se merecían lo que les ocurría, por creer que en la vida había premios y castigos.

—A trabajar —se dijo a sí mismo.

Porque sentía que, antes de dejarse llevar por esa espiral de pesimismo, casi había rozado con la punta de los dedos una clave de la muerte de Armand, pero se le había escapado, como cuando se quieren atrapar con la mano las motas de polvo que flotan en un rayo de sol. Tenía que encontrarla. Estaba ahí.

Sonó el timbre, fue a abrir.

Era Ayala.

—Están revisando toda la información que les diste, Mateo.

Se habían sentado frente a frente en los silloncitos azules, que hoy, víctimas de su depresión, le parecían más decrépitos que hacía un par de semanas.

Los buenos contactos de Ayala en los *mossos* lo mantenían al día de la investigación oficial. El principal objetivo era Cerón. Pero, como los policías sí que habían podido acceder a todos los papeles y a las cuentas de Armand, la lista de estafados y posibles asesinos se había ampliado.

—Se ha demostrado la estafa de Armand y la fiscalía va a tomar cartas en el asunto.

—Más procesos abiertos para algunos de ellos. Están acostumbrados.

—Sin embargo, no encuentran nada que los relacione con el asesinato. En las declaraciones afirman que no sabían siquiera que Armand tuviera un hermano.

—¿Creíble?

—¿Por qué no? La familia lo mantuvo, si no oculto, por lo menos lejos.

—Pero el asesino dio con él.

Los dos revisaron una vez más todo lo que había hecho cada uno de ellos durante la investigación. ¿Dónde estaba el error? ¿En qué momento un movimiento, un comentario, una pregunta en las decenas de conversaciones mantenidas había puesto al asesino de Armand sobre la pista? Alguien de quien Armand se escondía los había utilizado para dar con él. Uno de aquellos a los que había engañado y que probablemente, más que recuperar el dinero, quería dar un ejemplo, transmitir un mensaje: con nosotros no se juega. Lo había apuntado Amalia, su pequeña Casandra, que había visto el peligro en esa gente. Lo habían tenido en cuenta, pero habían creído que, si ellos no encontraban a Armand, tampoco lo harían los demás. ¿Había sido un exceso de arrogancia la causa de su error?

Ayala y él recapitularon la investigación por enésima vez, a pesar del riesgo de deformar los recuerdos. Una vez. Y otra. Y otra. Se hallaban dentro de un bucle, dando vueltas. Recorrían cada minuto y llegaban a la misma conclusión. Nunca delante de nadie se había mencionado a Rafelet. ¿Cómo iban a hacerlo si lo habían olvidado?

—Deberíamos hablar con esos tipos nosotros, Ayala. Averiguar quién conocía la existencia del hermano mayor.

—Si lo hacemos, Marín nos jode vivos. Está al acecho, esperando que demos un paso en falso. Y hablar con Cerón o con Sabater o con cualquier otro es dar un paso en falso.

—Es que esto de no poder hacer nada me está volviendo loco.

—Es lo que toca ahora.

—¿Y qué hago todo el día metido aquí? ¿Escribir mis memorias?

—¿Escribir tus memorias? ¿Por qué? ¿Se acabó todo? La gente escribe sus memorias cuando solo tiene eso, memorias.

—¿Y qué futuro me ves, Ayala? Estoy quemado.

Había aparecido en las noticias de TV3. Mateo se preguntó qué cara habría puesto Sempere al ver su nombre en la escaleta del noticiero, así que buscó el corte del momento en que el presentador y excliente leía la nota, y le pareció apreciar cierto placer. El detective que conocía sus finanzas, la lista de la compra, a qué canales de *streaming* estaban suscritos, a qué hora entraban y salían de casa... El detective que le había demostrado que sus celos eran infundados, ridículos, paranoicos, ahora era carne de noticias. Claro que el tipo estaba disfrutando al pronunciar su nombre, cada sílaba estaba cargada de eso que se dice tan compactamente en alemán *Schadenfreude*, placer por el mal ajeno. Porque la gente, incluso aquella a la que se le dice que todo está bien, odia a los detectives, como se odia al amigo que te ha visto llorar borracho porque te ha dejado tu novia o al que te prestó dinero en un momento de apuro. El agradecimiento y el odio van más de la mano de lo que se quiere admitir.

—No hablemos del futuro —dijo Ayala, dando golpecitos con la palma de las manos en los brazos del sillón—. La agencia se nos está yendo a la mierda. Marín nos ha puesto la bota en el cuello y, mientras investiga, tiene al personal entretenido con nuestras «fechorías».

Cada vez que se hablaba del caso en los medios, se repetía el supuesto «error» inicial de citar el nombre de su agencia, Ayala y Hernández.

—Hemos perdido los contratos de las dos empresas de seguridad. Es lo que tiene que los amos sean expolis.

—Pero, dime: ¿a ti te gusta eso de enseñar a vigilantes?

—No mucho, la verdad. La primera vez es divertido. Sobre todo, lo de los insultos. Fue idea mía. —Ayala se echó a reír—. Pero, a la larga, aburre. Y de los casos que entran no podemos vivir. Ni sé si lo haremos alguna vez. Nuestras caras se están viendo demasiado.

Y eso era tan grave como la pérdida de prestigio y credibilidad.

—Tal vez es lo que nos merecemos —dijo Ayala—. Estamos pagando indirectamente por lo que hemos hecho...

No terminó la frase. Mateo se levantó del sillón y le dio la bofetada que antes no se había dado a sí mismo.

—Ni hablar, Ayala. —Los ojos verdes de Ayala se oscurecieron. Estaba a punto de saltar sobre él y Mateo sabía que no iba a salir bien parado, por eso, mientras se preparaba para recibir el primer golpe, le dijo—: No podemos pensar eso, Ayala. No podemos permitírnoslo. Ni por nosotros ni por ellas.

Ayala se levantó de un salto. Le puso el puño delante de la cara, pero no le dio la trompada que anunciaba su mandíbula prieta.

—Tienes toda la razón, cabronazo.

11

—Qué extraño que no haya cámaras —dijo Nora.

—¿Por qué tendría que haberlas? Son viviendas tuteladas, no un centro penitenciario —respondió ella.

—Hoy en día, todo el mundo tiene cámaras de seguridad y alarmas y detectores de movimiento...

—Hoy en día el personal anda algo paranoico. —Amalia observó la calle sin mover la cortina del salón de Nora.

Por la mañana, temprano, su hermana le había mandado un mensaje para decirle que tenían que verse y «hacer algo». Amalia no había entendido a qué obedecían las comillas, pero enseguida había respondido que sí.

Había llegado hasta la casa de Nora sin tratar de despistar al posible perseguidor, cuya presencia intuía. Cualquier movimiento extraño no habría hecho nada más que poner a Marín sobre aviso. Se comportaba como una hermana que va a visitar a otra hermana. Hasta compró pastas.

Estaban actuando a espaldas de su padre. El inquietante ataque de verdatitis de Nora había sido transitorio, volvían a su esencia, al secretismo como modo de hacer las cosas de su familia.

—Si sigue así, papá va a acabar como mamá, encerrado en casa —dijo Nora.

Llevaba, les había dicho su madre, cuatro días sin pisar la

calle, desde que lo habían echado de la agencia WHO. Su padre, que vivía de la calle, que se alimentaba de ella, convertido en una planta de interior.

Desde que su cara había aparecido en los periódicos, en el *Telenotícies* de TV3, la gente lo miraba por la calle, era normal, muchos lo conocían, pero ahora no veían a Mateo Hernández, el detective, sino a Mateo Hernández, el mal detective.

Nora había distribuido por la mesa todas sus notas, escritas con su pequeña y regular letra. Repasaron el asunto desde el principio, desde el momento en que su padre salió una mañana de casa para ir a Transportes Peiró. No había huecos en las notas de Nora.

—¿Crees que podría haber estado siguiéndolo otra persona, aparte de ti y el tipo de Marín?

—A veces ya éramos cuatro en fila —dijo su hermana, y dibujó sobre el papel un coche, una moto, otro coche y otra moto—. Creo que uno más lo habría notado.

Sin embargo, la sospecha de que sus investigaciones habían conducido a alguno de los enemigos de Armand hasta su escondite seguía más viva que nunca.

Según la policía, alguien se había presentado en el piso del hermano, había sorprendido allí a Armand solo, y habría forcejeado con él. El forense había encontrado marcas de golpes en la cara. Durante el forcejeo, Armand había caído hacia atrás o lo habían empujado, y entonces se había producido el golpe mortal contra la mesa de cristal. No se podía saber con exactitud, porque el hermano había modificado la escena del crimen.

—Cuando Rafelet volvió a casa, se encontró a su hermano muerto, la sangre, los trozos de vidrio por el suelo... Lo acostó en la cama y limpió todo a conciencia.

—¿Por qué lo haría? —preguntó Amalia.

—Porque así lo ha aprendido. Mantener la casa limpia y recogida era una premisa para vivir independiente. Por eso, incluso tiró los cristales rotos a la basura.

—¿Qué pensaba hacer?

No se lo podían imaginar.

—Rafelet fue nuestro punto ciego durante la investigación. No vamos a repetir el mismo error. Tenemos que hablar con él —dijo Nora.

—¿Por qué?

—Tal vez su hermano le contaba cosas, quizás le explicó por qué y de quién se escondía.

—¿No crees que ya lo habría dicho?

—Depende de cómo se lo hayan preguntado. Y, sobre todo, de quién. Su silencio suena a pacto entre hermanos. De eso sabemos algo, ¿no?

Amalia entendió.

—Pero los Rocamora no nos dejarán acercarnos a su hijo.

—No lo pueden impedir. No vive con ellos —dijo Nora.

—¿No ha vuelto con los padres?

—Sigue en su piso.

—¿Cómo lo sabes?

—He llamado a la centralita haciéndome pasar por una periodista y me han mandado a la mierda después de pedirme que lo dejase en paz.

Sería difícil acceder a él.

—¿Cómo podemos llegar hasta él sin que se enteren Marín o los padres? —preguntó Amalia—. Nos están vigilando.

—Vamos a ver si el gusano saca la cabecita.

Nora salió al balcón. Amalia bajó con estruendo una de las persianas del salón que daban a la calle, dejando suficiente espacio entre las lamas para poder mirar afuera, y se quedó allí, pegada al cristal.

—Lo veo —dijo Amalia—. Un tío. Está en el portal de la derecha, el de la puerta oscura.

Por eso mismo, Nora miró hacia el otro lado. No querían que después de que lo hubieran hecho asomarse y retirarse bruscamente con aquellas dos maniobras, el hombre supiera que lo habían descubierto.

Como no podían saber si estaba observando a Nora o la había seguido a ella, salieron juntas del edificio poco después. Ambas iban a Gràcia. Allí, Amalia haría algo tan inútil como aparatoso, ir a ver a Susanna Sunyer. Nora fingiría ir a comer al restaurante de Sergio.

12

Sergio se alegró al verla aparecer a esa hora, lo entendió como una buena señal, salía de casa, abandonaba la escritura obsesiva de los detalles del caso.

Toda su alegría se esfumó cuando ella le explicó que pensaba marcharse por la puerta trasera del restaurante, en cuanto se hubiera comido el primer plato.

—¿Vas a hacer algo peligroso?

—No creo.

Sergio le sirvió el *risotto*.

—Dímelo ahora tú —le pidió él.

—Todo irá bien.

Se acabó el plato y se levantó, como si fuera al baño. Él ya le había dejado la puerta trasera abierta. Daba a un callejón poco vistoso y, por eso, apenas transitado. Caminó rápidamente hasta la parada de metro de Fontana. Llegó a Sants y allí tomó el tren hasta Mataró. La captaban decenas de cámaras de vigilancia, pero ninguna de ellas la estaba buscando.

No iría al piso tutelado. Se imaginaba que el personal estaría muy pendiente de Rafelet desde lo que le había sucedido a su hermano. Iría a su encuentro en la empresa de mensajería en la que trabajaba, en un polígono industrial.

La suerte estuvo de su parte, llegó en el momento en que

debía de tener un descanso. Estaba solo en un aparcamiento. Fumaba sentado en el borde de un macetero de hormigón del que sobresalía el tallo seco de la planta que había muerto en su interior. Llevaba el uniforme de la empresa y una gorra de béisbol con la visera hacia atrás. Para no asustarlo, pues se imaginaba que estaría en guardia, se acercó con las manos en los bolsillos mirando en otra dirección. Cuando estuvo a su altura, se detuvo y le pidió un cigarrillo. Él lo sacó con dificultad del bolsillo de la camisa. Tenía la mano derecha algo agarrotada.

—¿Puedo? —dijo Nora, señalando el macetero.

Él se encogió de hombros y le dio una calada al cigarrillo.

—Me llamo Nora.

—Hola, Nora —respondió silabeando.

—Tú eres Rafelet Rocamora, ¿verdad?

Vio la alarma en sus ojos.

—No hablo con extraños.

—Creía que me había presentado.

—Eres una extraña. No te conozco de nada.

—Tienes razón. Me presentaré mejor: me llamo Nora Hernández y soy detective. Estoy investigando lo que le pasó a tu hermano. Y por eso quiero hablar contigo.

Rafelet se levantó con dificultad.

—No.

—¿No quieres saber quién lo hizo?

Él se dio media vuelta y se alejó. Cojeaba ligeramente.

—Seguro que quieres que lo castiguen.

No lo detuvo. Entonces, recordando las fotos, recordando las razones que habían llevado a Armand a esconderse con él, usó su última baza.

—Si le hubieran hecho daño a mi hermano pequeño, yo querría saber quién fue para castigarlo.

Rafelet debió de percibir la sinceridad de las palabras de

Nora, porque se detuvo, se volvió y regresó con paso vacilante para sentarse de nuevo a su lado.

—Cuéntame, por favor.

Rafelet le contó que cuando su hermano necesitaba retirarse, lo llamaba y se quedaba a pasar unos días con él. Lo hacía de vez en cuando. Nadie se daba cuenta porque él vivía solo y se ocupaba bien de la casa. Le contó cómo lo había encontrado en el suelo al volver a casa. El miedo. La pelea con su padre. La policía. El entierro.

—¿No te dijo por qué vino esta vez?

Rafelet negó con la cabeza.

—¿Crees que tenía miedo de alguien?

—Un poco, porque solo salía de noche.

—¿Adónde iba?

—A la playa. Al principio me traía conchas, pero yo le dije que eso no hay que hacerlo porque es quitarles la casita a los cangrejos.

—No lo sabía.

—Hay que informarse, ¿sabes?

—¿Nunca viste a nadie sospechoso, extraño, moviéndose cerca del bloque en el que vives?

—No. Aquí no viene nunca nadie. Tampoco mis padres. Y saben dónde vivo.

—¿Por qué no has querido volver con ellos?

—Porque estoy bien así. —Rafelet miró al suelo—. Y porque antes no me querían allí. Ahora soy yo el que no quiere.

—Tienes toda la razón.

—Lo sé. ¿Tienes más preguntas? Tengo cosas que hacer.

—¿Por qué nunca le contaste a nadie que se escondía en tu piso?

—Él me lo pidió. Que lo protegiera. Me lo pidió porque soy su hermano mayor. Y, como hermano mayor, tenía que protegerlo. Yo siempre lo protegía cuando era más pequeño que yo y mamá lo reñía por algo. Eso es lo que hacen los hermanos mayores con los pequeños, protegerlos. ¿Tú tienes hermanos?

—Sí.

—¿Y eres la mayor o la cuál?

—La mayor.

—¿De cuántos?

—De dos.

—¡Dos! ¡Qué suerte! A mí me habría gustado tener más hermanos. ¿Tú los proteges?

A Nora se le llenaron los ojos de lágrimas.

—No soy tan buena hermana como tú, Rafelet.

—Me puedes llamar Rafa. Me gusta más.

Volvió a Barcelona apesadumbrada por la conversación.

Bajó del tren en la estación de Sants. No creía que nadie la estuviera siguiendo. De todos modos, se dio un pequeño paseo por el barrio.

Aunque todavía era primavera, el aire estaba húmedo y pegajoso. Pasó por delante de un restaurante barato de pescado que tenía las puertas abiertas y notó cómo las partículas de grasa que salían por la puerta se le pegaban a la piel de los brazos. Pensó que así se le había quedado pegada al ánimo la conversación con el hermano de Armand. Había algo, muy pequeño, tan sutil como esas partículas, en lo que le había contado Rafelet que podía darle una clave sobre la muerte de su hermano.

Aunque todavía no pudiera verlo.

13

Cuando se despidió de su hermana en la parada de metro de Fontana, en Gràcia, Amalia comprobó que el hombre que se había apostado delante de la casa de Nora la había estado siguiendo a ella. Era de suponer que trabajaba para Marín y que, por algún motivo, el inspector le había echado el ojo a Amalia. Tanto Nora como su padre creían que se debía a que era la que tenía más que perder en ese momento. Las maniobras de Marín con la prensa ya habían conseguido que su padre perdiera el trabajo. Seguía sin tener antecedentes penales, podía trabajar como detective, pero lo iba a tener difícil. A no ser que reabriera la vieja agencia.

¿Qué pasaría entonces?

Nora se le uniría, sin duda.

Tal vez ella podría hacerle una contraoferta: «Vente a trabajar conmigo, sé socia de mi agencia». ¿Lo aceptaría? Era improbable. En su familia las jerarquías y los roles estaban grabados en piedra. Nora era la mayor y la mayor no acepta una oferta de empleo de la pequeña. Porque ella no era la menor, era la pequeña. Por los siglos de los siglos. Podía estar agradecida a que su nombre no admitiera bien los diminutivos.

¿Y Ayala?

Estaba con ella, pero no se engañaba, lo que a él de verdad le gustaba era lo que hacía antes. Era callejero, chanchullero, liante, como su padre. Bueno, si se quería marchar, podría hacerlo porque la empresa se les iría pronto al garete. Nunca habían tenido muy buenos resultados, más bien sobrevivían, pero la pérdida de clientes debida a la mala prensa ya se hacía notar.

Amalia todavía no sabía lo que haría.

De momento, le tocaba ofrecerse de cebo. Después, cuando todo eso acabara, ya vería. Guio a su vigilante hasta el taller de Susanna Sunyer. Tocó el timbre del interfono y, para su sorpresa, le abrieron la puerta sin preguntar. Cerró nada más entrar. No quería a su observador metido en esa escalera tan estrecha. Subió hasta el taller de la falsa novia de Armand. La esperaba en la puerta.

—¿Es usted periodista?

Estuvo tentada de decirle que sí, pero, como no esperaba sacar gran cosa de esa conversación, le dijo la verdad, que era detective.

—Ya hablé con uno —dijo Susanna Sunyer.

Del interior del estudio se escapaba un fuerte olor a hierba.

—Sería mi padre.

—¿Una familia de detectives? ¡Qué original! Seguro que es muy divertido.

—Para morirse de la risa —respondió Amalia mientras la seguía al interior del taller.

Susanna Sunyer le ofreció un taburete alto, de los de posar, y se sentó frente a ella como si fuera a retratarla.

—Me imagino que quieres hablar de Armand. Pobre, pobre Armand.

No le contó nada diferente de lo que ya le había dicho a su padre, pero el tono era distinto. Recordaba que los verbos tienen tiempo, aspecto y modo. Faltaba el tono. El relato de la pintora era en pasado fúnebre. Tal vez por eso había desaparecido el enfado por los meses de «contrato» que le debía Armand. El retrato que hacía Susanna Sunyer de su falso novio destilaba compasión.

—¿Nunca te dijo dónde se metía cuando desaparecía?

—No. Me contaba lo que tenía que saber si sus padres me preguntaban sobre sus negocios, que, por otro lado, no sabía que eran tan falsos como nuestra relación. Yo creía que era gay y no quería salir del armario. Sus padres me parecieron más bien conservadores, muy pendientes del qué dirán, en eso nuestras familias se parecían mucho.

—¿Tú sabías que tenía un hermano con síndrome de Down?

—Claro. Vi las fotos en su casa.

—¿Te habló de él?

—Me contó lo que tenía que saber si los padres lo mencionaban. Cosa que, ahora que lo pienso, no hicieron nunca. —Le dio una buena calada al porro—. Perdona, qué descortés que soy. ¿Quieres?

—Estoy de servicio. Dime, ¿cómo era él?

—Encantador. En el sentido literal de la palabra. En cuanto hablaba un poco contigo, ya sabía qué decirte para que te sintieras el centro del mundo. Te hacía sentir bien. Y eso crea adicción. Por lo menos a mí.

—Pero no fuiste a su entierro.

—¿Te imaginas que aparezco por allí? Me habrían obligado a sentarme en el banco de la familia.

—Se enteraron por nosotros de lo de tu contrato con Armand.

—Pues peor todavía. Su madre me habría sacado los ojos.

—No pudo asistir al entierro de su hijo. Estaba demasiado afectada. Incluso ha estado varios días ingresada, aunque creo que ya ha salido del hospital.

—¡Pobre! Primero el chasco y después se lo matan. —Susanna Sunyer se dio cuenta de inmediato de que lo que acababa de decir era muy cruel—. Mira, Amelia...

—Amalia.

—Amalia, me caes bien. Un día, cuando no estés de servicio, tienes que venir a verme y te hago un retrato. Hoy, te voy a regalar un cuadro.

—Pero no le vas a regalar un cuadro a cada detective que venga a verte.

La pintora se levantó.

—Depende. Solo si es de tu familia. No seréis familia numerosa, ¿verdad? —dijo riendo mientras buscaba entre varios lienzos que tenía apoyados contra la pared, y le entregó una acuarela de la escultura *Desolación* del parque de la Ciudadela, en la que un mono tití invitaba a jugar a la desconsolada mujer.

—Me salió un poco como el mono *Amedio* de Marco.

Susanna le cantó la canción que Amalia solo conocía por alusiones de sus padres.

—Eso es de una serie de dibujos, ¿no?

—Algo viejuna, sí. Pero es también cultura general —respondió la pintora—. Parte de nuestra cultura popular. Y, bueno, mi madre me ponía esta y *Heidi* cuando yo era pequeña, porque eran recuerdos de su infancia. ¡No veas las lloreras que compartimos!

Amalia contempló el regalo.

—Creo que a Armand le gustaban tus cuadros. Eran los únicos que tenía colgados en su casa.

—Siempre tuve la esperanza de que fuera así, de que hubiera habido algo real. Creo que, si no hubiera estado tan obsesionado con complacer a sus padres, con impresionar a todo el mundo, igual hasta podría haberse enamorado de alguien.

Amalia pensó que, si Armand no hubiera estado tan metido en su personaje, podría haberse enamorado de Susanna Sunyer. Era hermosa, inteligente, divertida. Drogodependiente. ¿Y qué? Quien no tenga por lo menos un adicto en la familia que levante la mano.

Salió poco después con un cuadro envuelto bajo el brazo. No era lo único que se llevaba de aquel encuentro que supuestamente solo debía entretener a la gente de Marín mientras Nora hablaba con Rafelet Rocamora. Tras esa conversación con Susanna Sunyer había reaparecido bajo otra luz un nombre: Jofre Llosa.

14

El gato de Claudia sesteaba dentro de la caja de cartón en la que él había transportado sus cosas de la agencia. No sabía, ni le importaría saberlo, que Claudia ya había elegido un lugar bonito y soleado en el jardín para enterrarlo cuando muriera. Mientras viven, los gatos son inmortales.

Se acordó del solar de los gatos muertos, un descampado al lado del poblado de chabolas en el Turó de la Rovira, en el que vivieron sus padres tras emigrar a Barcelona desde Agua Amarga en Almería, y donde él había pasado sus primeros años. Era un solar cubierto de maleza, había muchas ortigas y, recordaba, unas plantas de hojas duras que cortaban y pinchaban. Allí no se podía jugar y acabó siendo el cementerio de los animales que se morían o encontraban muertos por el barrio. El padre de Mateo, para quien el derecho a la dignidad se extendía a los animales, enterró allí algún perro, pero sobre todo gatos. Gatos que aparecían muertos algunas mañanas. Los mandaba a él y a Basilio a buscar una caja de cartón y los enterraban allí. Aunque algunos de los cuerpecillos que enterraron mostraban claros signos de apedreamientos, su padre se inventaba para ellos muertes más compasivas.

Las barracas ya no existían. Hacía muchos años que se demolió la última en la zona de Horta, los nuevos barraquistas dormían ahora en pisos patera.

Había pasado en un par de ocasiones por allí. A pesar de los cambios, recordaba el lugar exacto de cada casa. También la ubicación del solar de los gatos muertos, donde habían levantado unos bloques de pisos anodinos. ¿Qué habrían pensado los obreros cuando removieron la tierra y encontraron los huesecillos? Seguramente ni los habrían visto. Esos trabajos se hacen ahora con una pala excavadora, que se habría llevado los restos de los gatos muertos de su infancia.

Iba a comentárselo a Lola, que leía a su lado sentada en el otro sillón de enea, pero últimamente la había visto releyendo a Stephen King. No quería que convirtiera los fantasmas flacuchos de sus gatos de suburbio en tremebundos espíritus vengativos.

Mateo se echó hacia atrás y cerró los ojos al sol de primavera. Los sonidos del exterior apenas contaminaban los del jardín, el zumbido de los insectos, el crujido de las hojas cuando corría algo de brisa, el rumor de la actividad de Claudia, el paso regular de las páginas del libro que leía Lola. También era regular el golpe suave del vaso contra la mesa cada vez que ella tomaba otro trago de cerveza.

Se despertó al dar una cabezada. ¿Cuánto habría dormido? Nada. Apenas unos segundos, constató al ver cuánta cerveza quedaba en el vaso. De repente se sentía lúcido, como cuando se levantaba por las mañanas. Sin embargo, no tenía el cuerpo tan ágil como la mente, el hombro tomó demasiado protagonismo al apoyarse en los brazos del silloncito para levantarse. Se le escapó una sonrisa cuando la enea y su articulación crujieron a dúo.

—Voy al despacho.

—Yo me quedo leyendo.

¿Siempre se habían anunciado el uno al otro lo que iban a hacer, como si se subtitularan? ¿O era una costumbre de pareja de muchos años?

—Van a venir Nora y Amalia. Las dos dicen que tienen algo importante. Algo sobre el asesinato.

—Son buenas. —Lola levantó la vista del libro y le dijo con la mirada perdida en el jardín—: Pero no son nuestras. Los hijos no les pertenecen a los padres. Eso es lo que pensé el otro día en el entierro de ese pobre chico.

Ahora lo lloraban todos. Rafelet lo lloraba como hermano mayor que no había podido protegerlo.

Su padre lloraba la doble pérdida. Era como si hubiera perdido dos hijos, el real y el ideal. Por eso su rabia era tan grande, era la suma de la decepción y el duelo. ¿Y la madre? ¿Qué lloraba la madre? Lo mismo. Lo lloraba tanto que no había podido ir al entierro. Aunque desde hacía una semana volvía a trabajar. Otra vez al frente de la empresa.

15

Sus hijas habían llegado casi a la vez. Habían expuesto sus ideas una tras otra. Ahora, mientras las dos lo miraban echadas hacia atrás en el sofá, separadas por el espacio que podría estar ocupando Marc, sus voces y sus argumentos se mezclaban en la cabeza de Mateo.

—Llevamos días revisándolo todo —dijo Amalia—. Y, a pesar de todas las páginas con tus notas, Nora, a pesar de las veces que tú, papá, y Ayala habéis repasado uno por uno cada paso, no hemos encontrado en qué punto de la investigación pudo haberse cometido el error. Y es porque estábamos buscando el fallo en el lugar equivocado.

—Armand Rocamora era una gran mentira —prosiguió Nora—. Nosotros, aunque somos grandes especialistas en el tema, nos hemos quedado en la superficie: las estafas de Armand, los falsos títulos, la novia contratada, los amigos que eran solo conocidos, viajes, fotos, la casa... Era solo la superficie. Había que excavar, ir al fondo, adonde empezó todo.

—Hemos buscado en el lugar equivocado —recapitulaba Amalia—, porque pensábamos que, sin darnos cuenta, le habíamos proporcionado información a alguien. Información que esa persona no tenía. Y ahí radicaba el problema. Porque quien mató a Armand Rocamora ya sabía que tenía un hermano mayor, que ese hermano tiene síndrome de Down y que vive en una residencia. Porque esa persona conocía a Armand desde hacía muchos años.

—Para saber cómo había empezado esa gran mentira que era Armand Rocamora, deberíamos haber excavado —decía Nora—. Hasta llegar a la primera mentira. La primera mentira importante, en la que se jugaba algo. Una mentira que no fue descubierta. Le salió bien, pero las mentiras siempre dejan algún agujero que hay que cubrir con otra falsedad. Y esta con otra más, y luego otra, y así hasta que la bola es demasiado grande para volver atrás.

—Por eso creo que quien lo mató no es ninguno de los tiburones humillados por el advenedizo, aunque seguramente huía de ellos —concluyó Amalia—. No fue el mafioso de Sabater, ni el arrogante Cerón ni ninguno de los que habían entrado en el proyecto de Barcelona Exposición Universal 2029 por motivos puramente económicos. Tuvo que ser el único de todos ellos que se había entusiasmado con el proyecto, el único que lo conocía desde hacía años y que había confiado en él porque lo admiraba de verdad y lo consideraba su amigo, el único al que el engaño de Armand le había roto el corazón: Jofre Llosa. Tendríais que haber visto su expresión de dolor cuando le revelé la verdad. Su voz pidiéndome que me marchara, que lo dejara solo.

—¿A quién le contó la primera mentira? Bueno, la primera primera no —se preguntaba Nora bromeando—. Esa fue tal vez la ocasión en que, siendo él muy pequeño, una visita trajo *pastissets* rellenos de cabello de ángel, y cuando le preguntaron si le gustaban, él, aguantándose la repugnancia, contestó que sí. Me refiero a la primera mentira importante. La primera mentira importante siempre es para impresionar a los padres. Así empieza todo. Todo lo que hacía era para ellos.

—También encajaba la forma en que había muerto Armand —dijo Amalia—. Había evidencias de golpes en la cara, decía el informe del forense. Podrían haber sido bofetadas. Él habría retrocedido, como se hace cuando alguien a quien conoces empieza a golpearte y no aciertas a defenderte, porque no te lo esperabas de esa persona. Un mal paso hacia atrás o tal vez un empujón, y Armand cayó con tan mala fortuna que se rompió la cabeza contra una mesa de cristal.

—Ha sido por despecho.
—Por decepción.
—Por dolor.

—¿Dónde está mamá? —preguntaron las dos al unísono.

—Anda por arriba.

Ambas miraron hacia el techo. Pero allí no se oían pasos, donde había estado el cuarto de Marc. Mateo entendió.

—No. Está en su despacho, buscando algún libro.

—¿No debería estar aquí con nosotros? —preguntó Nora.

—Quizás es mejor que no lo sepa.

—¿Por qué no? —preguntó Amalia.

—¿Cuántas veces se habrá repetido esta frase en nuestra familia? —dijo Nora—. En todas sus variaciones. No se lo digáis a mamá. Que mamá no se entere. Que mamá no lo vea, que no lo oiga, que no lo sepa...

—Es que es mejor —fue lo único que acertó a decir.

—¿Por qué no, papá?

—¿Qué podría pasar?

Mateo abandonó el despacho.

16

Mateo salió de la agencia y se dirigió hacia la moto. No tenía que ir demasiado lejos.

La aparcó en el mismo lugar que la primera vez. Entró en el recinto, pasó de largo de la recepcionista, ignoró sus protestas, subió las escaleras hasta el despacho y entró sin llamar.

—Fuiste tú, ¿verdad, Marta? Cuando te conté la verdad sobre tu hijo, cuando te dije que todo era falso, pensaste que era otro fracaso, como Rafelet, y entonces caíste en la cuenta de que podría estar con él.

Marta miraba por el ventanal. Acababa de entrar un camión en la zona de carga y descarga.

—¿Por qué tuviste que matarlo? ¿Para destruirlo porque te había salido mal? ¿Como la madre de esa niña prodigio que la mató porque veía que su hija, su producto, se apartaba del camino que había trazado para ella y decidió pegarle cuatro tiros mientras dormía? ¿Fue por eso?

Marta negó varias veces con la cabeza y le dijo sin dejar de mirar hacia fuera:

—Fue un accidente.

—Tenía marcas de golpes en la cara.

—¡Por supuesto! —exclamó dándose la vuelta y mirándolo sin poder contener la ira—. Le di un par de sopapos. Se los merecía. Y yo me merecía dárselos. Y decirle a la cara lo que pensaba de él. Empezó a echarse hacia atrás, resbaló con algo que había en el suelo, algún trasto del otro, se cayó y se golpeó la cabeza con el cristal de la mesa. Lo rompió. Cuando me acerqué a él, ya se estaba muriendo. Fue un accidente. ¿Qué madre crees que mata a su propio hijo?

No quiso saber cómo había podido dejarlo allí, muerto en el suelo rodeado de sangre y cristales, cómo había podido volver a casa y no decirle nada a Rafel, cómo había guardado su secreto hasta ese momento. Le habría gustado preguntar si quizás en los últimos segundos de vida de su hijo le había dicho algo cariñoso, pero temía la respuesta.

—Voy a llamar a la policía, Marta.

—Por supuesto.

Mateo estaba nervioso.

Había pasado ya una semana desde que Marta había confesado su crimen a la policía. Los medios se olvidarían muy pronto de los detectives. Pocas cosas superan el impacto de una madre asesina.

Ellos volverían a ser secundarios, mejor aún, invisibles, como tenía que ser.

Mientras iba de un lado a otro del despacho no paraba de preguntarse cuántos serían. Había hablado con los tres, Nora, Ayala y Amalia, para ofrecerles refundar Detectives Hernández como socios. No les había pedido una respuesta inmediata.

—Si aceptas, ven el domingo a la oficina y firmamos el contrato.

Se lo había dicho a los tres.

Después había colgado de inmediato, para no oír palabras o respiraciones que le pudieran dar una pista, ni esperanza ni desilusiones. No quería saber nada hasta que llegase el momento. Tenían que tomar la decisión sin que él los presionara.

—¿Y si las niñas no quieren?

—No son nuestras, Mateo. Ellas no —respondió Lola aludiendo a lo sucedido con Armand Rocamora.

Llevaba varios días sin beber.

El primero en llegar fue Ayala. Entró en el despacho con la determinación de los hombres leales cuando han tenido que tomar una decisión difícil.

Mateo no le preguntó por Amalia. El hecho de que hubiera venido solo era la respuesta. Se tragó la decepción y, mientras le ofrecía un café, bromeó con él sobre sus patillas.

—No acabo de ver si son de rockero o de bandolero.

—Una de cada.

Cogió el bolígrafo y firmó el contrato que Mateo le había dejado sobre la mesa.

En ese momento entró Lola por la puerta que daba al pasillo oscuro. Ayala levantó la vista del contrato.

—¿Tú también, Lola?

—No. No tengo título. Pero estoy invitada a la fiesta. ¿Y esas patillas?

—Le gustan a Amalia —respondió Ayala, y se sonrojó.

Siempre le resultaría algo incómodo que él y su hija estuvieran juntos, pero siempre es incómodo que tus hijas estén con quien sea.

Lola miró apenada a Mateo al ver que Amalia no estaba allí.

Unos minutos después entró Nora. También a ella le costó mantener la sonrisa al constatar que faltaba su hermana. Mateo la condujo hasta la mesa y los papeles.

—¿Con boli? —bromeó—. Algo así se firma con pluma.

—Sobre todo tú.

Su hija cogió el bolígrafo con la izquierda y firmó.

Se sentaron en los silloncitos azules. La ausencia de Amalia enturbiaba la alegría del momento. Mateo sentía una bola de tristeza en el pecho. Pero en su fuero interno se seguía considerando el jefe de la agencia y tomó las riendas del encuentro y les contó cómo sería el trabajo de la empresa, que tenían tiempo para conseguir clientes porque el finiquito de WHO había sido más que generoso, que Constantin les haría una página web, que...

Sonó el timbre.

—Solo puede ser Amalia —dijo Lola.

Y ella nunca se equivocaba.

Agradecimientos

Escribir es decidir. Consciente o inconscientemente.

Creo que en pocas novelas he tenido tantas dudas y he cambiado tanto de ideas y de planes como en *Nuestros muertos*. Quienes lean esta nota tras llegar al final entenderán quizás cuáles eran algunas de estas dudas, que no haré explícitas para no destripar nada para aquellos que, como yo, son más bien cotillas y buscan esta página antes de la lectura para ver los nombres que aparecen.

Así que mientras sacaba punta a los lápices, cada vez más pequeños, dudaba, pensaba, tomaba decisiones definitivas que cambiaba a los pocos días, escribía, reescribía, tachaba, escribía otra vez... En este estado de crisis permanente que es la escritura tuve la suerte de tener cerca a personas que me ayudaron a seguir y atendieron con paciencia las dudas de una autora impaciente.

Gracias, Klaus, mi sabio primer lector, por acompañarme día a día con tanto amor como inteligencia.

Gracias a mi agente y amiga, Ella Sher, por encontrar siempre el tiempo para decir las palabras necesarias.

Gracias a mi editor Juan Cerezo por su cordial rigor y su apaciguador entusiasmo.

Gracias a Christina Sánchez, mi editora de mesa, por su fina y atinada lectura.

Gracias a todos los compañeros de Tusquets porque no solo editan mis libros, sino que los acogen y arropan. Sois casa.